U0137496

月上重火

新版

·全二册·

君子以泽 作品

上册

湖南文艺出版社
HUNAN LITERATURE AND ART PUBLISHING HOUSE　博集天卷
CS-BOOKY

就在不久之前，我的先生还跟我说："你很会取小说的名字，像《月上重火》的名字就很好听，朗朗上口。"我说："其实它的意思就是月上谷、重火宫，男女主角门派的名字，这本书是我十九岁时写的，取书名也随意简单。"然后他说："十九岁，那不是我认识你那年吗？"我说："是那段时间。"他说："那这本书里有没有我的影子？"

于是，我一本正经地说："老实讲，透哥哥比芝儿大三岁，哈尼你也比我大三岁，对很多人来说，写作和生活或多或少都有些关联的。那时候我宅成了蘑菇，偶尔出门关注一下现实里的男孩子，会觉得他们都长着打了马赛克的脸，毫无辨识度，而当我第一次遇到你时，那是个阳光灿烂的午后，环绕着我们的是草坪与蓝天、植物清香与自行车铃声，你抱着几本专业书，那么高挑，那么白皙，风度翩翩，彬彬有礼，谈吐透露出满满的才思敏捷，同时在我看来你也是长了一张打了马赛克的脸，毕竟那时我一心一意只爱透哥哥，只想早点回宿舍码字，让他和芝儿早点在一起。现实中的男生怎么可能入得了我的眼？你是指望我回答你什么？哈哈哈……"然后还没说完就赶紧溜了，被他满屋子追杀。

就是这样，整个大学时代的我写书都是封闭的。虽然人在海外，但其实除了上课和旅行，绝大部分时间都是宅在 40 平方米的学生宿舍里，过着日夜颠倒日写万字的生活。书是一本接着一本写，虽然行文潦草轻狂，身体疲惫，但也真是乐在其中。那时候我喜欢化烟熏妆，打扮风格时而朋克，时而波希米亚，总是走着不符合年龄的野路子，满脑子只是想着怎么把主角的故事搞得惊心动魄、天翻地覆，戏剧化到每个读者都想来掐死作者……总之，那时的君子以泽还叫天籁纸鸢，是个相当叛逆的少女。

到现在我还记得，当年刚构思男女主角人设时，我手舞足蹈地跟同学讲，这个女主，是红衣如火的烈性美人，迷得男主死去活来，但神经特别粗，让他又爱又恨；这个男主，我要让他头上插孔雀毛，白衣骚扇，仙人姿态，让女生尖叫的那种。同学的原句现在记不住了，但大致是洪世贤那一句"你好骚啊"的意思。那种写出一个新故事意气风发的感觉……哈哈，很幸运，并没成为过去式。现在我构思小说还是这个样子，很容易激动，语速越来越快，然后被自己的机智感动了——当然，真的下笔时，也会疑惑刚才为什么会觉得自己机智。

我另一本小说改编剧的策划跟我说："好遗憾没能拍《月上重火》的电视剧，因为在我失恋的时候，上官透是我的青春，我的精神慰藉。"我说："透儿也是我的青春啊。"

所以，这次再版，我为《月上重火》加的三个番外里，有一个是专门描写上官透少年时期故事的，纪念一下我们的年少时光。

另外两个番外，一个是穆远的故事。其实我对穆远一直都很偏爱，他是一个用剑说话的真高手，有点杀手气质，能为小说增添浓郁的江湖气。另一个是芝儿和透儿的幸福生活，写的时候我自己都忍不住在笑呢。

从 2008 年动笔开始写，到现在 2020 年，《月上重火》已经快十二岁了。我很开心，现在依然能够维持当初那一份热爱织梦的心，一直这么写到今天。而红衣如火的芝儿、白衣翩翩的透哥哥、黑衣如夜的穆远哥、哭哭啼啼的奉紫美人、扎着小辫儿的丰涉弟弟……很感谢有这么多读者喜欢他们，愿意让他们为你们编织一段少女的梦。

那些陪伴我十二年的读者，谢谢你时至今日，依然记得《月上重火》。

君子以泽于

2020 年 1 月 18 日

2015 版自序

　　从 2008 年初写《月上重火》，到现在 2015 年，这已是这本小说诞生的第七个年头。这次的再版修稿跨度时间极长，都足够再写一本新书了。于是，就有朋友说，你这样大费周折修改一本书，还不如写一本新书呢。开始我也是这样想的。可以说，修改一部长篇小说的过程，就是一个受尽各种折磨的过程。因为，重温过去的文字，你知道它是稚嫩的，但面对每一句话、每一个段落、每一个剧情时，你都很难把握：到底是该删、该改，还是该保留？有时候，这种纠结可以让人修文遇到瓶颈，卡上两三天不知如何继续。所以，修《月上重火》这几个月，我无数次感慨，为什么不听听别人的意见，去写新书，那样还比较好玩，毕竟创作带来的愉悦是无可取代的。可是，把整本书修改完成后，重新读了一遍全文，我又坚信自己修文是正确的选择。因为，一部作品肯定是越改越好的。一个严格要求自己的作者，就应该把每一部作品都更新到自己的最高水平。

　　这一回改动最大的是后期的主线剧情，也是我第一次把最初的《月上重火》剧情完整地呈现给大家。因为，2008 年写《月上重火》的时候我还是个毛孩子，不喜欢被人猜到自己接下来要写什么，所以，当有读者猜到剧情走向时，我就把后期剧情改得面目全非，尤其是穆远和"公子"身份的设定，完全颠覆了最初的大纲，导致读者看了全文觉得一头雾水。然后，原本说出"给我十年，我还你一个当年的重火宫"这样霸气话语的穆远，也莫名其妙沦为炮灰……可以说，这都是2008版《月上重火》让人遗憾的地方。所以，借着这一次七年再版，我终于有机会把剧情改回来，按照原计划写，相信大家会觉得这个设定合理得多。另外，因为我立誓要当亲妈，这一回也让一个人气很高的角色重回江湖，是谁此处我不多剧透，你可以看看感受一下。

之前的《月上重火》还有一个比较大的问题，就是三大反派不够丰满，过于脸谱化。不过，这和当年我的年龄与阅历有关，毕竟在孩子心中，坏蛋就是坏蛋，他们变坏还需要什么理由吗？这一回，我为他们每个人都增加了完整的身世和经历，让他们与故事大背景串联起来，也显得更真实一些。尤其是原双双的剧情。那段时间，我总会思考人们常说的一句话："我们最终会变成自己最讨厌的人。"这世界上并无毫无理由的厌恨忌妒，而所有的忌妒中，都一定会饱含羡慕。一个人在另一个人身上看见了自己想要的一切，那么，便很容易在这两种情绪中摇摆。原双双新的人物设定就是如此，她是一个很矛盾的、对自己又爱又恨的人。她将这一份感情折射到了奉紫身上，因为在奉紫身上看见了自己过去的影子。当然，奉紫的胸怀更为宽阔，并没有发展到她那一步。不过，原双双既然是反派配角，就表示我不接受她的思想。我也并不是很同意那一句"我们最终会变成自己最讨厌的人"。其实，对很多事有过多的讨厌，只是孩子气的表现。如果你接受了过去不能容忍的东西，恰好证明你比以前的你心胸宽广。管子曾说："海不辞水，故能成其大；山不辞土石，故能成其高。"一个人的胸怀有多大，就能成多大的事。这里说的人，就是我们萌萌的上官透。他是一个正能量男主，当年想了很久不知如何形容，当下终于有了一个新词"暖男"可以描述他。上官透的说话方式稍有变动，痞气少了些，比起旧版更加文雅，仙气也多了些。雪芝倒还是老样子，热情冲动的傻大姐一个。

　　除此之外，全文的文字我都精心修改过，增加了很多古韵的对话和描写，也把长句、现代句式，转换成了短句、古风句式。还有一些场景重复的段落，如第十七章《风雪离人》中，柳画原本出现了两次，与上官透的对白也都差不多，我就把它们浓缩成了一次，这样看起来剧情会更紧凑。除此之外，一些剧情的顺序也做出了调整。只上场了一次的龙套就不再给他们名字。还有，增加了不少雪芝和透儿的对手戏，还有很多很多，这里就不再赘言。

　　终于，完整版的《月上重火》与各位见面了。虽是寒冬时分，我的心情却甚是美好，像已看到三月新春。在这里，用我放在第三十章、改编自陆凯的一首诗，来表达此刻我的心情：

　　折花逢驿使，寄与禹都妻。姑苏无所有，聊赠一枝春。

君子以泽

2015 年 1 月 8 日于上海

　　一直认为自己写长篇小说有几个显著特点：一是时间跨度很大，二是主角的性格会随着时间变化而变化，三是比较慢热，四是人物众多，五是文章情感爱憎分明。

　　好吧，最后一点是纸团们（本来想叫丫头们，但是因为前段时间收到了几封男性读者的抗议信，才知道原来纸团不是个纯女性群体……）归纳总结的。所以，《月上重火》秉承以往的风格，还是拥有以上特点。

　　其实最开始写这篇小说的时候，计划是十五万字。大概是雪芝暗恋上官透，但是坏心又花心的上官透没有留意到她的少女情怀，导致她本性爆发展开一系列复仇计划，最后还是被吃得死死的轻松浪漫武侠文。

　　可是，动笔写下故事没超过三章，我就把之前的计划全部删掉，重新拟订提纲。《月上重火》有一个比较完整的大背景和沉重的开头，高潮却没有一点波折，全文是否就会显得有些头重脚轻了？所以，在某个月黑风高的夜晚，我对着屏幕阴森一笑，有了《月上重火》第二部后期的构思，也就是上官小透的寻妻之旅。

　　之前《月上重火》的连载由于出版的缘故，后期雪芝、穆远大变身，上官透重现江湖的部分都断了。其实这一段才是我最爱的，也是最具有个人风格的。所以，也很遗憾不能立刻看到读者们的反应。总觉得……会非常好玩哟。

在后期赶稿的时候，曾有一段长达两个月的瓶颈期。因为雪芝对仇人的恨非常难以拿捏，她复仇的段落我重写了很多次都觉得蛮奇怪的，最后写得没有激情了干脆停掉，在两个月后的某一日灵光乍现，一挥而就。而那之后都是我擅长的剧情，也就写得非常顺畅了。

完稿以后，我把全文读了两遍，也把之前一些缺漏和忘记的伏笔弥补上。同时发现，上官透还真如我写，是我写的所有男主角中最幸运的一个。虽然他中途经历了一点小小的挫折，但是到最后他还是非常幸运地江山在握、美人在怀。

因为下定决心这篇要写大团圆结局，我再看看穆远的安排，似乎是有点不厚道，而且加重了故事的悲情气氛。所以，我决定放下屠刀，在最后一章减少了对穆远的煽情成分，增加了人气角色卓老板的出场——有人说他是我，no，no，他当然不是我，我的形象还是比他光辉一点的。

之前写的长篇小说，不论结局如何，在写完了以后我总会感到一丝丝惆怅和悲伤。有时写的是喜剧，却依然有种空空的，失去了一些东西的感觉。有时写悲剧，更是让我在凌晨五点号啕大哭起来。那时候我还处于叛逆期，心思很敏感，还把正在睡觉的老妈给吵醒，真是非常不好意思。

但是，《月上重火》不一样。把修改过的稿再读一遍以后，确定这是我所有完结作品中，唯一没有带给我惆怅和悲伤的结局。虽然中间的情节也折磨我不少，但写到最后一句的时候，觉得自己整个人都很幸福，就像是亲眼看到了自己最珍视的人回到身边一样。故事圆满落幕后，我相信自己终于摆脱掉了虐人王的形象，回归最初原始的感动……

所以，在这儿对亲爱的纸团们以及新读者们说一下：非常感谢你们能够如此耐心地看到这里，希望你们会喜欢《月上重火》！

2009 年 8 月 5 日

月　上　　　重　火

目　录

月　上　　重　火

第 一 章

重火美人

重雪芝在江湖上韬声匿迹过两年。

不，与其说是韬声匿迹，不如说是逃之夭夭。两年前，天下皆知，这丫头片子倾心于夏公子，爱得死去活来。先是上吊自杀，再是割腕投井，甚至放弃了少宫主之位，和重火宫决裂。此一番壮举，弄得满城风雨，好不热闹，也更加稳固了夏公子的美名。时人皆说，城北徐公，齐国之美丽者也；春秋子奢，郑国之美丽者也；灵剑夏郎，九州之美丽者也。本来生了个潘安脸，若这厢贴上来的是好人家的姑娘，夏公子恐怕得被人说成有龙阳癖，但来者是重雪芝，正派人士反倒称灵剑山庄的弟子，果真行事作风磊落正派，是柳下惠中的真实惠。

此后，当真相浮出水面，人们得知夏公子心之所属，乃是灵剑山庄庄主的千金林美人，更是给予一片盛赞，夸二人郎才女貌，好不般配，恨不得明儿便办了他俩的婚事。江湖上原本便有不成文的规矩：重火宫的敌人，便是所有名门正派的友人。邪教的少宫主遇到这茬事，该，真是该。

若要重雪芝列个"最讨厌的人排名"，结果如下：第三，灵剑山庄庄主；第二，庄主的女儿林美人。

在她眼中，林美人整个一个苦命相，长了双会发光的死鱼眼，额心还有颗红彤彤的媒婆痣，当自己是二郎神吗？可总有人纠正说，那是桃花眼、美人痣，林美人柔弱多情，乃崔徽再世。最令人羞耻的是，夏公子对林美人一往情深，这姓林的丫头拒绝了他，还假惺惺地跑来对她说："姐姐，我不跟你抢心上人。"每次雪芝听她妆乔地叫自己姐姐，无名的怒火便会从胸中燃起，从口中爆发，最后千言万语又会化作铭心的一剑，刺向林美人。林美人以柔克刚长鞭一舞，缠住她的剑，微笑说道："姐姐，他不喜欢你，你就打妹妹我，这对妹妹是不是太不公平了些？"

这样做作，真是讨厌讨厌讨厌。谁要当你姐姐啊！

但是，她对另一个人的讨厌，林庄主和林美人加起来都无法相比，那人便是上官公子。

两年后，重雪芝重出江湖，本想洗心革面当个好人，顺带谈个婚论个嫁什么的。在这腥风血雨英雄辈出的江湖中，找一个如意郎君并不容易，却又令思春期少女跃跃欲试……谁知，她和上官公子的流言竟传得沸沸扬扬，彻底粉碎了她的梦想。

上官公子，月上谷谷主，在许多人眼里，再多水晕墨章，也难以陈尽他的好。但要雪芝来概括他的为人，一句话足够：和他说话都会怀孕。

上官公子是个轻艳流荡的主儿，他的女人忒多，诸如名妓甲、公主乙、重雪芝、舞姬丙、小姐丁……没错，众人谣传他的女人里，也算重雪芝一个。她比别人倒霉，因为她最有名。而谁都知道，这世界上最简单的事，便是激怒重雪芝；这世界上最困难的事，便是激怒上官公子。常有人抱怨说："重姑娘，脾气太大，改改不行吗？"重雪芝保证拍案大吼："我脾气好得很！我温柔得很！"若上官公子在场，一定会笑得英姿飒爽："脾气大是好事，别人都忍不了她。到时候，她便不得不跟我。"

若有人道："你不在意她曾经为夏公子自杀吗？"这话又能令重雪芝暴走一次。

因为除了她，没几个人知道，什么爱夏公子爱得死去活来，什么为夏公子自杀，什么上官公子的女人，全是胡诌！她对夏公子只是有好感，完全谈不上死去活来。当然，这些话她也不敢当着上官公子说出来，因为一旦她说了，肯定会听到这样的话："你分明已是我的女人。"

鸡皮疙瘩掉满地，真是太讨厌他了。若叫她回想最恶心的画面，那出现在她脑海里的，保证是这一幕——上官公子满脸写着"我是坏水"，用折扇轻佻地抬起她的下巴，说："芝儿，你越生气，就表示你越在乎我。别生气，快回到我怀里来。"

然而，这些都是后话。

刚开始重雪芝并非善于调节心绪之人，时常因为芝麻绿豆大的事郁结很久。

事情要从三年前开始说起。

中原武林中最大的比武大会有两个，一是三年一届的奉天英雄大会，二是一年一届的少林兵器谱排行。是年时逢深秋，江城奉天，英雄大会前夕，素来熙来攘往。奉天客栈是城里最大的客栈，里面宾旅都是大门派的大人物。所以，坐在窗旁不炫能、不矜名的一帮人，反而显得有些非同寻常：四位中年男女、两个丫鬟、一对少年少女。

任谁都知道，这些是重火宫的人。若换在十年前，随便向任一江湖人士打听，重火宫是一个怎样的门派，对方要么闻者色变，要么拔腿便跑。因为那时，重火宫的宫主是重莲。重莲是百年来唯一修成了武林第一邪功《莲神九式》的人。当时的江湖几乎是重莲的江湖，任何腥风血雨、刀光剑影，几乎都有他电光疾驰的身影。他那云烟轻盈的宝剑下，躺了无数厉鬼冤魂。而邪功毕竟是邪功，重莲为《莲神九式》付出的代价，是三十二岁便撒手人寰。

所以，如今的重火宫，已赫然出现在了无数人的复仇名单上。

当重雪芝步入武林，受到全天下人注目的时刻，没有人罩着她，却有不少人想杀她。因为她是重莲的女儿。

作为重火宫的少宫主，重雪芝十一岁便接管重火宫，十四岁正式开始代表重火宫收门徒，与各大门派打交道，参加武林的各种盛会等。从那以后，所有人对她更是印象深刻——重莲十来岁时性情温和稳重，得个女儿性格却这么霸道，尤其是在别人说到重莲的事时，重雪芝几次都差点弄出人命。此时，她迅速扫了一眼四周，喝下一口茶，低声道："明天一定要赢。我知道，这周围的人都想杀我们。我若输了，以后仇家都会找上门来。我若被人杀掉，你们也不好向我爹爹交代不是。"

"少宫主，您且少安毋躁。此次是否能拿到名次不重要，只要少宫主多多锻炼，以后顺利接位，名列前茅不过是时间的问题。"说话的女子是重火宫四大护法之首，多年前的江湖三大美女之一海棠。美人愆滞了岁月，空添沧桑，却并未迟暮。

雪芝不说话，有的问题她也不敢问。

因为，她身边正站着一名黑衣少年。那少年身板笔直，站姿挺立，身着一袭黑色束身衣，长发高高束起，一绺刘海垂在眼角，半掩着完美到毫无感情的眼睛。西风渐起，碎绿摧红，在这冷彻骨的寒秋，他整个人便是一棵寂夜里的苍松，哪怕站在十里外，也能感受到他那深深敛藏的剑气。

他是重火宫的大护法，亦是重莲的养子。据闻他是天生的武学奇才，整个重火宫里，能被重莲亲手教导武功的，只他一人。雪芝看了一眼一直沉默的穆远，心里有些郁结。他分明只比自己大一岁，但表现出来的沉静，任何同龄人都做不到。

爹爹明明最喜欢她，为何不肯亲手教她武功？难道，是有意让他接替宫主之位？见雪芝一直看着自己，穆远对上她的视线，不卑不亢地递给她一个小本子，说道："少宫主，这是上一届英雄大会的排名，请过目。"

"多谢。"

雪芝接过小本子，扫了一下内容：

第一名，少林寺方丈释炎。绝招：拈花擒拿手。

第二名，灵剑山庄庄主林轩凤。绝招：虚极七剑。

第三名，峨眉派慈忍师太。绝招：三十六式天罡指穴法。

第四名，花遗剑。绝招：水心剑诀。

后面依次是华山掌门即现任武林盟主，武当星仪道长，雪燕教教主，玄天鸿灵观观主……琉璃护法凑过去看看，咂嘴道："这些年新人一年不如一年。除了星仪道长比较年轻，其他撑着场子的都是老一辈的高手……还有这个，第十三名的夏轻眉，是个二十岁的小伙子，林庄主的得意门生。"

雪芝对此充耳不闻，只挨着往下看，终于在第四十五名处，看到了个刺眼的名字：林奉紫。她扯着嘴角笑道："才第四十五名。上次跟我说话那么无礼，其实也就这样。"

其实，这些年参加英雄大会的人数几乎是以前的两倍，能到第四十五名已是凤毛麟角。四大护法中，琉璃、朱砂、海棠面面相觑，都不知道该如何接话，唯有砗磲坐在原处像个雕塑。他们都知道少宫主不喜欢林美人，也不便多言。只是，行走江湖，有时便是会歪打正着遇到冤家。这时，一名女子的声音在身后响起："雪燕教来人四名，还有房间吗？"

掌柜道："这……只剩了四个房间。"

来人是原双双，雪燕教教主。雪燕教与灵剑山庄是时人常调侃的夫妻门派。原教主便出自灵剑山庄，因此她创建的武学内功，均衍生自灵剑山庄剑法，只是柔和许多，适合女子修炼。因此，女弟子都转移到了雪燕教，灵剑山庄只剩下了男弟子，门派之间结秦晋之好，亦是家常便饭。

海棠看了一眼原双双的位置，低头对砗磲说了几句话。砗磲点点头，走过去道："我们少宫主吩咐，让一个房间给原教主还有林姑娘。"

一听到"林姑娘"三个字，雪芝脑壳里轰隆一响，猛地一扔筷子，站起来道："不让！"

林奉紫的个子很高，才十五岁，已比三四十岁的原双双高出半个头。这么高不说，腰肢还特别细，"鲜肤一何润，秀色若可餐"，跟旁边的弟子穿一样的衣服，她一身白衣如仙，旁边的姑娘硬生生被她衬成了白布包的木桩子。

林奉紫看到她，立即笑得袅娜婷婷："姐姐。"

其实，雪芝也说不出对这林美人是怎样的心情。因为，她家与林庄主是故交，她又比奉紫大上两岁，是跟奉紫一起长大的。但是，奉紫不到四岁，便被送回灵剑山庄，后来在少林兵器谱比武上，她们跟着各自的爹爹，再度相遇，她对雪芝居然毫无印象，反倒跟一群花妖似的千金玩成一团。所以，当时雪芝对她有敌对情绪，觉得她是个叛徒。雪芝决定跟其他小伙伴玩得更好，向这没心没肺的臭丫头示威，于是在角落里逮到　个披着狐裘的小美人，和她手拉手玩起来。小美人看上去和她差不多大，身材单薄，发如鸦羽，拳头大的脸雪白得像块豆腐，眼睛大而眼角斜飞，看上去便是一只肉嘟嘟的美丽小凤凰。被她拽着手跑来跑去，小美人的眼睛一直没从她身上挪开过，她问原因，对方说自己从未见过这样好看的女孩子。雪芝差点当场笑得滚在地上，看小美人打扮便知，她是个足不出户的大家小闺秀，没见过什么世面，雪芝决心要带她见见世面。可是，她刚拖着呆呆的小美人跑了一会儿，便被林奉紫打开了她们的手。

"你是谁，连武功都不会，看上去就无趣极了，还敢跟我抢姐姐！你不知道我姐姐最讨厌的便是无趣的呆瓜吗？"林奉紫小时候个儿就高，挥着鞭子把小美人打跑，"接招！接招！"

最可恶的是，她把柔弱的小美人赶走后，回来还自个儿扮成了柔弱的样子。雪芝迄今还记得，她当时笑得跟朵花似的，说："姐姐，我们好久不见，你近日可好？"从那一刻起，奉紫在雪芝心中再无形象。使心作幸，步步为营，还喜欢装模作样，到处认亲，真是个厚脸皮的媒婆痣林美人！

直至今日，林奉紫居然还如此叫，雪芝大大的眼睛眯成一条缝，一脸不悦道："谁是你姐姐？我说了，我们不让房。"

奉紫微微一皱眉，一脸被伤害的表情，说："姐姐，不要这么对我。"

原双双从上到下打量了一遍雪芝，冷笑道："我还说是谁，原来是重莲的女儿。你爹爹已经去世，你还来英雄大会做什么？小孩子回家守着灵牌积点德吧，不然你爹滥杀无辜造的孽，还得由你来偿。这房我们也没说要你们的，我这便去找——"顷刻间，腰间的长鞭一抽，原双双及时缠住重雪芝的手腕，雪芝原本刺向她的长剑，不偏不倚地指向重火宫的人。雪芝用力抽手，但鞭子似长了牙的荆条，越缠越紧。原双双笑道："我不是习剑出身，但我还清楚，这剑不能这么拿。重少宫主，到底是您的剑太弱，还是重火宫的剑法空有其名呢？"

"不准你侮辱我爹爹！"

"是你暴寡胁弱在先。"

"那是我和林奉紫的私仇，不要大娘你来插手！"

原双双素来爱美，一听"大娘"二字，脸"唰"地变色，扬手欲扇雪芝耳光——然而，手掌几乎要打到雪芝面上时，却突然停住。她的手腕被三根指头捏住。

出手之人是穆远。他甚至没有看原双双，只道："放开她。"

原双双不理睬他。但无论她再怎么动手臂，手腕都被无形的枷锁铐住，无法动弹。她只得松开缠住雪芝的长鞭，挥向穆远。穆远伸手接住长鞭，鞭子绕他的手掌缠了几圈。他用力拽住，另一只手并未放开，两个人开始较劲。原双双的力气自然不敌穆远，不一会儿额头上便渗出细汗。

这时，一个算盘放在两个人的手上。

"再继续下去，双方都会被取消比武资格，两位还是掂量着点。"

奉天客栈齐老板，年轻时也是一代风云人物。如今胡子花白，威信尚在，他和英雄大会的各大主办者交情匪浅，且约法三章，参赛者不得在客栈里闹事，违者除名。于是，原双双只得作罢。穆远向她拱手，然后和雪芝回到位子上。

刚一坐下，雪芝发现穆远的手已受伤，手心全是密密麻麻的小红点。可经她提示，他也似毫无痛觉，在拭手布上蹭蹭。雪芝忙抓住他的手腕："你可真是没心没肺，那大娘的鞭子上万一喂了毒，可怎么办？"

"此地人多，她没这胆量。"穆远拾起筷子，"吃饭吧。"

"没中毒也得包扎，别动。"

雪芝也不管他是否愿意，用一只手肘把他的胳膊压在桌子上，从怀中掏出药瓶，咬开红色小塞儿，抖了一些粉末在他手上，又抽出一卷纱布，替他慢慢缠上。穆远只得任由她处置。他的唇无色却饱满，抿成一条缝。客栈门外，人群如潮，风剪了落花金叶太匆匆，萍踪浪影若芙蓉。但此刻，阊阖风自西南来，河上鳞波泛起，他所能看见的细微改变，也只有她被风轻微扬起的鬓发，她认真包扎时轻锁的眉峰。

过了许久，她拍拍手，用袖子擦擦汗，说："好了。"

"多谢少……"

他言犹未毕，只听见客栈二楼传来一阵呼声："轻眉，臭小子！不要跑！把我老婆的发簪还给我！"

"丰伯伯的教诲，晚辈此间受用也。只是这会儿不赶趟，晚些她也不见了影！"话音是从楼道间传来的，清亮年轻，在耳边吹过一阵晓梦湖声。伴着脚步声咚咚响起，一个少年坐在二楼楼梯扶手上，顺势一溜烟滑下来。

雪芝抬头，一眼看见那张笔花尖淡扫轻描而出的脸。

"轻眉，老大不小了，给我规矩一点！"二楼的中年男子喊道。

这位叫轻眉的少年抬头望着二楼，摇摇手中的银鸾发簪。"谢谢丰伯伯！"扔下这句话，径直跑出客栈。

他跑得兴致高昂，似乎看不到任何人。但是，所有人都在看他。其实他打扮得并不花哨，浑身只有青白二色，发带也是青色。只是，何为春风细雨走马去，珠落璀璀白臞袍，这股子风华正茂的少年气，不由得令旁人露出羡妒之色，抑或心生向往。

"唉，臭小子，还以为他懂事了些！"楼上传来一声叹息，便再无下文。

雪芝扭过头来，睥睨地皱皱鼻子道："青梅？真是人如其名，娘娘腔。叫红桃也好。"虽说如此，眼睛却一直盯着轻眉的背影。

"不是青梅煮酒的青梅，是轻淡的轻，眉毛的眉。"海棠翻翻穆远整理的名单，"看他的佩剑，应是灵剑山庄夏轻眉。前天才参加过比武，拿了第十三名，很是出奇制胜。"

"夏轻眉？"雪芝眉毛扭得更猛了些，"看不出来有多厉害。"

琉璃一挑眉，看着雪芝道："反应这般大，不大寻常。"

"我哪儿有很大反应？说都不能说了？"雪芝埋头吃饭。

朱砂笑道："莫非看到翩翩少年郎，小女子动心了？"

"我哪儿有！"

"越是否认，便越是做贼心虚哟。"

海棠笑道："你们别再逗少宫主，小孩子喜欢否认自己喜欢的东西，可不正常吗？别把她气哭了，难哄。"

雪芝差一点掀桌子，但被三个护法压下来。穆远叹气，砗磲面无表情地看着他们，已经超脱升仙。这一帮护法都是看着雪芝长大的叔叔阿姨，几乎都为她换过尿布。因此，雪芝若想在他们面前逞威风，那是扁担上睡觉，如何都翻不了身。好吧，她承认，那如仙的少年是令她心跳快了几拍，但他们也没必要这样揭穿她。好在没一会儿，便有小贩进来兜售画像。

"上官透的画像？"重雪芝将筷子一放，接过小贩递上来的水墨画，"这都能拿来卖钱？"

"这可是精装版的上官特制画像，只我一家，别家不卖。"

重雪芝一看那图，睁大眼，吓得口中馒头掉到了腿上，说道："这是上官透吗？分明是一个少林和尚。"

"嘿，小姐有所不知，很多姑娘都在抢这一幅啊。"

"我只听说过他很风流，但不知他居然是个光头。"雪芝摇摇头，"这年头，姑娘的眼神都不好使。"

琉璃对小贩露出淡定的微笑，问道："这位小哥，你有没有觉得这个姑娘看上去很眼熟？"

小贩看看重雪芝，再看看琉璃，说道："是很眼熟。这位大侠，您看上去也很眼熟。"

琉璃道："这姑娘是林二爷的女儿。"

"原来是林姑娘。"小贩倒笑得无比纯良，"这幅画我送您。小的行不更名，坐不改姓，赵大眼是也，后会有期。"

小贩脚底抹油，瞬间消失。旁边有小贩低声对同行说道："这赵大眼平时为人还不错，咱们不就是比他的上官光头画像便宜个十文，有必要为了十文钱这么对人家吗？同是赝品，公平竞争，一点职业操守都没有。"

雪芝眨眨眼，回头看看那几个小贩。那几个小贩有两个兜着东西跑了，剩下的都是把东西乖乖留下，才一脸谄媚地跑掉。雪芝看着那堆赝品，叹道："虽然我二爹已不在江湖，但江湖仍有我二爹的传说。连这些江湖骗子都怕他，唉。"

琉璃道："那是因为你二爹做人不厚道。"

雪芝一拳打在琉璃的鼻子上："除了我，谁都不准说他坏话！"

朱砂凑过头来，看看那个光头画像："这脸蛋还是挺好看的。不过这些小贩也确实缺德，上官透别的画像不卖，就盯着这一张。"

画像上的人，是个十三四岁的少年。腰板儿挺得笔直，光看眉便知他轻佻叛逆，光看眼已知他成竹在胸，那眉眼盈盈间，有十成的风流味儿，在这小小年纪便露了八成的雏形。雪芝道："我知道这画像是几时画的。"

对这个人的传闻，她听说过不少。

要用四个字概括上官透，没有什么词能比"福星高照"更确切。

上官透老爹是当朝国师宰辅，官拜正一品，和今上都沾亲带故；他娘是洛阳大布商的女儿，有个在峨眉当掌门的姐姐和当武林盟主的表哥，京师首富司徒氏与他们也是交情甚笃。而上官透其人，从小便生得标致，知书达理，满腹才学，稍稍有些不好，便是那柔弱的身子骨。但这不碍事，因为这曾是他小时的武器。时至今日，朝廷百执事太太们都还记得一件事：某次国师寿宴上，四岁的上官小透在园子里看书，元帅千金一直缠着他玩绣花。是人都看得出来，他心中有一百个不乐意，但他并未拒绝，只随手摘了朵花，戴在她头上，一副柔情万种的模样，然后转身跑掉。小姐姐面红耳赤，羞得再也不找他。当时在场之人面面相觑，说完蛋，这孩子是根祸苗。国师拽着儿子的衣领，把他提到自己面前，一脸的恨铁不成钢："臭小子啊，你才四岁！四岁！"上官小透小身子一偏，脖子都不用扭，衣领便自动转了一圈，刚好将水汪汪的眼睛朝向一帮夫人。素来人们都只听过女子以柔克刚，却不知男孩也可以把这套玩得如鱼得水。接下来的情况不必多说，他爹的寿宴充满了哀怨。

　　正因他伶俐乖巧，又体弱多病，人们都等有朝一日，他将长成个儒雅君子。可惜事与愿违，上官小透的柔弱，只持续到了某一年兵器谱大会。那一次大会上，他不知受了何等刺激，回去后忽而执不拔之志，誓要练好武功，撞府穿州，没过多久，便从一个贾宝玉，不，林黛玉，长成了如今的上官透。他若烟轻飘的身法迷惑了多少武林高人，他似水柔情的眼眸掳走了多少倾城佳丽，他利如刀刃的折扇击垮了多少被戴绿帽的壮汉……而且，他不仅出奇制胜，还异想天开。

　　风靡武林的装束，永远是大侠装：长发飘飘，华袍佩剑，肃杀秋风中，樯橹灰飞烟灭。长安少年们，也同样喜欢追逐潮流。而经过长期忍耐，上官透终于受够了此等千篇一律，直接剃了个秃顶，还是会发光的。这闪亮亮、明晃晃的脑袋逼得他的狐朋狗友们直竖大拇指，吓得他父母险些发病，国师公子看破红尘剃头之事，一夜间传遍五湖四海。可上官透对这脑袋不仅十分满意，称自己脱发亦脱俗，还请京城名画师旋研朱墨，把这副模样画了下来。

　　如今时隔多年，这幅精装光头图，也和他的风流一样，浩浩荡荡地"流芳百世"。

　　尽管上官透已表现得十分不羁，但重雪芝一直认为，这种千金大公子必定是宠柳娇花在深闺，乾坤日月皆京师，和她压根儿是两个世界的人。

　　次日，重火宫的人抵达英雄大会会场。是时青桂羞烈，火枫烧红了天，四方辐辏，观者如市，都冲着一座大红擂台，中央龙飞凤舞地写着个"武"字。英雄大会的规矩是，所有参赛者都有资格向人挑战。挑战者只有一次机会，但被挑战者若是战败，还可以挑战除了打败他或她的任何人，按胜负排名。重雪芝带着五个护法、两个丫头走进会场，很快便已万众睢睢。

他们刚坐下，便看见一个少年正在和一名壮汉比武，壮汉步步逼进，少年打得躲躲藏藏。琉璃道："这些年英雄大会比武制度改过以后，参加的人确实多，也稍微公平些。不过看上去没以前那么刺激，时间也拖得更长，看前面那个小子，武功这么臭还上去打，换作以往，恐怕都是高手角逐。"

穆远道："你说的那个人，招式使得非常古怪，也不大灵光，但资质甚善。"

身后有人突然站起来，朝着琉璃大吼道："敢这么说我们小师弟，你是不知道马王爷有几只眼吗?!"

琉璃回头看看那人，冷笑一下，根本不屑答话。而身后那些男子都站着，颙望台上正在比武的少年，挡了身后人的视线，纷纷遭到抱怨。最奇的是，这帮男子如此没教养，却打扮得跟妖精似的。朱砂道："这是个什么门派，感觉真奇怪。"

穆远道："玄天鸿灵观。每个人腰间都挂了毒葫芦。"

"啊，对。"朱砂压低声音道，"听说这整个门派便是个男妃后宫，观主满非月是一个猥琐女子，心狠手辣，以毒制胜，养了一群小妖男，合着一起养毒物，放毒蛊。只要逮着机会，便会到处惹是生非，草菅人命。"

雪芝也凑过去，小声道："这才是真正的邪教呢，怎么人家都把矛头指到我们头上?"

海棠道："重甄宫主在世时，我们还只是中立门派。宫主年少走火入魔杀人时也一样，人家只说重甄养出了个孽子。我们真正变成'邪教'，是从宫主武功惊天下那一刻开始的。少宫主，若你以后不够强，其实也是好事，重火宫便可以摘掉邪教的帽子。"

穆远道："综观整个鸿灵观，其实只有满非月身手不俗，前天才落败于原双双，拿了第九名。别的弟子武功都不上台面。跟这些人比武赢得很快，但要论胜败，恐怕不好斗。"

琉璃道："听人说私斗赢了满非月的只有上官透，不知是真是假。"

"应该没错。上官透有高人相助，早已练就百毒不侵之身。"

"被你这般一说，好似天下处处有许由洗耳。"

"别闹，认真跟你说呢，我猜是月上谷的二谷主。"

"胡说，我听说月上谷二谷主好吃懒做，天天窝在谷里蹭饭吃，整个谷的人都恨不得赶他走，上官透却耐心至极，一直养着他……"

说到此处，台上一阵骚动，他们整齐地往那儿看去。此刻，台上原本在比武的人消失了一个，倒下了一个。倒下的那一个是华山弟子，原本占了优势，这会儿却躺在台子上，脸上长满五颜六色的泡，身体抽搐，见此景，许多人都忍不住掩嘴欲吐。待主持人少林方丈上去查看，他已经断了气。

顷刻间，全场一片哗然。

连续六十年，英雄大会上都未有蓄意杀人的例子。很显然，玄天鸿灵观结了个大梁子。但雪芝再一回头，发现那一帮妖男早没了影。华山掌门已经带着其余弟子杀出去，方丈当下按规定宣布，五十年内，玄天鸿灵观失去英雄大会的参赛资格。

当下如有弓弦绷在空气中，令氛围紧张不少。但一阵骚动过后，比武仍在继续。看着被抬下去的裹尸，琉璃咂嘴道："真没看出来，那小孩武功这么菜，真铆起劲来，下手够狠。"

朱砂道："跟满非月混的人，有几个不是这样？"

重雪芝原本也很惋惜，又有些害怕，但目光经过灵剑山庄与雪燕教人士时，停了一下。林奉紫被那尸体吓得不轻，缠着她爹的手臂撒娇，她周围的长辈和师兄妹都在哄她。她原本便是这个性，雪芝并不意外，但她眼中所能看到的，已不再是灵剑山庄庄主和其千金，而是一个父亲和一个女儿。她忽然觉得心中有些难受。朱砂伸手在她面前晃晃，喊："少宫主？"

雪芝一咬牙，拾起宝剑，倏地跳到台上。成百上千双眼睛纷纷扫上来。

"重火宫重雪芝！"重雪芝向四周拱手，转向林奉紫，"请雪燕教林奉紫上台赐教！"

灵剑山庄新弟子都在问，台上那个少女英气风发，锦衣华靴，是个什么来头。奉紫则是舌挢不下。见雪芝不耐烦地跺脚，夏轻眉也禁不住道："这姑娘性格真刚烈，奉紫，你还是小心点。"

奉紫抿了抿唇，接过鞭子，慢吞吞地磨上擂台，朝雪芝福了福身："姐姐。"

重雪芝站得笔直，用剑锋指着地。气氛霎时间剑拔弩张。会场旁边依然有大片赌铺，这一场却少有人下注。两个女子都是新人，都是红粉青娥，也不知为何这样杠上了。一个大汉摸摸胡子，跟周围人老马识途地解释说，这根本不用猜，当然是为了男子。那个重火宫的妹子脸蛋特漂亮，却凶神恶煞般，必然是被这温柔的灵剑山庄千金抢了男人。女人和女人之间，不存在什么深仇大恨。众人一听这说法，豁然开朗。都纷纷学他的样子，意味深长地摸下巴。但是，这男子是谁呢？众人开始在会场上寻找青年才俊。无果。台上却已打起来。

雪芝很在意重火宫的名誉，一和人动手，开招便是混月剑。混月剑法和心法九耀炎影乃是重火宫弟子的招牌功夫，只要修炼一半，在江湖上都算是一等高手。这两本秘籍上手容易修炼难，把混月剑练到顶重九重的，近五十年只有七人，包括两位宫主、一位长老；活着又能使用的，只有砗磲、海棠、穆远三人；而活人里将两本秘籍都修炼至顶重的，只有穆远一人。这也是为何雪芝对穆远始终心存芥蒂，她知道穆远不论是勤奋程度还是资质，都在自己之上。若他有意造反，恐怕她小命难保。

现下雪芝混月剑修至七重，九耀炎影五重，已经把奉紫打到相当吃力。奉紫身法很快，反应也很及时，但雪燕教原本便是辅助灵剑山庄的教派，招式稳劲，比起重火宫快而凌厉的剑法，实在没有什么杀伤力。林奉紫躲来躲去，狼狈不堪。

肃清十月，胡风徘徊，负霜鸿雁飞至荆扬高空。兵器碰撞之声响冲入云层，连在苍穹中，都震出了回音。

最后，雪芝使出赤炎神功，击落了林奉紫的长鞭。

长鞭飞出的同时，鞭尾在林奉紫的颈项上划了一条长长的红痕。雪芝张大口，上前一步，却听到身后的方丈宣布："重火宫重雪芝胜。"

林奉紫又冲重雪芝福了福身，捂着颈项，头也不回地下了擂台。看着她的背影，雪芝突然有些后悔。方才是否太过冲动……她觉得情绪有些低落，准备下台调整片刻，却见有人手持细长宝剑，跳上擂台，朝她一拱手："请重火宫少宫主赐教。"

于是，开始预言的大汉，以及众多意味深长的人，发现了事实的真相：那个桃花满满的男子，是夏轻眉。

第 二 章

缘起秋暝

这回轮到雪芝吃惊了。白云秋风，草木黄落，随箫鼓鸣声起，眼前少年的青白衣衫在风中猎猎抖动，他的面容精致秀美，是目前为止，台上英雄里最好看最年轻的一张。他身形偏瘦，青丝缠绵，唯独宝剑锐气四射，光寒影冷，诉说着主人坚定的意志。

雪芝与灵剑山庄的人不曾交手，夏轻眉的身手她也没底，令她很是不安。不过，当重雪芝不安之时，也是她的脾气"天打雷鸣"之时。只听见唰的一声响，她手中的利剑划破了空气。踏前两步，在电光石火的一瞬，她闪到夏轻眉面前，展开猛烈的攻击。起初，夏轻眉对她频繁的攻击招式还有些应接不暇，连退连守好几回合。很快恢复冷静后，他依然没有大肆出招，只是将剑背在身后，用右手两指和她交锋。这样近的距离，每次雪芝的剑都像会刺中他，但夏轻眉又总会在千钧一发的刹那躲开。

朱砂道："夏轻眉在做什么？玩家家酒吗？"

千金难开尊口的砗磲突然道："大护法请做定夺。"

穆远道："我上。"

朱砂道："你们在说什么？"

海棠道："赢了夏轻眉便撤退，千万不要恋战。"

穆远道："好。"

朱砂道："你们到底在说什么啊？"

"这一场少宫主必输。姓夏的使了灵剑山庄的迎神指，这一招只能接招，不能出招，用以自保和试探敌方虚实，对付性格冲动的人，尤其好使，甚至可以在试探过后，一招击败对方。但对付性情冷静、武功比他强很多的人，则无能为力……"琉璃话还没说完，台上兵器当当响了两声，雪芝的剑已抛出美丽弧线，飞到四大护法面前。

方丈宣布："灵剑山庄夏轻眉胜。"

几人一起看看那剑，无奈摇头。雪芝捂着发痛的右手，有些窘迫地走下台。夏轻眉也朝另一个擂台阶梯走去，向奉紫送上安心的眼神，眉眼弯弯地微笑。奉紫却始终摸着颈项上的鞭痕，并无半点喜悦之情。穆远拿出拭剑布，抽出雪芝的剑，利索地在上面一抹，正准备纵身跃上去，却发现已有人领了先。

"在下想和夏公子比画比画。"

轻功好的人很多，但这人身法竟然比说话速度还快。雪芝甚至还没走到阶梯旁。

是时归雁高鸣，如泣如诉，响彻奉天的秋日苍冥。这眨眼的工夫，擂台中央却莫名其妙多了个人。没人看清这人是如何上去的。于是，全场千名英雄都不约而同地抬头看向那踩着"武"字中央的身影。是时，又有红枫凌乱，旋飞出漫天深红烈焰，无声飘落，熄灭在地，亦擦过那人白色的肩头。

雪芝愣了一下，总算看清他的模样。

他身穿白斗篷，手持宝杖，斗篷帽檐压得低低的，从她的角度，只能看见他露出的同样雪白的鼻尖。红叶是火，烧烫了冷寂的空气。江水的气息是迢迢香炉，将夏之余烟散播在奉天之城。鸿雁长啼之声，久久不绝，其声之凄冷绝美，哪怕是这全天下最高亢的笛声，也无法媲美。这眼前的一切都如此真实，唯有这台上的身影，整个都是从水墨画中拎出来的。那丹青描绘的飘逸，可化云，可融烟，与天地万物都格格不入。

夏轻眉拱手，有些疑虑地问："请问阁下姓名？"

"这不重要。"那人微微侧头，看了一眼雪芝，嘴角轻扬，"我是为这姑娘来的。"

在那么一段未知的时间里，看见他面容的人，别说是女子，哪怕是男子，心都漏跳了一拍。朱砂甚至双手捧心，睁大双眼颤声道："这……这当真不是嚼蕊饮泉的凌霄天仙吗……"

琉璃道："朱砂，你的年龄……"

"闭嘴！"

而雪芝已经被无形之力定住，只能微微张开口，感受自己怦怦的心跳声在喉间乱响。若不是因为他开口说话，她会以为，这人当真只是一幅画。

"公子大可不必在此怜香惜玉，这是英雄大会擂台。"夏轻眉想了想，笑道，"况且，不报姓名，这不符合大会标准。"

方丈道："无妨，二位可以开始。"

华山派掌门对记录人道："记一下，月上谷上官透。"

"可是，那位公子没有……"

"上官透，上官透，不要管他，记下便是。"掌门擦擦汗，"这两个小子都太盛气凌人，让他们两败俱伤吧。"

雪燕教的姑娘们开始叽叽喳喳，嘴上说着这样对师兄很过分，眼睛却扎在上官透身上，不曾离开。原双双更是兴奋得难以自拔，道："我的透儿，终于'昭君出塞'了！"

上官透这身打扮颇是闻名于江湖，若换作冬天，他帽檐和斗篷边缘还有雪白绒毛，戴上帽子在风雪里走，确实会让人想起出塞的昭君。所以，除了因着国师父亲得来的外号"一品透"，上官透还有个外号，叫"上官昭君"。

夏轻眉武学直觉相当敏锐，意识到这一回对手并不好对付。他未再用迎神指，直接使出虚极七剑。这是灵剑山庄三大剑法之一，一直是他的撒手锏，也是得意招式。七剑当中，前六剑都是重复交替使用两种剑法，到最后一剑施以重击，一般很难不造成重创。但令人意想不到的是，他每一次攻击，上官透都会用手杖使出同样的招式，只不过是朝着相反的方向。到最后一击时，上官透身形一侧，剑竟击了个空。然后，上官透手杖一横，架住他的剑，往上一提，剑锋便指住了夏轻眉的脖子。自始至终，他不曾主动出击。

上官透微微一笑："还要继续吗？"

夏轻眉眼睛眯了一下，却难得有一股子硬气，不肯出声。上官透也不勉强他，只松开宝杖道："看你是灵剑山庄的，我不下重手。不过，如果因为喜欢一个女子，便这样不懂对别的女子怜香惜玉，那不算好男子。"

夏轻眉沉吟片刻，朝他一拱手："原来是上官公子，久仰大名。多谢阁下赐教，夏某今日技不如人，愿意服输，但也请上官公子勿插手他人私事。"

"夏公子可千万别多想，在下无龙阳之好，不过怜惜那位姑娘。"说罢，杖头指了指雪芝，亦朝她看过来。

他肤色如雪，右眼外眼角下有三个小小的红点，看上去像宝石之眼里流出了三滴血泪。枫叶扰乱了雪芝的视线，落了满江红，也令这三点朱砂虚虚实实，隔着飘舞的红团，她看见他正对自己浅浅笑着。当秋风渐起，他藏在帽檐下的黑发也随风抖动，轻擦着那如画的面容。这样一个遗世而独立的年轻谪仙，居然会对暴躁如火的自己说出"怜惜"二字，无论如何都不像是真的。可是，她连多看他一眼的勇气也无，垂下头去，心跳越发无法控制，几乎破膛而出。这是怎么回事，前一日看见夏轻眉，她心中觉得他好看，只是别扭不肯承认。但是，此刻这种方寸大乱的感觉，这种才初次见面便感到心中酸涩的感觉，便像是小时候看见非常喜欢的东西，父亲却不给买一样。莫非是传说中的一见钟情……开什么玩笑！

而听见"龙阳之好"，夏轻眉已被上官透气得话都说不出来，但又不愿再在这擂台上多待一刻，毕竟击败女子又被另一个男子教训，不是什么光彩的事。他挥一挥袖子，跃下擂台。可他人还没落地，穆远已一跃而上，落在上官透面前。

上官透抬头，眼下的三点凝红也微微发亮："足下是？"

"重火宫穆远，请。"穆远朝上官透一拱手。

"在下不曾登记，挑战在下毫无意义。"

穆远道："方才一战，上官公子出手相助，重火宫衔戢不知何谢。不过，也请上官公子接受挑战。"

谁都看得出来，上官透打败夏轻眉，夏轻眉受了内伤。现在再度挑战夏轻眉，重火宫会显得乘人之危。所以，穆远只有挑战上官透，来间接击败灵剑山庄。上官透道："打败在下之后，足下便会退场，对吗？"

"是。"

"我不接。"

"若不接，上官公子便会失去参加大会的资格。"

"无妨，我本无意参加大会。重姑娘消了气，我的目的也已达到。告辞。"

语毕，上官透又一次千里一瞬，消失在会场。这一回，人们所能看见的踪迹，也只是那白色身影晃了一晃。穆远看看坐在人群中强装无事的夏轻眉，只得作罢。他一下来，朱砂便忍不住道："你为何不追上去？"

穆远道："他的武功底细并不显豁，若强留之反被击败，恐怕更无颜面。"

雪芝却一直在走神。方才，那人居然叫她"重姑娘"，也就是说，从她上台那一刻起，他就留意到了她，还记住了她的姓名……

朱砂道："得了吧，你对自己还没信心？你若是高调点，早已名满江湖。"

穆远道："有损少宫主利益之事，哪怕只有一成可能，我也不会做。"

雪芝这才回过神来，狠狠拍了拍穆远的肩，道："穆远哥，你太有义气，我还以为你们都不会来。"她说得神气活现，脑子里却只有那人的身影和笑容。真糟糕，她这是怎么了……

穆远道："少宫主不要这么说。宫主在世时，我便向他保证过，无论遇到什么事，我都会保护少宫主和重火宫，万死不辞。"

朱砂叹了一口气，遗憾道："大护法，老实说，我很想知道你和上官透谁的武功高。"

"上官透？"雪芝忽然被雷劈了般挺直背脊，"谁是上官透？你是说，方才那人是上官透？"

穆远点点头："对。他的虚极七剑最少修到了八重，那他必定在灵剑山庄待过。但是他击败夏轻眉的招式，又是月上谷的镜变杖法。杖头是浅蓝色宝石，很像冰块，应该是寒魄杖。是上官透无疑。"

朱砂道："本来很好猜的，都被大护法说得很困难。"

"何以见得？"

朱砂指指身后会场的入口。雪芝和穆远一同朝那里看去，只见无数姑娘都离座，一拥而上，往上官透离去的方向赶去。此情此景，如此壮观，和方才上官透在台上那出尘如仙的样子，有天遥地远之差。琉璃禁不住摇头笑道："难怪轻功这么好。"

雪芝却觉得天雷过后便是巨石陨落，砸在她的脑袋上。她就说，这人怎么会如此吸引她。这天上果真是不会掉馅饼的。这人是上官透，她能不心动吗？上官透是什么人，牡丹花下死的多情君子，不论走到哪里，都能听见他和无数女子吟赏烟霞、风流快活的事迹。这种情场老手，随便丢她个眼神，把她迷得灵魂出窍简直再正常不过，她居然还误以为，那是一见钟情，简直蠢蠢蠢，蠢透了！

之后雪芝又参加了几场比武，拿了第二十三名。大会历史上没有任何一个女子可以在二十岁以前拿到这个名次，按理说这应该是一种极度的荣耀，可她是重莲的女儿。流言蜚语很多，重雪芝想装作没有听到，但是心情还是忍不住烦躁。眼明的人都看得出来，失去了重莲的重火宫元气大伤，穆远上阵，象征性地打了几场，便拒绝了原双双的挑战，拿了第十六名。雪芝对原双双没有好感，还跟穆远抱怨了一阵子。

但穆远道："有些不该得罪的人最好少惹，这会儿我们暂时让着他们。给我十年，我还你一个当年的重火宫。"

雪芝笑道："原来穆远哥是鲁仲连子再世。"

话是这样说，但雪芝心中一直很困扰。她很信赖他，但她知道身为未来的宫主，她不能对任何人放一百个心。当天晚上，雪芝情绪特别低落。每次情绪低落，她都会黄夜跑出去练武。看着沈水波光潋滟，曲折胜过九回肠，她忽然想起儿时，二爹爹曾蹲在自己的身边，手把手地教她蹲马步、压腿、出拳。

"喝！"小小的她曾经眼带笑意，声音稚嫩，用不娴熟的、软软的左勾拳打在二爹爹的鼻子上。他气得捏她的脸，骂她笨蛋，不知道打草人反而打老爹。

往事已矣，白云亲舍。这一刻，她想念两位爹爹，但也在心中怨怼，为何他们会把一个这样大的门派的重任，全部压在自己一人身上。

水面增澜，暗运吞舟，波光却有些刺眼。

"喝！"雪芝目光闪烁，咬牙挥剑，敏捷而狠劲地劈断了一个木桩。

不一会儿，桥后传来一阵拳打脚踢声，还有人不断闷哼的声音。雪芝闻声而去，看到一群人架着另一个人，作势要往河沿推。这一块儿动手的，一般都不会只是什么小流氓、小混混。穆远没跟着，雪芝武功再高也有些没底。正逡巡不前，忽然听到前面传来轰隆的惊响，声音大到让人头皮发麻。那个人和一块大石一起消失在河堤上。一帮人妖里妖气地大笑起来，离开客栈外沿。雪芝赶紧跟上去，却被眼前的景象震住：河堤下还有一个台阶，而那块石头便在中间的台阶上，掉下去的人也不知是死是活，躺在石头旁边一动不动。但没一会儿，那个人便开始往台阶外爬。

雪芝忍不住道："喂，喂，你在做什么？再爬你会掉下去。"

那人像没听到她的话，还在往前爬。爬到边缘时，他选择了掉下去。

雪芝急忙上前一步，却没听到人落入河中的声音，只是那块大石稍微挪动了一些。再仔细一看，原来那块石头上镶了一条长铁链，铁链绑着那个人的腰部，那人正在河水和台阶的中间悬着，摆来摆去。她这才看到，下面是平静无波的河流，一艘小纸船漂浮在台阶正下方，里面放了一个小药瓶。纸船顺着河水慢慢游走，而那人的手伸得长长的，想去捉那艘船。可惜距离太远，铁链的长度根本不够。

"你是不是要那瓶药？"雪芝问道。

那个人没有回话。也不知是什么人设的刑。这个人似乎中了毒，使不了力。但只要一够着那个药瓶，巨石便会掉入河中。到时，就算拿了药瓶，他也会一命呜呼。雪芝二话不说跳入河中，拿了药瓶，又朝着那个人游去，浮上一些，把药瓶递给他，结果一看到那个人，吓得大叫一声——他的脸，竟然长满了五颜六色的泡，和白天惨死的华山弟子一样。那人一巴掌打掉了她的手，药瓶飞入水中。

雪芝胆子还算大，急道："你是不是被鸿灵观的人害了，神志不清？那个是解药啊。"

他指了指已经游走的小船。雪芝道："你要那艘船？"

他没说话。雪芝又游过去，把船拾回来，递给他。他二话不说把船吃掉。雪芝道："你……你清醒一点，你吃的是纸，不是药。"

他无视她说的话，闭上眼静静等待片刻。忽然，他脚下一蹬，跳上台阶。嗖嗖几声，他跃到台阶上方，从怀中掏出一个小瓶，把液体滴落在铁链上，用力一劈，铁链断了开来。他又嗖嗖几下蹿回岸边。雪芝浮上岸，跟在他后面问道："你还好吧？"

其实还是会害怕见到他的脸。但那人一回头，脸上竟然什么都没了——什么都没了，便是字面上的意思。雪芝指着他，比刚才叫得还大声："妖怪啊！无脸鬼！！"却听见那人不耐烦道："你叫什么叫？真吵。"说话的瞬间，他的额心已经有东西渐渐皱起来。下一刻，脸上的皮肤居然在下陷，鼻尖冒出来。不过须臾，一张少年面孔出现在她面前。他鼻尖微翘，看上去有些姑娘气，但眼神坚毅又邪气，比寻常男孩更不羁些。这样一来，配上他头上的红羽毛，更是充满了鸿灵观的妖气。雪芝愕然道："你是什么变的？"

少年道："我不是什么变的。我犯了戒条，差点死了，现在又活了，就这样。"

雪芝这才留意到他的腰间挂了一个小毒葫芦，立刻反应过来，道："你就是白天在英雄大会上杀了人的鸿灵观弟子？"

"是。"

雪芝后悔救了他，道："既然他们都准备杀你了，你回去也是死。杀人偿命的道理你懂？"

"怎么可能死？"少年晃晃腰间的毒葫芦，"我回去以后，便可以换一个大的。观主还会赏我更多的毒蛊和毒液，之后我在鸿灵观里，便可扬眉吐气。"

"你在说什么？他们不是要杀你吗？"

少年颇是自豪道："这是观里的规矩，只要破除了师兄设下的难题，并且不寻求帮忙，便可以和他交换葫芦，并且得到他的权力。"

"你没有寻求别人的帮助？"

那人叫道："你救了我，但你哪只眼睛看到我找你帮忙了？"

天下之大，"奇葩"层出不穷，这等恶叉白赖，她却是头一次遇到。跟鸿灵观的人果然无法沟通，雪芝转身便走。少年在她身后道："不过，观主也说，有恩必报，是鸿灵观的道德底线。"

听到最后一句，雪芝哭笑不得，决定不和他闲扯，准备回客栈。但是没走出两步，手腕被人拉住，身子被扭过去，一个火辣辣的吻印在了她的唇上。

"这下两不相欠。"少年露出非常天真纯洁的笑脸。

雪芝目瞪口呆——她的初吻又没了！

之所以说"又"没了，是因为她十二岁时，和穆远比武时不小心回头亲了他，但在她的定义中，有感情的吻才能叫初吻，所以她决定那一次不作数。而这一回，也不知是否年纪大了些，她受到的刺激颇大，二话不说，一拳把少年击倒在地。少年捂脸，无辜道："为何打我？"

雪芝气得满脸通红，举剑只想杀人灭口。然关键时刻，一颗迷雾弹掉在地上，她听见少年在雾中说道："不喜欢这个，下次我换个方式报答你便是，后会有期，小美人！"

已至子时，金风微雨意深秋，云桥烟树，月满西楼。一抹奉天夜色，描摹出片影的江湖。雪芝无奈地回到客栈，原想回卧房倒头睡下，途经一艘画舸，看见一个人坐在舟头。她十分警惕，险些抽出武器，却发现那人是夏轻眉。他也正巧看见她，缓缓站起来道："重姑娘。"

他换下了灵剑山庄的白衣黑腰带，亦不再戴皮质护腕，反是一身暗红便服，发冠金龙戏珠，气质清雅绝尘，不像习武之人，倒有几分儒意。客栈里兀自有壶碗碰撞声，嘈杂窃窃，让雪芝几次想开口回话，都未能如愿。夏轻眉倒是大方，见她停下，一跃而起，落在雪芝面前说道："不知重姑娘是否还记得夏某，今日与姑娘在英雄大会上过招的夏轻眉。"

夏轻眉果然人如其貌，文雅懂礼法，雪芝心中对他多了几分好感，道："自然记得。夏公子中宵在此月下泛舟，真有雅兴。"

"其实……夏某一直在等重姑娘，却又觉得贸然打扰实在不便，便一人在此喝酒，不想天缘凑巧，在此遇到了姑娘……"

"在等我？为何？"

晚风吹下，月落明窗纱，夏轻眉面露尴尬之色，泛着被月光照得不确切的粉色："白日在大会上伤了重姑娘，是以心有愧疚。"

"哈哈，原来是为这个。"雪芝摆摆手，"夏公子确实多虑，那是在擂台上比武，我怎可能往心里去？"

夏轻眉笑道："重火宫的少宫主，果真名不虚传，恢廓大度。夏某想请姑娘小酌一杯，不知姑娘是否赏脸？"

"没问题。请。"雪芝与夏轻眉一同回到客栈一楼。

一到晚上，武林豪杰参赛完毕，都在此对饮高歌，雪芝和夏轻眉刚一进去，半数人都搁置酒筹，回头望着他们。重雪芝却不以为意，与夏轻眉在一张小圆桌旁坐下，要了一壶桑落酒道："这桑落很正，是清香大曲。"

"重姑娘懂酒？"

雪芝笑笑："先君素喜品酒，不过跟他学了些皮毛。"

"品酒自然好过嗜酒。不过，我曾听闻莲宫主酒量惊人，千杯不倒。"

"那是传闻，他只是喝酒不上脸，你不去推他，他便看着正常得很。"

"若是推了呢？"

"就倒了。五个壮汉都抬他不起。"

她说得漫不经心，又一副小有嫌弃的样子，好似真在谈着某个怪癖多多的糟老头，而不是鼎鼎大名的英雄豪杰。夏轻眉禁不住笑出声来："若不是听你亲口说，我还真不敢相信是事实。总感觉那么厉害的人物，酒量也是举世无双的才是。"

"关于我爹的诸多传闻，不管好的坏的，除了武功，其余部分其实都言过其实。"

"我相信莲宫主是美男子的传闻，应该并非假的。"说到此处，夏轻眉望着她，双目中一片坦荡，"看重姑娘便知道。"

雪芝愣了愣，有些窘迫道："没……没有，我爹好看，我可不好看。"

二人又聊了许久，夜色越发深沉。夏轻眉道："不瞒你说，以前我对重火宫和重姑娘有不少误解，所以今天才会冲动，上台挑战。现在想来，似乎太过随波逐流。来，夏某敬你一杯。"

雪芝举卮，喝下去以后，才支支吾吾道："对了，那个，林姑娘现在还好吗？"

"你是说奉紫？"

"啊，嗯。"

"她脖子上挂了点小伤，回去后一直跟庄主闹，说姐姐下手好狠，还蹭着庄主哭了半天，最后闹得庄主都受不了，说这丫头这样下去怎么习武？你知道她怎么说？"

"她说什么？"

"她说姐姐以后可是重火宫宫主，会是厉害的女魔头，有姐姐保护便可以，她才不用练武呢。"

雪芝火气又上来了，道："谁会是女魔头了！"

夏轻眉一脸认输的样子，道："重姑娘息怒。"

雪芝面无表情道："不过，说到林奉紫，我发现雪燕教和灵剑山庄的武学果然同出一脉，虽然雪燕教用的都是鞭子，但总体形变神不变，而且动作相当漂亮利落，有大家风范。"

"要论动作漂亮利落，我倒是会想到月上谷的杖法。山庄里有很多弟子，都是为了一睹一品神月杖，而踊跃报名少林兵器谱大会的。"

提到月上谷，雪芝与寻常人一样，首先想到了上官透，说道："上官透是这天下最年轻的门派之主了吧。"

"是。上官公子冠名黑头公，难免轻狂。我们庄主说，此子非池中之物，再过些年，不是武林豪侠，便是一代魔头。"

"难道这便是他被逐出灵剑山庄的原因？"

"不，他被驱逐的原因没人知道。只是当初所有人都看到庄主动手打了他。有人说是他发现了大秘密，但也无确凿消息。"

"原来如此，那先前你与他都不曾见过面？"

"是，灵剑山庄太大，我和他师父不同，也不在一个院里。以往山庄有会议，或者有比武活动，他又从不参加，都是单独行动，所以我们虽属同门，却是陌生人。"

"真是个怪人……"雪芝喃喃道，"时间不早，我看我得回房，否则明日回归重火宫，路长而歧，难以早起。"

"真对不住，我与重姑娘颇是投缘，一时兴起，不想忘了时间。"夏轻眉站起来，从腰间拿出一个红色剑穗，递给雪芝，"这是我的见面礼，望笑纳。"

"啊，这样，可是我什么都没有准备……"

"无妨，区区薄礼，不足挂齿。只是我与重姑娘一见如故，盼日后还有复见之日。"

重雪芝接过那剑穗，又抬眼看了看眼前的少年。夏轻眉理应与她年龄相仿，却比她要深谙人情世故。现下她也不知道长老们这样让她闭门习武，究竟是好是坏。

次日清早，雪芝一行人离开奉天，赶回重火宫。是日秋色连天，碧空万里，行云径拥。黄叶灿金，零落如绫罗。小河盘绕山道而下，以明镜之姿，倒映满山重楼。入口处，重火宫弟子罗列成排，雪芝拖着疲惫不堪的身躯，听他们一个个唤了"见过少宫主"，不知过了多久才回到山顶正殿。殿内，三四十个高等弟子站在两旁，四大长老坐在大殿尽头。大师父和护法站在他们身后。雪芝刚一进去，众人的目光都齐刷刷地扫过来。她越往里面走，头埋得越厉害。宇文长老坐在宫主空位旁边的副座上，默默看着雪芝不说话。还是温孤长老最先开口："少宫主，此行川途渺渺，登降千里，想是累了吧？"

雪芝头上冒出薄薄汗水，说道："不累。"

尉迟长老微笑道："既然不累，那么，成绩应该颇为理想。"

望着尉迟长老的笑脸，雪芝心虚地握紧双拳，头埋得很低。周围人都知道她的名次，但任何人都未流露出情绪。最后，还是宇文长老打破了尴尬的局面，说道："少宫主，你跟我来。"

他慢腾腾地拄着拐杖，走下台阶。随着时间推移，几个长老都更加年迈，宇文长老亦是越发深不可测。雪芝跟着他走了一段，大概知道他要带自己去哪里，不由得停下脚步。前方的宇文长老也停下脚步，但是不回头。等她又走了一步，才继续往前。从尽头的侧门，穿过回廊，雪芝站在了重火宫历代宫主的灵堂中。灵堂宽广且高，香火寥寥，一片死寂，在里面每走一步，都能听到重重的脚步回声。墙上挂满重火宫历任宫主的遗像丹青，丹青前摆着灵牌。其中不乏面容英气的女宫主，抑或眼神冷峻的七旬癯仙。最后一张丹青上的男子最为年轻，雪芝看见父亲近在眼前又远在天边的容颜，心中即刻有重石压下。宇文长老的声音自迷雾香火中传来："跪下。"

雪芝立刻跪下来。宇文长老双手压在拐杖头上，声音是一潭死水，倦怠又陈旧："此处丹青中的每一个人，都曾经是叱咤武林、纵横天下的霸者。重火宫之所以有今天，都是由这些人，你的祖先，用血与泪一点一点铸就的。而你，重雪芝，马上十七岁了，却连重火宫的武学都尚未淹通。马上便要继承宫主之位，你竟连英雄大会前十都没进。"

雪芝感到无比羞愧，埋头不语。

"你怎么对得起重火宫，怎么对得起为这个武林世家付出一切的历任宫主？你说说，你怎么对得起他们？"宇文长老指着重莲的遗像，声音因愠怒而发颤，"你怎么对得起他？"

雪芝双手紧紧抓着衣角，指尖苍白。

"你好好想想吧。想通了，再出来。"宇文长老扔下这句话，转身走了。

这一刻，面前的遗像变得很高。重雪芝心中百感交集，归咎下来，不过一个"愧"字。她知道自己远亚于父亲，亚于这灵堂内每一个高高在上的传奇人物。但是，也没有人问过她，她想要什么。她不过是投了个好胎，成为一代豪杰的女儿；又不过是投了个坏胎，自小便成了孤儿。她是如此想念有家人的日子，想她也曾和林奉紫一样，被父亲当作掌上明珠，疼在心窝里。但那样的日子早已一去不复返。如今，她只能正对遗像跪着，泪水一滴滴落在地板上。

雪芝本认为，只要自己安分守己在宫内修习，不惹事端，便不会再令长老们失望。她却没想过，自己不去触霉头，霉头有时会自己触上来。半个月后，已近初冬，天亮得越来越晚，尉迟长老又一次被门外的舞剑声吵醒。他披着衣服往外走，一片灰蒙蒙中，一个身影正在练剑场中来回穿梭。剑光凛冽，俯仰之间，数块大石又被击碎。雪芝满头大汗，但是没有发出一点声音。随着几个转身的动作，汗水旋转溅落。不多时，只听见当的一声巨响，雪芝手中的长剑剑锋被劈成两段，打着旋儿飞了出去。她这才停下动作，长叹一声，慢慢走到一旁，随地坐下。她擦了一把额上的汗，取下长剑上的剑穗，把已经断裂的剑扔到破剑堆中。之后，她从武器架上取下另一把剑，把剑穗挂在上面。尉迟长老带着欣慰的笑意，踱步过去说道："剑都不要，还要剑穗做什么？"

雪芝回过头，愕然道："长老？啊，哦，这个剑穗，呃，我很喜欢。"

"真的吗？"

"是，有剑穗，舞剑才帅气……"说到这儿，发现尉迟长老一直在看那个剑穗，她又小心翼翼道，"……怎么了？"

尉迟长老抬头，微微笑道："没什么，你好好练。"

午时过后，雪芝倒在碧滋闱草上，再无力站起来。大师父和穆远站在旁边，无奈地看着她。朱砂蹲下来，戳戳雪芝的肚子，叹道："少宫主，吃太多了。"

"我肚子好难受。"雪芝试图撑起身子，但挺了一次，失败。再挺一次，再失败。大师父实在看不过去，抓住她的手，把她硬拉起来："你再这样下去不是办法，不要急于求成。现在穆远教你，你光看便可以。"

穆远背对着雪芝，站得笔直。然后横臂劈剑，剑锋急速颤抖，反射出刺目的光芒。然后便是抬腿、踢腿、收剑、再刺、再收，接着一个翻身，回马剑……都说习武便像绘画。就算画得再好的人，都无法将画画得跟原物一样，只能无限趋近。穆远不愧是穆远，只要是重火宫的招式，他都能做到几近完美，挑不出毛病。他现在示范的是混月剑第八重。便是因为舞得极好，雪芝觉得更加气馁，轻声道："穆远哥这么厉害，我是不行的吧……"

穆远舞完剑停下来，蹲在重雪芝面前道："少宫主，你要做得比我好。"

雪芝断然道："那不可能。"

朱砂和大师父差点异口同声说"是啊"，还好忍住了。朱砂站起来，伸了个懒腰道："唉，宇文长老真是太过严苛。不过没办法，他可是你爹爹的师傅。若他不是那么老，亲手教你的话，估计你早就……怎么了？少宫主你眼睛疼？穆远，为何捂着头？”

“少宫主，我有事想要问你。”宇文长老的声音从朱砂身后传来。

朱砂被利剑刺中脑门般，猛地站直了身子，背上一片阴凉。雪芝慢慢站起来问道：“长老……什么事？”

宇文长老看看穆远手中的剑，朝他伸手。穆远把剑递过去。他提起剑穗，看着雪芝问道：“少宫主，这剑穗你是从哪里得的？”

“……买的。”

“在何处买的？”

“在……奉天。”

“你在奉天买了灵剑山庄的东西？”

雪芝的脸很快红了，只好看着别处不说话。宇文长老道：“少宫主交友，我们不便插手。但希望少宫主不要忘记自己的身份。收别人礼物时，你代表的是重火宫，而不仅仅是重雪芝。”

雪芝忍了许久，才把反驳的冲动压了下去，只一屁股坐在草地上，不再说话。就在这时，一个弟子匆忙赶来：“少宫主、长老，雪燕教教主求见。”

雪芝心中一凉，道：“你让她在山下等我。”

“不。”宇文长老打断道，“请她上来。”

原双双进入正殿时，跟以往的来访者截然不同，背脊笔直，毫无惧意。这一回，她身边还是跟着很多女弟子，不过奉紫不在。看见硬着头皮进门的雪芝及神色凝重的宇文长老，原双双眉开眼笑道：“原来重火宫还有长辈，我还以为只剩了雪芝一个不谙世事的孩子呢。”

宇文长老道：“少宫主虽然年轻，但已不是孩子，原教主有话不妨直说。”

这时，很多重火宫的弟子也都偷偷放下手中的事，围过来看。原双双道：“其实不过是丢一根绣花针的小事，不想惊动长老。雪芝年纪还小，会犯点错，也无可厚非。”

宇文长老俨然看着原双双，不接话。雪芝道：“请不要拐弯抹角，有话直说。"

"是这样，我听说夏轻眉那孩子送了雪芝一份薄礼……"

"夏轻眉？"宇文长老蹙眉道，"恕老夫贫薄，可是灵剑山庄的第十二代九弟子？"

"长老果然有百龙之智，就是他。"

雪芝打断道："他送我什么东西，不要你来多事。"

"哎，芝儿，你听我把话说完。"原双双越叫越亲昵，看着雪芝的模样，便像在看自己女儿，"关于你跟你夏哥哥的流言，现已传遍江湖，我当然相信你俩不会小小年纪就……但是，女儿家名节重要，被人这样说，到底不好。"

第三章 重逢洛阳

宇文长老蹙眉不语。雪芝急道："你在胡说什么?! 我和他就坐下来喝了点酒，聊了几句话，一个时辰都不到……你……你再乱说话……"

原双双叹道："唉，芝儿，我这是为你好。你大概不知道，你夏哥哥很多年前便跟我们奉紫提过亲，只是奉紫还小，我们这些长辈，都不同意他们成亲。不过，再过两年便不一样了，你夏哥哥虽然被夸成柳下惠，但遇到你这样的小美人，又是对他有意的，难免也会糊涂一下……"

原双双说了什么，雪芝都没听进去。她只听见，原来夏轻眉和林奉紫通家之好，已指腹割衿。难怪夏轻眉会这样了解奉紫，她还以为……他对自己有好感，希望自己能多了解他们的生活。顿时心中说不出地委屈，雪芝不悦道："大娘，麻烦你噤声。我和夏轻眉不过点头之交，请勿危言耸听。"

"瞧瞧这话说的，芝儿，我是好心提醒你，可不想好心做了驴肝肺。说真的，你是个美人坯子，但以你的出身和性格，你夏哥哥大概不会和你来认真的。还是和那些与你相配的人在一起吧，像什么青鲨帮帮主呀，玄天鸿灵观弟子呀，银鞭门、金门岛什么的，想要你的，还少了？"

月 上 重 火

"我要杀了你——"雪芝勃然大怒,抽剑冲上去,却被宇文长老一根拐杖拦住。宇文长老依然毫无笑意,看向原双双:"原教主要说的话都说完了吗,请回吧。"

原双双气愤了片刻,又微笑道:"也是,奉紫还等着我给她带洛阳的花簪呢。唉,这姑娘也是,如此柔弱,偏生爱把自己弄得跟粉儿玉儿调出来似的,害那些山里野生的女娃娃拈酸得要死。追她的男子太多,还都是名门正派来的大少爷贵公子哥儿,我真替轻眉那孩子担心啊……"

她这些话像是说给身边人听的,但又说得格外大声,雪芝想不听都不行。终于原双双走远,只剩下雪芝、宇文长老,还有一堆偷听又散掉的重火宫弟子。雪芝气喘吁吁道:"宇文长老,您不是也说了吗,我代表的是重火宫,您怎能让这泼妇欺负我恁久?"

"杀了原双双,灵剑山庄以及背后的诸多门派,你惹得起吗?你当这还是过去的重火宫吗?"宇文长老看上去异常冷静,"现在的少宫主没本事,则莫怪他人欺上头来。从明天开始,少宫主不得踏出重火宫半步,直到混月剑修至第九重。"

"可是,过了年,兵器谱大会我必须得去。在那之前,我没法修炼到第九重。"

"兵器谱让穆远代你去,你不用去。"

"我是少宫主,我必须得去。"

宇文长老沉思许久道:"夏轻眉会去参加兵器谱大会,是吗?"

"我不是为了他去!那个原双双说的话长老也相信吗?我们只是朋友!"

"现在你会钟情于他,是因为他打败了你,而你太弱。等你混月剑练到第九重,再回去看,你是否还会喜欢他。"

雪芝双眼发红道:"喜欢别人不是用剑法来衡量的,你们不能这样操纵我!"

"从明天开始,少宫主便开始禁足。话便说到这儿,少宫主请继续练剑吧。"扔下这句话,宇文长老转身离开。

　　这段时间，雪芝只要再看见剑这玩意，都像看见饭碗里掉了只苍蝇。被宇文长老如此一逼，她更是不愿再忍。当天晚上，她便背着包裹，从重火宫逃了出来。

　　这是第一次不经允许私自离开，不曾独自行走江湖，刚一离开重火境，她便发现有很多必备物品未带。不过，银子绝对够用。背着满包裹元宝的雪芝，看着重火境外面的辽阔世界，突然感到无比迷茫。这时候去找谁比较好呢？

　　爹爹素来曲高和寡，和他有关系的不是属下，便是同盟。和二爹爹关系好的门派，大至屹立江南的天下第一山庄灵剑山庄，小至峨眉山脚的南客庐；认识的人，那更是从正气浩然的大侠，到京城首富，到名铁匠老韦，到三流门派青鲨帮帮主，再到洛阳头号妓院老鸨……二爹爹的身手和武功路数不足以叱咤武林，但他总爱勾搭人。五湖四海皆亲友，说的便是她二爹爹。于是，她决定去找二爹爹最好的兄弟，京城首富司徒雪天。司徒叔叔是看着她长大的，还吃过她不少嘴巴子，若她还要认个三爹爹，那他是不二人选。而且，从重火宫到长安，路程不算太远，但去长安，必定会路过洛阳。所以，雪芝第一站定在了洛阳。

　　都说九域中都，长安集权，洛阳集钱，这话绝对不假。富商都爱在长安定居，却会去洛阳做买卖。洛阳城别名元宝城，可当真不负了这头衔：满目红楼碧瓦橙灯笼，蓝天蓝瓶蓝布伞。满城楼宇整齐划一，石板小巷，精致人家。光闪闪市列珠玑，宽绰绰户盈罗绮，便是行讨的乞丐，都掂着几块银锭子，鲜见短褐屡空者。武林人士去长安，一般是冲着武馆、兵器行、最大的当铺钱号，或者茶楼中的议会。但凡去洛阳之人，无论是否身怀绝技，是男子，都会去一趟花满楼、烟馆以及赌场；是女子，都一定会去福家布坊。福家布坊是个正宗的连锁店，九州境内，哪怕在无名小墟曲，都定有分店。布坊总店在洛阳，店铺修得成了个宫殿，让人无法忽略。雪芝表面粗枝大叶，私底下却还是个花姑娘，到了洛阳，她没禁住福家布坊的诱惑，溜达过去瞅了一眼。

布坊生意比她想象的红火得多。雕梁画栋，大黄四角灯笼高挂，每个灯笼上都题了"福"字。灯笼下，车马川流不息，顾客络绎不绝，姑娘占了九成。洛阳佳人名不虚传，并非倾国倾城之色，却都锦衣玉食。雪芝看了看自己还没脱掉的练剑服，越发觉得别扭。扭扭捏捏地进去，发现这里的姑娘和外面的不大一样，说话不大声，但重音都特强，姐姐妹妹叫得动听，互相夸赞的词也是格外多。笑起来，还都叫一个销魂蚀骨。跟她们比起来，雪芝觉得自己就是个胡打海摔的熊孩子。她听见两个布坊丫鬟悄悄道：

"小少爷回来了果然就是不一样，今天人比以往多了两倍。"

"是啊，今天在场的不少人，平时不都是挽着袖子跟我们叫板杀价吗，今天出手都特阔气，聊够了，随手选一块布，价都不问直接付账。"

雪芝回头看那两个丫鬟一眼，那俩人和雪芝对望一眼，看了看她身上的衣服，对视一下，都笑了。雪芝被她们弄得更加无地自容。她的衣服虽不花哨，好歹干净整洁，怎么这俩人像是看到了叫花子？她默默放下手中的布料，灰溜溜地出了布坊。刚出门去，后方便传来喧哗声。回头看一眼，女子都蜂拥而上，将什么包围得水泄不通，她也没兴趣知道，直奔武器铺。

看来看去，还是这种地方最适合自己。叮叮当当的敲打声，听上去也是格外亲切。武器铺里几乎都是男子，见一个小丫头进来，都难免感到好奇。这里主要卖剑、刀、枪、鞭，一面墙上挂着数排各式各样的剑，雪芝伸手依次掂了掂，发现都还是中上品，质量均等，价格却都高得惊人，没一把低于一百两。想起琉璃很擅长铸剑，他随便做一把，都能比这里的好上很多，早知道劝他不要当什么护法，来这里卖剑都发了。

这时，老板刚挂好一把新刀，便看到了雪芝，朝她挥挥手道："喂喂喂，小姑娘，这不是你玩的地方，赶快回家吧。"

雪芝道："我是来这里挑剑的。"

老板一脸嘲意道："你还懂剑？"

雪芝随便取了一把取名为"青虹"的剑，掂了掂道："这一把头重脚轻，易损且不好掌控。"又取了一把名为"雪狮"的刀，说道："刀身很窄，属于轻刀，但刀本身重量太大，优点全被埋没。里面不灌铅，恐怕要好得多。"再取一把"狂风"鞭，说道："我小时只学过一点鞭法，但与不少会鞭的人交过手。这鞭虽看上去精美，但鞭把的比例失调——"话还没说完，手中的鞭子便被老板夺走。旁人看着他们，都露出了诧异的神情。

"买不起便不要在这里妖言惑众，本店不欢迎你！"

"我确实没打算买。你们家的武器都只是好看，又配上了个有噱头的名字而已。"

雪芝转身便走。那老板的火气却上来了："砸了我们场子便想走人？我看你这黄毛小丫头，不知是从哪个乡下来的，没听过我卓大爷的名字！来人！"

话音刚落，几个大汉冲出来。雪芝的火气也来了，利索地抽出身后背的剑，道："我看你也没听过姑奶奶重雪芝的名字！"

老板大笑起来："你是重雪芝？哈哈哈，那老子便是重莲，要你的命！给我上！"

几个大汉抽出宝刀，向雪芝砍去。雪芝使出穆远才教的混月剑第八重。虽然不太熟练，效果还不如使第七重，但用来唬唬人是小菜一碟，几下把他们的刀挑飞了。那刀锋正巧插在卓老板面前，嗖嗖闪着光，还晃悠悠扇风作响。卓老板吓了个半死，颤声道："你，你有本事便不要跑，给我等着……"

雪芝歪着头，手中把玩着剑穗："姑奶奶等着。"

见卓老板往里间跑去，雪芝哼笑一声，又转过去看那些兵器。其实谁都知道，大都市的东西都是价钱高质量中庸，外形才是正道。她有些后悔，不该和那老板起冲突。但在场的人都看着，这时候走，岂非给重火宫丢人？正逡巡时，一只手从她旁边的墙上取下"青虹"。雪芝原只瞥了一下这把剑，但一看到那只手，稍有片刻出神：手指白皙修长，形状极美，却不似黉门书生之手那般弱不禁风，骨节凌厉，十分有力。她禁不住回头看人。

"这剑确实不值这个价。"旁边的人说道，"姑娘说的没错。"

"是，是啊。"雪芝发现自己扭头看到的，不过是他胸前的锦绣衣襟，这才转移视线，抬头看着他，"……方才我已……"

那人朝她微微一笑，说道："姑娘可是习剑之人？"

雪芝的嘴唇张开，便似一枚樱桃张开了口，一双眼睛望着他，荡漾着水光。武器铺外有吆喝声，书写洛阳十里春风的热闹。刹那间，韶光满堂，如云漏月，眼前的公子却与这满城喧嚣毫无关系，好似秋梦冷烟绘制的仙，不应住在繁城中，而应来自蟾宫上。见她久久凝视自己，他脸上的笑意更深了一些，说道："不想在洛阳也可以看到重火宫的人。姑娘的混月剑练得很好。"

"没……没事。"

雪芝发誓，方才那一刹那，她的心停止跳动过，之后又怦怦加速跳了起来，一直没停过。这人真是凡人吗？黑发如炭，白肤如雪，气质如此清高出尘，声音却如此温柔，传入她的耳中，便似沸水灌入，让她整个人都烧了起来。雪芝侧过头去，对着墙壁摇摇脑袋："哪里哪里……"她最近是怎么了，总是会如此混乱。想先前在英雄大会，当她看见上官透，也是……

此时，卓老板再次出现。这一回他身边跟的人，不再是普通的粗汉，而是几个穿了华山派服饰的弟子。

"便是那个女娃娃在砸我场子……上……上官公子？"卓老板盯着重雪芝身后，愕然道，"您怎么会在这里？"

两个华山派弟子也朝那公子拱手道："见过上官公子。"

上官公子笑道："卓老板，多日不见，近来可好？"

"托公子的福，甚善甚善。"

上官公子撑开折扇，轻轻摇了摇："你这里生意越来越红火，武器也是越做越精良。"

"不敢当，不敢当。上官公子难得来一次，也赏脸给小的，进去喝口茶。"

"不了，我还有事要和这位姑娘谈，改日再会。"

雪芝问道："你认识我？"

上官这姓不常见，碰巧雪芝又想到了上官透那个表里不一的花蝴蝶……慢着，上官透？雪芝猛地抬头，才发现这人真是上官透！虽然换上了香扇锦衣，眼下的红色印记还在，雪芝顿时目瞪口呆。是了，上官透的外公是洛阳第一布商，那么方才布坊里提到的小少爷，应该便是……

"哈，上官昭君！"雪芝头一回觉得猜对人的身份如此有趣，居然当着这么多人的面，叫出了上官透最讨厌的绰号。

所有人脸上的表情都凝固了那么一会儿，然后唰唰看向上官透。上官透摇扇子的手停了停，旋即笑道："在下复姓上官，单名透。承蒙姑娘夸奖，不过在下受不起那个名字。"

"为何受不起？我觉得很好听，况且你穿上白斗篷的样子，真的很像昭君美人！"

察觉到周围人都在忍笑，上官透收了扇子，指指门口："姑娘，我们出去说。"

俩人一出去，便有人低声道："这下那姑娘惨了，从来没人敢真正当着上官透的面叫他上官昭君。"

"不会，他是瞧上了那小女娃娃。"卓老板擦擦汗，嘴角挂上一个阴恻恻的笑，伸出三根指头，"我敢保证，这重雪芝不出这多天，便会入网。"

"哇，卓老板，您怎么会知道？"

卓老板邪笑道："且听我娓娓道来……"

走出兵器铺，上官透转身道："看姑娘不像洛阳人，可是来此游玩？"

"嗯，我是登封的。"

"可是在重火境附近长大？"

她摇摇头道："是在重火宫里长大的。上官公子是洛阳人吗？"

"在下长安人士，洛阳是母亲的娘家。"

其实上官透闻名于江湖，这些答案她早已知道，而且，他们不过客套寒暄，他也始终彬彬有礼，但她也不知是怎么回事，私底下却早已方寸大乱。他的面容、身材、声音、说话方式，甚至连眼角弯起的弧度……这上官透的任何方面，都令她瞬间倾心。她反复告诉自己，因为他是标准的朱门贵公子，年轻俊俏，惯戏花丛，才会让她昏了头。她故作镇定道："那公子回来是为了见家人？"

与此同时，卓老板摸摸墙上的剑："上官透喜欢打听对方的背景，但凡黑道、仇家、好人家的闺秀，一律上黑名单。如此说来，他还算有点良心。"

"老爷子才过七十大寿，今番回来是为向他祝寿。不过，很快便会离开。"上官透微笑道，"还未请教姑娘贵姓芳名。"

雪芝道："我叫林羽芝。"

"姑娘方才果然是报了假名。"

"你为何不相信我是重雪芝？"

上官透顿了顿："林姑娘使用的混月剑很娴熟，却并未炉火纯青。"

这回轮到雪芝郁结。这上官昭君居然这么说自己。不过，按一般人的印象，都会觉得重火宫的少宫主重雪芝，早能把混月剑倒过来使。这样也好，让他知道自己的真实身份，恐怕会惹来不少麻烦。雪芝笑道："上官公子果然慧眼识人。"

"不过，林姑娘身手非凡，习武时间应该不短了。"

"从会走路起，便会拿剑。"

与此同时，卓老板转身，抽出武器："倘若是从小习武的女子，那更合其意。因为行走江湖的女子，保持女身者不多，且个性直率，不会哭哭啼啼。"说罢他举剑，剑光四射，"而且，够悍，够坚韧，在床上也够辣！"

上官透嘴角勾起，声音也更加温柔了些："那，林姑娘一定受过不少伤，恐怕要令许多男子心碎。"

雪芝摆摆手："不会不会。我没什么人喜欢。"

"没有人喜欢？"上官透刻意停了一下，望着她笑盈盈道，"不信。"

"真不骗你。"

"倘若有人对姑娘有意，姑娘可会考虑？"

"那要看是什么人。"

卓老板舞剑，剑唰唰唰响了几声。"若这姑娘不幸是个反应迟钝的，那该当如何是好，如何是好啊？"卓老板忽然手腕一震，剑锋摇摆，光芒刺目，"别忘了，上官透是风度翩翩的美君子，他身材高挑，有神人之姿，瞧那如花美眷，似水流年，真乃通杀少女少妇之本钱！只叹他外表脱俗，内里却黑成一团焦炭！"

上官透走近了一些，看着雪芝，低声道："林姑娘可是来此地为宫里办事的？"

雪芝原本便需微微抬头才能跟他对话，这下更觉得局促不安，说道："呃，不，不是……我打算过两天去长安。"

卓老板剑锋依然直直地指着前方，说道："此时，若姑娘略显羞赧，他便会问——"

上官透道："那这几天，姑娘打算在何处歇宿？"

卓老板眼睛眯起来。"倘若姑娘说不知道，那么，肥鱼到手，他会做什么呢？"卓老板砍断一把椅子，"——当晚便吃掉！"

雪芝道："当然是客栈呀。"

"是洛阳客栈吗？"

"嗯。"

卓老板道："倘若姑娘的答案是'不知道'以外的内容，他会很高兴，因为这个猎物有挑战性。到时候，他会说什么呢？！"

上官透笑道："常言道，醉扬州寻杜牧之，梦洛阳游历软红。姑娘初来乍到，对洛阳应该了解不多，若明日有空，请容许在下带姑娘在洛阳一游。"

"好啊！我刚好想去你家的布坊看看，你要帮我要折扣啊。"

"那是自然。那在下先送姑娘回客栈。"

卓老板忽然停住，面色凝重。旁边的人正听得津津有味，问道："接下来呢？"

"欲知后事如何，请明天光临本铺。"卓老板放下武器，开始收拾铺子，"打烊了。"

上官透与重雪芝一路聊天回去，至客栈时，已是黄昏时分。雪芝回头看了看客栈牌匾，掉过头看向他，一脸明媚灿烂地说道："上官公子花名满天下，我原以为你轻佻浪荡，却没想到是这样和善有趣，看来江湖上的坏事，多半是以讹传讹。"此时，清风若水，红霞满天，她的双颊也被照得红彤彤。她朝他深深作了个揖，巧笑道："多谢上官公子！"

上官透怔了怔，回礼道："林姑娘太多礼。"

目送雪芝的背影消失在客栈门口，一辆骖驾驶来，一个少年探出脑袋，说道："公子，夫人请您早些回去，派我们来接您。"

上官透"嗯"了一声，提起袍子，上了骖驾。三马如舞，疾驰而走，飞奔在千丈夜色之中。晚风扬起绮幕，亦扬起上官透两鬓的黑发。他旋着手中的折扇，望着窗外的街景，五色灯火渐次照在他的睫毛上。那少年是他的贴身随从，见他心事重重，一反往日得手前春风得意的模样，不由得小声道："公子，今天这妹子可是说话得罪您啦？"

"不是。"

其实想想也不大可能，他从未见过公子动怒。但见上官透不肯回答，他也不便多问。过了良久，上官透一直望着窗外出神，还自言自语道："我定是太想见雪芝。现在随便看见个小丫头，都觉得很像她。"

"呃？"少年随从抓抓脑袋，"雪芝是谁？"

但他又一次没能得到公子的答案。而上官透自己也有些迷惑，只是满脑子都无法遏制地浮现出这林姑娘的身影。他出入江湖多年，还是头一回遇到此等情况。这是为何？不过是个有几分姿色的小丫头。比他大十三岁的风尘尤物蛊娘子，都不曾令他意乱情迷过半分。这定然是他的错觉。他关上窗扇，闭眼靠在椅背上说："快些回去吧。"

前一日玩得太累，外加天气冷，进了被窝，便再不想出来，雪芝竟睡了整整一夜。第二天起床，才猛然想起和上官透有约。也是同一时间，卓老板穿着棉袄挂上兵器，把大门打开。门外站了一帮来听说书的人，早已等得面如土色。

"失礼失礼，昨天晚上兴奋过度，起晚了。咱们继续。"卓老板走进铺子，从角落搬来一个板凳。

雪芝刚一拉开门，看见楼梯间站了两个侍从。这俩侍从是上官透派来的，一看到雪芝，便来鞠躬问好，请她在房中等待片刻，他们这便去通知上官透。此刻，卓老板道："上官透行走江湖，素来喜欢独来独往，但在猎艳寻芳之时，这两个侍从，却变成了必用道具。这，又是何故？"

不多时，两个侍从通知雪芝，上官透在楼下等待。雪芝顶着黑眼圈下楼，看到神清气爽的上官透，只得连连道歉。上官透自然不会生气，只微笑道："无妨，林姑娘身子要紧。我们走吧。"

"阔气！"卓老板猛地回头，指着某一个无辜的顾客，激动得满脸横肉颤抖，"他要的便是阔气！他是国师和福家大小姐的儿子，怎能不阔气！让两个侍从等待，既有面子，也表现十足的真诚，更是让贫薄的姑娘摇摇欲坠！若不出意外，在客栈门外等待他们的将会是——"

上官透让开一步："林姑娘请上马车。"

卓老板狠狠摇了几下手指，提高嗓门："其实上官昭君最讨厌的便是马车！"

雪芝道："要坐马车吗？"

"不想坐？"

卓老板扯来一个板凳，重重堆在铺子中央的板凳上，再用力回头说道："若这姑娘说不想坐，昭君夫人会毫不犹豫地爱上她！"

"不想。坐马车会错过很多东西。"

上官透面露喜色："那我们走吧。林姑娘先请。"

"虽然他的外号是上官昭君，但是人们更愿称他为'上官摧昭君'。他是风流公子，谁都知道。被他看上的姑娘更清楚，对他定有防备。当然，他也清楚这个姑娘清楚他底细的事实，所以该当如何是好呢？"卓老板又拖了一个板凳，堆在第二个板凳上，又一次用力回头，"——反其道而行之！"

雪芝和上官透在洛阳城里走着，引来满街人侧目。上官透习惯了此种目光，折扇还摇得分外惬意，指了指一个六角楼说道："那是古玩店。放在顶楼的东西均价值连城，所以林姑娘从这儿看看，那里有三十多个人看守宝物。"

雪芝踮脚，睁大眼道："真的，楼都挤满了。"

卓老板再一次拖来一个板凳，再堆到第三个板凳上，再次用力回头说道："真正伤人的鹰，不会轻易露出利爪！真正咬人的狗，不会在人前吠叫！真正的风流郎，不会在女子面前表现出他是个采花贼！相反，他会像一个温文儒雅不可一世的贵公子！这，便是笑里藏刀，反客为主！"

"里面也有很多仿古青铜器、大唐陶俑、梅花玉，都是洛阳特产。其中，大唐陶俑，变化无穷，色彩斑斓，什么样的都能在此处找到。尤其是夔龙图纹，精致到让人惊叹，我每次回来，都会去买很多。"

雪芝吐吐舌头说道："我只知道洛阳的杜康、牡丹，还有刺绣。"

"仿古青铜器、大唐陶俑、梅花玉。"卓老板双眼发红，横扫四方，"你猜他会送哪一样？"

"梅……花玉？"

"错！"

上官透轻笑出声道："那些都是大部分人对这里的印象。对了，你跟我来。"说罢往前面走去。雪芝连忙跟上去，见他停在一个小摊旁边，拿起一个小哨子，回头道："这是赵炳炎铜哨，是因赵炳炎得名的，原料是上好的黄铜和软木……"说完，对着哨口吹一下。

雪芝道："音质真好。"

"你吹吹看？"

雪芝接过铜哨，看看哨口，有些不自然地吹了一下，道："真的很不错。"

"他都不会送！"卓老板再次搬来板凳，身高已不够，只好吃力地踮脚，放在第四个板凳上，再用力回头，"赵炳炎铜哨是洛阳名产，但是是价位不高又最讨女孩子喜欢的小玩意，送了这个，女子不可能拒绝，亦不会怀疑他的动机！他会让这女子觉得，他遇她如伶伦嶰谷遇玉竹，他欣赏她高洁常青之心性，把她当仙女来看待，永远不会想染指对方！"

上官透掏出银子，递给老板，又以扇柄指指，说道："我们再去前面看看。"

雪芝一边把玩着哨子，一边抬头看看上官透，说道："谢谢。"

"不客气。"

俩人又一起逛过花市、酒馆、杂货店、墨宝店，雪芝越发觉得，上官透真是个好人，像照顾妹妹一样对待自己，外加长得好看，性格谦逊，实在让人无法不喜欢。尽管如此，她还是无法与他对视太久，否则便又会有些心猿意马。而上官透似乎也无意令她尴尬，只要二人视线交会，他亦会转换自然地看向别处。就这样，天色渐渐暗下来。此刻，卓老板扶住摇摇欲坠的凳子，声音浑厚："他会在天黑之前将她护送回家。美其名曰——"

"洛阳虽然治安不错，但天黑了还是不安全，我还是早些护送姑娘回去。"

"这时姑娘会如何想呢？传闻中的摧花一品透不但不摧残自己，还如此体贴，希望自己早点回家！"卓老板深吸一口气蹲在地上，抱着头，"实际上，实际上，实际上——"

洛阳客栈门口，上官透忽而惋惜道："今天能有幸与林姑娘出来一走，在下很是开心，只是，也忘了林姑娘买布之事。不知姑娘明日可还有空？"

卓老板的声音越来越小，越来越小："这女子已经对他有了很多很多的好感，并且卸下了防备……"

"嗯……"雪芝原本打算第二天启程，但不受控制地，接下来的话脱口而出，"有的。"

卓老板猛地站起来，眼中布满血丝道："这个花心郎的撒手锏，其实，都在明天！"

"那明天见。"上官透微笑着退去。

"卓老板，你堆那个凳子做什么？"

"闭嘴！"卓老板恶狠狠地吼道，环顾四周，气氛分外凝重。突然，他又开始收拾铺子，"打烊了，今天说书到此结束。"

雪芝睡得特别早，所以第二天起得也很早。但是开门之时，没有看到上官透或他的侍从，略有失望，就拿了银子下楼用早膳。同一时间，武器铺也早早开了门，一张印有大字"卓"的小旗随着太阳冉冉升起。成群结队的人蜂拥而入，发现里面除了高高的四个凳子，空空如也。顾客们都略有失望，正准备转身离开，忽然，上空传来了浑厚的声音："各位早。"

雪芝用完早膳，但还是没有看到侍从的身影，正准备起身回房，忽然有人轻拍她的肩："林姑娘早。"

这时，所有人抬头看去，卓老板左手拿金盾，右手拿金弓，腰别黄金剑，身穿冲天英雄金甲，背上吊着一根麻绳，缓缓从房梁上降落，最后高高地站在四个凳子上，稳了稳身子，居高临下地对顾客们道："今天，我要揭露昭君夫人的恶行。"

雪芝立刻回头。上官透正在她身后，朝她笑笑，说道："昨天没睡好，所以今天便自己来了，希望姑娘不要见怪。"

"怎么了？"

卓老板因为身上挂的东西太多，没有前日灵活，只得呈垂直状举手，高声道："从这一刻开始，昭君夫人的清高温柔皮子便要一层层拨开，甜言蜜语飞出来！他会说什么？他会说什么呢？！"

一个大妈抬头看着卓老板，指了指他，问道："卓老板，你站那么高是为何啊？"

卓老板的声音在盔甲中嗡嗡回荡，因此更加浑厚："女人爱听什么，他便说什么！"

"知道你明天便要离开洛阳，实在舍不得。今天一醒来，立刻来这里候着，希望早日看到林姑娘。"

雪芝只能干笑："哈哈。"

"走吧，我们先去布坊。"

"为何昭君夫人要去布坊？"卓老板从背后的金质箭筒中抽出一把箭，架上弦，猛地拉出，金箭冲出，连续刺穿了二、三、四楼的地板，直飞向天际，"因为重雪芝打扮得再朴素，她——终究——是个姑娘。"说罢，伸出套了金质手套的手，指向福家布坊。

生意红火，没人杀价，没有泼妇，布销得快，布坊里的人这几天过得都很滋润。可惜的是，上官透一进去，几乎所有女子都不买布，围了上来，只有几个容貌出众的站在角落，一声不吭地选布。雪芝微微一怔，心想上官透果然风流，竟然招了这么多女人。

"这时，这姑娘会想什么呢——上官透怎么惹了这么多女人！"说罢，卓老板扔出金弓，又一次刺穿了房顶，所有人的目光跟着一起飞上去，又飞下来。

"实际不是这样！真正被昭君夫人摧残过的姑娘，不会再靠近他，因为，都伤了心，但是，依然深爱他！"卓老板的金手指又一次指向布坊，指在了不吭声的姑娘们头上。

上官透在忙，雪芝也懒得管他，自顾自地挑选布匹，没想到这一挑，便是一个时辰。一个时辰过后，上官透终于抽出空来，回到她的身边，说道："林姑娘果然好眼光，这块刺绣色彩秀丽，手工精致，在别的地方都找不到。"

"实际上官透最讨厌的，便是陪女子逛街和挑刺绣！！"金剑脱鞘，卓老板的眼睛和剑锋一起发射出耀眼金光，"如果这时，这个女子说她就要这块刺绣，买了便走，昭君夫人会永远爱她！"

雪芝看看手中的刺绣，又看看旁边的，说道："嗯，两块都很好，再选选吧。"

卓老板金鸡独立，用剑指着天空。"只可惜，至今为止，让上官透永远爱着的女子，一个都没有！"

"血洗"福家布坊后，雪芝抱着一大堆布匹和精工刺绣拿去付账，但她神采奕奕，看不出上官透实际上已经筋疲力尽，且想直接送她。雪芝坚持要自己付，但上官透比她更执古妆乔，她也只得由着他。所谓吃人嘴软，拿人手短，雪芝觉得对上官透又亏欠一分，所以在人群中挤来挤去，上官透牵了她的手，拉她到自己身边，她再紧张，也只好假装不知道。打包东西时，布坊丫鬟看看重雪芝道："少爷，这拿的也太多了，都是送给这个姑娘的吗？"

上官透搂住雪芝的肩，把她往怀里一带，笑得无比甜蜜。"我的东西便是芝儿的，随她。"语毕，闭了眼，在雪芝发间轻轻一吻。

这下可吃不消。雪芝猛地弹起来，脸倏地红到脖子根，东西也不拿，直接冲出布坊。吃人嘴软，拿人手短啊，雪芝踢爆了路边的几个酒坛子——下次一定要自己付账！过不多时，上官透也跟出来。他才走到雪芝身边，雪芝便回头，恶狠狠道："不喜欢别人随便碰我！"说完转身便走。

卓老板的钢盔上留有给胡须透气的孔，他一手高举黄金剑，一手挣扎着弯曲，摸着胡子道："姑娘家生气，往往不希望别人看到，而且，她们喜欢被男子追！她们的终点，必然是无人之处！"

雪芝在客栈门口停下来，来回踱步几次，跑到客栈后面的凉亭中。

"对不起，冒犯了姑娘。"上官透话是这么说的，但和雪芝的距离还是只近不远，"其实，我和林姑娘以前见过面，姑娘大概已不记得。"

"我不知道。"

"还在生我的气？"

"我知道你是为了给家里有个交代才那样做的，罢了。"雪芝挥挥手，"我会去付银子。"

"说了，我以前见过林姑娘。"上官透的声音温柔得能融化深冰，也靠得越来越近。

"很显然，姑娘是在找台阶下。但，昭君夫人会让这种升温的暧昧消失吗?!"卓老板猛地一扬手，黄金剑脱手而出，终于刺穿了一切阻碍，在楼顶冲出了一个大洞。

大妈道："卓老板，这楼可是你自己修的……"

"芝儿……"上官透忽然走上去，捉住雪芝的手，头微微一侧，在她脸颊上吻了一下。

卓老板张开双臂，咆哮道："'你是我的'这句话，已经过时了!"

"我没有太多的东西可以给你，但你若点头，我便是你的。"上官透一手握紧雪芝的手，另一只手已经搂住她的腰，轻轻一勾，她倒在了他的怀中。

这时，卓老板神色凝重地蹲下来，把金盾往下挪，放在板凳底下，狠狠敲一下，金盾像龟壳一样黏在凳子下面，然后，一条短线从盾牌下方露出来。他慢慢直起身子，打个响指，一个小厮立刻消失在墙角，卓老板看着远方，目光肃穆地说道："我都说了，三天时间，这个女子定会变成鱼肉。若她回到房间，便要与少女时代的纯真芳华，道一声永别。"

雪芝赶回房间，刚推开房门，便看到房间里站了一个人。但这人不是上官透，而是穆远。

"昭君夫人会使出撒手锏，然后，今晚吃掉她!除非她是一个人——"卓老板话音刚落，消失的小厮便又跑出来，对着卓老板的金盾扔了一颗小火球。大家齐声道："除非是谁?"

"上官透早放过消息，有一个姑娘，他永远不会打她的主意。"卓老板叉着腰，张狂地大笑着，"这个女子，便是重雪芝，啊哈哈哈!"

群众安静下来。

穆远一转身看到雪芝，便道："少宫主。"

上官透也刚好跟过来，听见这三个字，身体微微一震，道："你真的是……重雪芝?"

　　火球引燃了短线，飞速烧上去，卓老板脐下三寸，气聚丹田，令浑厚的声音回响在钢盔中："所以，以上内容，纯属虚构！如有雷同，算我瞎编！"话音刚落，金盾爆炸，一个小盘托着卓老板和他的冲天英雄黄金甲，对着上面早已打好的巨洞，一冲而出。所有人仰望天空，看着化作小点的卓老板，沉默了很久很久。最后，终于有人说道："真不知道他这么做，到底图什么。"

　　"看这架势，短期内卓老板回不来了。"

第 四 章

驱逐境外

"没想到上官公子也在这里。"

穆远向上官透拱了拱手。月夜之中，他和上官透的身影形成鲜明对比：一个是刀锋切出的黑，一个是月色轻抹的白。俩人身上都散发着拒人于千里之外的气势，这小小的房间一时显得有些拥挤。上官透朝穆远回了个礼，便一直盯着雪芝。只是，先前的柔情蜜意都已烟消云散，他神色相当复杂，说道："失礼，开始并未相信重姑娘。"

雪芝没忘记发生在楼下的事，不敢正眼看他，回道："没事。"

"我有事，先行告辞。"上官透顿了顿又道，"重姑娘，我将归第数日。你若有事，可到长安国师府找我。"

被穆远逮了个正着，雪芝心情很乱，并未留意到上官透忽而改变的称谓，只点点头，目送他离去。接下来，雪芝抬头看看穆远，只见他一袭修身黑衣利落凌厉，宝剑高挂腰间，长剑垂至膝后，越发显得腿瘦而长。穆远既不善言辞，亦不张扬，外人看不出个所以然，但习武之人都知道，这样的站姿与身材，出手十拿九稳，对手根本没有逃跑的可能。雪芝赌气地坐到桌旁，拨弄着干蜡烛的烛芯问道："穆远哥来这里做什么？"

落梅风过，轻拂他光洁额前的发，他的双眼幽黑似夜，深不见底。"宫里出了一点事，我特地前来通知少宫主，请暂时不要回去。"

雪芝手中的动作停下来，问道："出了什么事？"

"要说的便只有这些。再隔几个月回去，说不定长老他们也已消气。"穆远从怀中拿出一张银票，递给雪芝，"这些钱应该够少宫主撑一阵子，若有困难，随时捎笺于我。记得不要用真名，切勿提到有关你身份之事——"

"你告诉我，到底出了什么……"

"不必多问，不是大事，我会想办法处理。先行离开。"穆远走到门口，又低声说道，"对了，上官透这人……罢了，此事少宫主比我有分寸。"

雪芝还未来得及说话，穆远已拉开房门。而门外居然站着个人，把他们都惊至哑然。

"不是大事？"宇文长老一步步走进来，双手放在拐杖上，"《莲神九式》遭窃，还不是大事？"

百年来，江湖中一直流传着一句话："地狱阎殿，人间重火；神乃玉皇，祗为莲翼。"这十六个字足以说明重火宫在门派中的地位，也足以奠定武林至邪武功"莲翼"的地位。"莲翼"由《莲神九式》与《芙蓉心经》两本秘籍组成，修其一重便可成一等高手，修其三重便是凤毛麟角，修其五重便可雄霸武林……只是，修此二邪功，须手刃至亲至爱，受到极大精神重创，突破内在极限，以追求身心合一的武学极限。《莲神九式》一直都在重火宫内，是重火宫的至宝，亦是重火宫的灾难。

顷刻间，断烟入屋，便是长久寂静。临冬晚风震得文窗绣户砰砰响，枯树折腰，画船抛躲。雪芝一脸不可置信道："这如何可能？《莲神九式》一直锁在重火宫最深处，加了那么多重机关，还有诸多人防守，怎可能……"

"如何不可能？"宇文长老打断她，"在你出离的这几天时间里，我们出动半数人手出去找你，有人乘虚而入，守门弟子尸骨无存，《莲神九式》

还在原处，但以前其有文字的一面是朝北放置，现在变成了朝南，显然已被人动过。即是说，这人已经盗走了秘籍内容。"

"《莲神九式》原秘籍不是雕刻在琥珀上的吗？不浸水看不到内容，这人又如何得知？而且，有时间去抄秘籍，为何不直接把整块琥珀都带走？"

"那么大一块琥珀，你以为带在身上不易被人发现？"宇文长老有些愠怒，"重雪芝，你身为重火宫少宫主，却违反了重火宫门规，原应被废除武功，挑断手筋脚筋。但穆远签下契约，愿终生效忠重火宫，以代你受罚，这事便算了。"

雪芝看了一眼穆远，却见他还是坦然无事的模样，心中愧疚至极，上前一步说道："我会回去。"

宇文长老半侧过头，面无表情道："你的所有衣物，我都让丫鬟放回了房间。"而后，他无视雪芝，自行离开。

雪芝追出去一截，又倒回来，背脊发凉道："穆远哥，宇文长老是什么意思？"

穆远欲言又止，看着别处，才缓缓道："处罚已经免除，但是你……不能再留在重火宫。"

重雪芝不相信。两天后，她硬着头皮，回到重火宫。不过这一回，不管谁看见她，都未再和她打招呼。再过几天便是春节，重火境内却凄寂荒凉，连落叶都不剩。从小便听说，重火宫过去有被逐出师门的宫主和少宫主，但她如何都不会料到，自己会是其中一个。她不相信。她没有回房，而是直接去了长老阁。得到应允进入阁中，她看见宇文长老坐在窗旁，抬头纹深烙额上。他的眼睛一年比一年灰暗，已写满了撒瑟的色彩。雪芝知道，宇文长老也是十来岁便入了重火宫，跟随着当时的宫主，一直到她，已经是第四代。雪芝走过去，跪在地上。宇文长老依然靠在椅背上，翻看书卷，无动于衷。

"对不起，我错了。"雪芝认错极其干脆，头也埋得很低，"长老，请再给我一次机会。我以后一定好好练功，再也不离开重火宫，再也不会擅自和外人打交道。"

宇文长老头也没有抬地道："现在再来说这些话，太迟。"

"求您。"雪芝磕了个头，头便一直没有抬起来，"我从小在重火宫长大，这里便是我的家。离开这里我哪里也去不了。请念在雪芝年幼，再给雪芝一次机会。"

宇文长老的声音如枯叶扫地，唯剩沧桑："你还是没有弄明白自己的立场。重火宫不是避难所，也不是给小丫头玩闹的地方。其实，这并非你的错。要怪，只能怪重莲命不好，连个儿子都没有。雪芝，于私，我一直把你当孙女看；于公，这么多年难免要对你苛刻，其实一直矛盾，心中万般愧怍。因为我和一般的祖父没什么不同，在我看来，女儿，生来便应当被疼爱……唉，不再赘言。你不是向来惭高鸟、愧游鱼吗，从现在起，你已自由。"

"不！"雪芝用力摇头，"我会把武功练好，现在便去修炼《莲神九式》，不一定能够超越爹爹，但是一定会变得很强，求您再给我一次机会！"

宇文长老挥挥手道："不必多言。你爹就算活着，也不会希望你修这邪功。我已愧对重火宫，不能再愧对莲宫主。你收拾收拾，早点离开吧。"

雪芝在长老阁跪了一个晚上，宇文长老始终纹丝不动。她出去求其他长老，求师父，求诸多前辈，也毫无作用。甚至连仪式也无，她便这样成了外人。绝望之际，她回到房间，一边擦着眼泪，一边收拾好所有东西，准备离开。但刚打开门，便看到站在门口的穆远、四大护法，以及一些弟子。所有人的情绪都显得十分低落。雪芝还红着眼睛，却强挤出一脸笑道："都来给我送行了？"

朱砂忽然扑过来，紧紧抱住雪芝道："长老们都太过分了！少宫主年纪还这么小，怎能受得住武林中的千磨百折？"

"不经风雨，怎谙世事？"雪芝拍拍她的肩，"以后大家要在哪里碰面，可不要装作不认识啊。"

海棠鼻子红红的，道："自然不会。我们看着少宫主长大，不论辈分身份，你便像我们的亲侄女一样，以后无论到哪里，我们都一定会照顾你。"

琉璃道："其实说良心话，今番根本不是少宫主的错。但没办法，重火宫素来门规森严……少宫主，希望你入了江湖，多多磨炼学习，不要入一些不三不四的门派。"

朱砂怒道："到这时你还嘴贱！"

砗磲递给雪芝一个包裹："一些药丸和暗器。"

雪芝收过那些东西，道："多谢。"

穆远也递给雪芝一个包裹，道："这里面有一些比较重要的东西，你带出去再拆开。"

"谢谢穆远哥。"

对于穆远擅自签"卖身契"之事，雪芝觉得很不好受，但此时此刻她尚且自身难保，也说不出要报答穆远的话。而且，现在话说得好听，以后也不知何时才能再见……她笑着笑着，垂下头去，抹掉了眼泪。一时间，大家都陷入沉默。最后，在大家的护送下，雪芝走出重火宫，一咬牙，头也不回地走出去。然而，到半山腰时，她还是忍不住在瑶雪池附近停下来。雪芝的名字，便是来自"瑶雪池"和"天蚕灵芝"。据说爹爹为她取这名字，是希望她像瑶雪池般沉着冷静，又如天蚕灵芝般不畏严寒。可是，她却哪一样都没能做到。同时，重莲的坟墓也在此地。雪芝放下包裹，在那墓碑前跪下来。墓碑上题着龙飞凤舞的大字：慈父重莲之墓。

空气极冷，残叶被风卷起，毫无章法地在院中飞舞，落入池中，在碎冰水面上，荡下涟漪层层。这些年来，雪芝只要在宫内，便会常来扫墓拔草，这会儿，她又把坟旁的灰尘拂去，撕下衣料，蘸水把墓碑擦得发亮，轻声道："爹爹，芝儿走了。云鹤固然有奇翼，飞至八表须臾归。待芝儿练好武功，扬名立万，定重回重火宫。"她重重地磕头三次，提着包裹，走下嵩山。

雪芝一直不敢回头。身旁的景色在不断变换，而身后高山巍峨，石壁险峻分裂天貌，似披霄决汉的英雄，在这片土地上扎了根，屹立不动。

在山脚福德客栈住下，雪芝打开穆远给的包裹，里面装满了书，都是重火宫的秘籍：《九耀炎影》《混月剑法》《浴火重元》《天启神龙爪》《日落火焰剑》《赤炎神功》《红云诀》……几乎重火宫的重要秘籍都在其中。她正后悔以前没把武功学好，以后都没了机会。从小到大，面对这堆曾被她称为废纸破书的秘籍，她头一次有了如获至宝的感觉。把秘籍全部整理好，她又看到一封信。拆开一看，雄浑超逸的一行字出现在她眼前：

少宫主，请先在福德客栈将息数日，待事务毕，便来会合。

果然穆远哥是最关心自己的人。雪芝微微一笑，一时感动得差点再度落下泪来。她把东西都收好，准备洗漱上床就寝。但刚一转过身，余光瞥见窗外有黑影闪过，当下不敢动弹，静观其变。隔了很久，她猛地拉开窗户，门外却除了枯树林，什么人都没有。

雪芝长嘘了一口气，关上窗，却听到身后传来细微声响。她立刻回头，看到身后站着一个黑衣蒙面人，惊叫一声。

但已来不及迎战。这人动作太快，快到她完全没有余地还手。那人迅速点了雪芝的穴，从腰间抽出一把匕首，捂住雪芝的口鼻，朝她颈项刺去。雪芝皱眉，又叫不出声，几乎被吓晕厥过去。但匕首刺到她脖子时，忽而停下。那人眼睛一转，警觉回头。雪芝看到他眼角有几条鱼尾纹，应是个老者。然后，一高一矮两个身影蹿出来。矮者跟黑衣人打了起来，动作快到让人看不清面孔，只听见乒乒乓乓几声，一只小手伶俐而狠劲地戳了数个空，在柜子上戳出几个洞。高者是个少年，身材略微瘦削，青衣轻便，散发，头发右侧混着紫缎编的几根小辫子。他背对着雪芝，手中把玩着什么，站在旁边，倒是悠闲。这时，墙上的几个洞边缘都染上液体，被腐蚀伤口般扩散。黑衣人也格外谨慎，出手处处不留情，招招有杀人灭口之势。这时，少年欢快地抬头道："好了！"

矮者发出女童般娇憨的声音："动手！"

黑衣人倒抽一口气，收回手掌，但没来得及。那少年不知朝他扔了什么东西，他惨叫起来，声音也是上了年纪的。他捂住自己的手掌，足下轻盈地点了几下，跳出窗外，身影迅速没在黑暗中。

"哈，逃了，我看你怎么逃出我的五——指——山！"少年跳起来，却被那女童捉住衣角，险些跌倒。他回头甩手，头上的辫子也跟着甩了甩，一个黏黏的小球跟着甩出来，迎面飞向女童。女童不紧不慢地闪身，小球又一次飞向百孔千疮的衣柜。只听见啪的一声，几只毒虫贴着衣柜，滑落下来，剩下大部分都附在柜子上，咔嚓咔嚓几声，柜子烂得比刚才还快。

"圣母英明！"少年做膜拜状，朝女童鞠了个躬。女童一脚踹上他的膝盖，他倒在地上。

"也就只有你敢如此出手，老娘留你一条命。"

分明是个孩子，说话却像个泼妇。雪芝眨眨眼睛，这才看清她的模样：身高才到少年胸口，十一二岁的模样，肤色与寻常孩子不同，略泛晦青。至于嘴唇，便是整整两片靛青。她这模样看上去不可怖，但相当古怪。这时，这女娃无限婀娜地笑道："是重火宫的少宫主吧？"

雪芝不自在地抽了手，点点头道："你是……"

"哈哈哈，行走江湖，连我满非月都不认识，果真是个孩子。"

满非月？这不是玄天鸿灵观观主的名字吗？她又看了一眼旁边的少年，他倒在地上，似乎打算要无赖，不再站起来。虽说打扮和上次差别甚大，腰间也换了个比上次大了很多的葫芦，但这少年对她做的无礼之事，她无论如何都不会忘记。再回头看了一眼那女娃，她终于想起来：相传满非月从小便练毒功，十二岁时不知服了什么怪毒，身体便再也没有长大，常使人想起《山海经》中身长九寸的靖人。于是，她得了个她相当讨厌的外号"青面靖人"。满非月十分在意她的皮肤和身材，总向往变成十八九岁的风韵少女，便更加努力地尝试解毒。后来毒是解开了，但她早过了发育的年龄，非但不能长高，皮肤还变了个色。因此，在鸿灵观里，弟子都是男子，下人都是女童，还都是比她小的。一旦长得比她高，或者胸部比她大，都会被她毒死。

雪芝留意了下自己与她的身高差，打了个冷战。

满非月走来，解开雪芝的穴道。雪芝按住自己被点穴的地方，一屁股坐在床上。满非月道："重姑娘你放心，我只有戴了这个才会伤人。"她举起另一只手，那只手上的中指、无名指和小指都套了金属指甲套，颜色是金中泛青。光看两眼，雪芝都觉得自己已经中毒。

"究竟……发生了什么事？"雪芝惝恍迷离道。

"你被重火宫驱逐，在江湖上可没以前那么顺。"满非月指了指床上的秘籍，"这些东西还是收好。"

雪芝有些惊讶。一般人看到重火宫的秘籍，都会如狼似虎地扑过去，但这满非月和那少年看到这些册子，就像看到了排泄物。也是，用毒之人与江湖侠客不同，他们要的不是胜负，而是生死。既然会施毒，身手也不再那么重要。雪芝开始收拾包裹："你如何知道我被驱逐了？"

"消息到我这里，总是比别人快一点。"

"那刚才准备杀我的人是谁？"

"这我怎么可能知道？"满非月抬抬下巴，命令身边的少年，"丰涉，你替她看看有没有被伤着。"

"好啊。"丰涉笑眯眯地走过去，在雪芝身边坐下，两只大眼睛睁得更大，而后捏她的腰，捏她的胳膊，敲她的背，捶她的膝盖。躲开雪芝凶狠的掌法，丰涉转眼笑道："没有。"

满非月道："重姑娘，现在你打算怎么做？等你的情哥哥吗？"

"情哥哥？"雪芝想了想，忽然站起来，"不是的！我一直把穆远当大哥！"

"呵呵，小女孩果然就是小女孩。"满非月走过去，分外同情地握住雪芝的手，"你情哥哥的目的已经达到，又怎么会来找你？"

"你是救了我一命，但也不能诬陷穆远哥。"

"是，是，是我诬陷他。不知重姑娘可有兴趣加入玄天鸿灵观？我在英雄大会上或许拿不到第一，但是整个天下真正能打倒我的人，五个指头数得出来。"

雪芝深思良久，给了最安全的答案："我……我再考虑几天。"

"使缓兵之计吗？一点也不干脆。你以为几天之后，你的情哥哥便会来？"

雪芝满脸通红："知……知道，明天早上答复你可好？"

"很好，明天早上我来找你。"满非月说话温柔了很多，还带了些风情，回头看一眼丰涉，"涉儿，我们走。"

雪芝决定先去长安，投奔司徒叔叔。三更时分，她背着包裹，偷偷从客栈后门溜出，摸黑在马厩偷了匹马，快马加鞭逃出登封，朝西北方飞奔而去。连续赶了几个时辰路，晨曦亦露出一角。前夜受惊过度，雪芝感到筋疲力尽，放慢速度。眼见长安城门已进入视野，她跳下马，揉揉已经快失去知觉的屁股，准备牵马走。但她觉得身后有人，再回头一看，心脏几乎跳停——丰涉正站在她的身后，笑盈盈地看着她。她指着他道："你……你为何会在此间？"

"当然是来带你走的。跟我回圣母那里吧。"他所言圣母，即满非月。

雪芝哭笑不得道："若你还有良心，记得我曾救过你，便不该这么做。"

"我当然记得你救过我。你还不满意我的报恩方式。"

"所以，你还欠我的，对不对？"

丰涉眉开眼笑，点头点得特带劲。雪芝道："所以，你应该重新报恩一次，对不对？拜托，这一回放我。"

"所以，让你进入伟大的玄天鸿灵观，是对你的报答，对不对？"

"当然不对。你想，我到鸿灵观，肯定还要跟你发生同门纷争。若你放了我，下次再见面，大家都是朋友，可以互相照应，对不对？"

丰涉眨眨眼道："好像也有道理。"

"也好。"丰涉走近几步，鼓起半边脸。

"你做什么？"雪芝下意识后退一步。

"香一下，说'丰哥哥，你好帅好英俊，我都快被你迷死了，求求你放过人家嘛'，我便放你走。"

这对很多可爱的姑娘来说，或许再得心应手不过。但是，重雪芝不是可爱的姑娘，念到这句话，她立刻想到的人，又是一个她连名字都不想提的死丫头。于是，丰涉的"香香"变成了"锅贴"。他捂着脸，咬牙切齿道："你完了，跟我回去！别以为你漂亮我便不敢打你！"

雪芝转身便跑，被丰涉捉住手腕，俩人打了起来。丰涉的武功自然亚于雪芝，三招便落了下风，最后他后退几步，戴了手套，从怀中拿出一颗黏黏的小球。雪芝立刻不动，咬牙道："卑鄙。"

"哈哈，我姓卑名鄙，字下流。"说罢，丰涉便走过去，手中捏着恶心的小球，凑过去想亲雪芝，"跟丰大爷走吧。"

这时，一把折扇打在丰涉的手腕上，他的手不受控地震了一下，那黏球便飞了出去。丰涉倏然回头，身后一个雪白锦衣男子微笑道："这位小哥若不介意，在下把妹子带走。"不经丰涉允许，他已用扇柄对雪芝勾了勾。

雪芝立即跟上去，小声道："上官公子，人生何处不相逢，真是太感谢了。"

"不客气。方才见你出现，我便说何故这么快到了长安，原来是被人追杀。"

丰涉闪到他们面前，看看上官透，蹙眉道："你怎么还没死？"

上官透撑开扇子摇了摇，说道："也是，才摸了毒虫卵，或许一会儿便会死。重姑娘，我们走，回头我若猝死，你可要小心。"

丰涉打开葫芦盖儿，抖出一只毒蝎子。他提着蝎子尾巴，扔向上官透。上官透身形一闪，挡在雪芝面前，一掌击落了蝎子，合扇，击中丰涉的腹部。丰涉连退数米，弯腰捂着肚子道："你……你在耍什么把戏？"

"看你年龄不大，下手竟然如此残忍，我对男子可怜香惜玉不起来。

识相的便走远些。"

上官透跟雪芝离开。

不多时，满非月便从树林中跃出，说道："走吧。"

"圣母？你在这里？"丰涉先是吃惊，后是恼怒，"居然不出来救我！"

"我都说了多少次，遇到什么人都可以交手，但若是遇到上官透，那是离他越远越好。他百毒不侵，是我们的大克星。"

"他？他便是一品透？"丰涉神情扭曲，"肚子更疼了。"

"为何不怕毒？"这时，俩人已经在茶楼坐下，上官透给雪芝倒了一杯龙井。"月上谷的心法，加上有人帮助打通经脉，已对毒免疫。"

"这么说，月上谷的人岂不都是百毒不侵？"

上官透笑道："打通经脉没那么容易的。"

雾气弥漫，上官透原本过于清高的脸，也变得温和起来。雪芝看着他，有些出神，说道："原来是这样。今天真的很谢谢你。"

两个人又聊了一阵，有一位名士前来与上官透搭话，对方认出了雪芝，又聊了几句，雪芝才知道，自己离开重火宫的消息已传了出来，至此，长安这一带江湖人士都已知道。重火宫结仇不少，哪怕是被逐出重火宫的少宫主，她依旧是重莲的女儿。这下处境相当危险，雪芝在沉默中焦头烂额起来。上官透看穿了她那点小心思，问道："接下来你打算怎么做？"

"我不知道……或许，先回登封。宫内有人跟我说好要在登封会面。"雪芝顿了顿，"虽然我也不知道他是否依然可信。"

"重火宫历来没有只是驱逐的处罚，要么直接取了性命，要么残废着出去，你却完好着出来，实在有些蹊跷。若他们叫你在登封会面是个陷阱，那还是不要回去的好。"

"言之有理。那我要准备准备，等来年少林兵器谱大会开始，我或许会去看看。"

上官透笑道："那再好不过，刚好在下也要参加兵器谱大会，或许可以与重姑娘同行。"

"没问题。但那也是明年的事，你打算在哪里过年？"

"自然是回家过。"

"那过完年，我再来长安找你。"

"也好。我有两个朋友在苏州等我，节后我会去和他们碰面，你跟我一起去吗？"

"嗯，可以呀。"

俩人商量好腊月初七在长安春饭馆见面。上官透正准备送雪芝出去，听到有几个人在旁边大笑，笑过之后，其中一人还捂着肚子，上气不接下气道："我就说重雪芝为何突然和重火宫决裂，猜来猜去，愣没猜到这一个。"

"夏轻眉这如意算盘可打错了，他以为诱惑重雪芝便能操纵重火宫，却未料到那小姑娘太感情用事，竟然为了他和重火宫撕破脸。我赌一千两，夏轻眉绝对会甩了重雪芝！"

"我说重莲那女儿也够笨的，夏轻眉喜欢林奉紫是众所周知的事，还明知山有虎，偏向虎山行。"

上官透拍拍雪芝的肩道："走吧，不要听。"

雪芝依然坚持站在原地。

"她是重莲的女儿又如何了？还不照样是个女子？你看重雪芝在擂台上下手那么狠，被男子征服后，不依然软得像块胶？"

"一品透说过，再强大的女子，遇到心爱的男子都一定小鸟依人，果然是真话。"

上官透面露尴尬之色，说道："芝儿，原话不是这样的，你别听他们乱说。"

雪芝没有听进去。

"不过说真的，撇去她的身份不提，这么小的年纪武功这么高的人，江湖上可找不出几个。"

"那些都是吹捧出来的。我看重雪芝只有那张脸能看看！哈哈，别说老子年纪大了打别人小姑娘的主意，再过个两三年，这小娘儿们肯定祸国殃民。唉，出来混什么江湖，嫁给老子当小妾算了……你们看着我做什么？后面怎么了？"

那人说到这儿，一回头，看到上官透，脸"唰"地发白。上官透从桌上抽出两根筷子，稳住一根，另一根在手中飞速转了几圈，脱手飞出，击中那人的帽子，从门上穿过去。帽子顺着门滑落，门开始裂缝，最后碎成了一堆断木。那人的白脸变成了青脸。上官透放下一锭银子，追着雪芝出门去。但外面早已没了她的身影。

不告而别，确实有些怠慢无礼，但雪芝觉得这事实在是卖木脑壳被贼抢——大丢脸面，便偷偷摸摸溜去了紫棠山庄。待看门者进去通报主子，雪芝在门口转了两圈，便见一身白衣的男子走出来，笑道："芝儿，我就知道你会来。"

眼前的男子衣着简单却考究，三十来岁了却还长着娃娃脸，这更加深了雪芝的怀旧之感。她委屈道："司徒叔叔，我被重火宫赶出来了……"

司徒雪天道："你先进来，有话慢慢说。"

自从司徒雪天让家族东山再起，发扬老爹爷爷们的精神重新回到经商之路，紫棠山庄便一年比一年气派。前些年司徒雪天一跃成为全长安历史上最年轻的首富，此地院内景致，更是堪比价值连城的镐、沣、杜、鄠[1]。只是世事难全，司徒雪天前些年刚娶了个老婆，便因为难产去世。孩子虽保住了，但从小没吃过娘的一口奶水，这才不到七岁，便跟着老爹一起学习经商，还特早熟，见了雪芝以后，立马摆出小大人样叫重姑娘。但司徒雪天看他一眼，他立刻改口叫重姐姐。司徒雪天让人为雪芝腾出一个房间，便带着她在客厅中坐下。打量了雪芝几眼，司徒雪天摇摇脑袋道："人生天地之间，真若白驹之过隙。记得你小时喜欢打人，现在都变成了亭亭玉立的大姑娘。"

---

[1]　镐、沣、杜、鄠，指长安附近贵族游客居住的地方，地价昂贵。

"那是司徒叔叔日理万机，哪儿有时间记得远在天边的芝儿。"

司徒雪天无奈笑道："又开始撒娇。不过，你这回是受了不少苦，叔叔也懂。"

这话一说，雪芝小孩子脾气更甚，抖着嘴巴道："司徒叔叔，长老连个机会都不给我，江湖上的人还乱说话，我现在都不知道该怎么办……"

"这不是什么大事，别急。过完年我们去一趟灵剑山庄，让他们出来主持公道。"

"哦。叔叔可是答应了芝儿，不可反悔。"虽说如此，她内心却不是很乐意。要她求助于灵剑山庄，真是跟被油熬一样痛苦。

"放心，小事一桩。"司徒雪天叹了一声，"总之，你先在我这里住下，调整好心情，有什么需要尽管说。"

于是雪芝在紫棠山庄住下，每天有空便帮着雪天理理簿子，翻翻简册，晚上读秘籍练武，一晃眼便到了大年三十夜。当天晚上，雪芝和司徒雪天同紫棠山庄内其他人一起吃了团年饭，在园子里放爆竹。司徒小弟弟烧了不少树，差点把山庄都烧了，一个大年过得倒也热闹。早上起来，雪芝在床脚看到个龙形香囊，彩绳穿线，做工精细，里面装了一沓银票。去问司徒雪天，他居然说那是压岁钱。大年初五，司徒雪天出门拜年，问雪芝要不要去，雪芝毫不犹豫地答应，跟他上了辘辘马车，穿过长安香街。是时冬色连天，雪空下枯叶零落，化作片片破碎的黄金纤罗。云移风起，摇摆了红灯笼。长安城有四通八达之大道，气吞山河之霸势，但见马车停在大无相寺的附近，衙门鼓狮对面，便是这配极了京师的国师府。

府邸大门高十尺有余，可容下八人抬大轿自由进出。两只巨鼓摆在左右两侧，鼓壁上刻有天狮飞凤，鼓面上是士兵浮雕。雪芝还没来得及打退堂鼓，便被司徒雪天叫下了马车。此日国师府门庭若市，进出登门拜年的，尽是高官尊爵，金紫银青，却还是有诸多人黑着脸出来。雪芝看他们一路咒骂着离开，道："这些人何故个个顶着包公脸？"

"国师俊杰廉悍，不收重礼。"说罢，司徒雪天提着礼物和侍卫说话。

侍卫立刻放他们进去。

国师府天井宽敞，四角和门口都放置了石狮，形态各异。前沿有一块长长的水田，如一叶扁舟侧卧天井，十分精巧秀美。不少人都与司徒雪天是旧识，前来搭话，互贺新年，他向他们介绍了雪芝，说她是自己的侄女，来京城做客。在这里，名满江湖的重雪芝，也不过是一个三字名而已。进入正厅，一个题有"仁义忠孝"的巨大牌匾横在中间，字大得相当豪迈。司徒雪天道："这是圣上题的字。"

雪芝点头。不一会儿，几个官员和太太带着漂亮闺女上门。司徒雪天道："做买卖的来了。你在这儿等我一下，我进去找国师。"

司徒雪天刚离开不多时，雪芝便看到他们去了东苑。这种地方对她来说是新奇又陌生，她老实地待在原地不动。然后，旁边一个"做买卖"的官员道："看来上官小少爷今天并非犹抱琵琶，而是闭关却扫。"他老婆接道："要不，我们试试叫二少爷？"那官员道："二少爷去年才成亲，说不定还会带着媳妇儿一起来，免了免了。"

雪芝怔怔地看着他们，却被对方回瞪得不敢再看。不多时，司徒雪天便出来，身边还跟着上官透。旁边几个"做买卖"的赶忙上前，却因上官透三个字都停下了动作："重姑娘。"

雪芝看看四周，小声道："我以为你在忙。"

"你的亲戚居然是司徒叔叔。"

司徒雪天道："你和上官小透居然认识。芝儿，这孩子我也是看着长大的，小时还尿在我身……"

上官透道："咳，重姑娘，年过得还好吧？"

"挺好。"司徒雪天一在，雪芝的本性便藏不住，眼睛一弯，用手肘撞了撞上官透，"你还没娶亲吧？"

上官透愣了愣，道："尚未。"

"那考虑考虑娶亲吧，我看喜欢你的姑娘挺多的，不要只顾着玩，要体谅别人姑娘的心。"刚一说完，脑袋便被司徒雪天敲了一下。雪芝捂着脑袋，揉了揉，道："痛啊，不要老打头！"

上官透笑道："我们说好要去苏州的不是吗？"

"司徒叔叔已经答应了要跟我去。"

司徒雪天道："既然上官小透要去，我便不必去了。"

"司徒叔叔！"

"芝儿乖，我去也没用，山庄里事还多，小透这人可信。"

"你明明答应过我的！"

"不要任性，乖啊。"

"你说话不算数！二爹爹不要我，你也把我推给别人，好，我自己去！"说罢，雪芝跑了出去。

"等等，芝儿……"

上官透道："我去找她。"

"雪芝从小没爹没娘的，有点孤僻，还很敏感。小透你说话务必字斟句酌，别把她弄哭。"

"我知道。"

天气严寒，外面正在飘雪，上官透穿着斗篷出去。起初还只是柳絮细雪，没走多久，便渐如鹅毛。大过年的，街上行人来来往往，不时可以听到城中心的爆竹声，还常有一家几口人到集市买东西，或携手归第。天已黑成一片，雪花密密麻麻地洒落，在空中结成无涯网，与夜幕黑白相映，摇曳着坠下。上官透在河边的小凉亭中找到了雪芝。雪片仙鹤羽绒般，飘入凉亭，落到雪芝头上。她抱着双臂，轻轻吐气，白色的雾团很久才挥发在空气中。上官透摘下帽子，在她身后，还没开口说话，雪芝便冷不丁道："我知道，我又犯了错。"

"谁说你犯错了？"上官透歪过头去看她，"你不会是觉得我家太无聊，找借口溜掉吧？"

"我没有！"

"我一会儿会去劝劝司徒叔叔的。"

"我不是因为这个生气！"雪芝气急败坏地转过头，眼睛红红的，"我知道他是真的对我好，但是，我会觉得……他是在赶我走。"

"怎么可能？你别乱想。是我刚才在后院里和他说，你对我来说便像亲妹妹那样重要，他才会放心我们俩去的。"

雪芝看了他许久，忽然咬牙切齿道："老实招了，你想要什么？我直接告诉你吧，我在重火宫里什么地位都没有，对《莲神九式》也一无所知，你放弃吧！"

上官透静静望了她片刻，笑得有些无奈，说道："重姑娘何苦如此羞辱在下？"

"知道你是大少爷，什么都不缺，但我就不信你！"雪芝提高音量，后退一步，却看到了街道上有一家三口牵着手欢闹走过，眼泪唰地流出来，声音也软了不少，"我，我只信我二爹爹。"

上官透一时不忍，摸了摸她的脑袋，说道："我陪你找他。"

第五章

苏州红楼

"我不敢找。"雪芝哽咽道，"若我找到他时，他也……我，我不敢。"

"你二爹爹福大命长，不会有事。"

"可是九域之大，我从何找起？"

"此事我们可以慢慢商量。重姑娘，你现在要做的，便是放宽了心，跟我去苏州转转，去兵器谱大会上看看，让司徒叔叔忙他的事，我们都是晚辈，自己打发时间便好。"上官透一边说着，一边拂去她头上的雪花。

真不愧是大户人家的孩子，说话做事总是彬彬有礼，会替人考虑周全。雪芝扑哧一声笑了出来，说道："也好，那便听你的吧，上官公子。"

"多谢重姑娘赏脸。"上官透浅浅作了个揖，颇有谦恭下士的腔调。

"上官公子不必言谢，重姑娘我觉得上官公子说的很是在理，所以决定同上官公子前行，上官公子说是不是啊，上官公子？"

方才上官透并未听出她言语中的嘲讽，这下重复那么多次，也总算有些明白，不好意思道："我……可是说错话了？为何重姑娘一直重复……"

"我这人玩不来文绉绉这一套啦。记得先前我们单独出来时，你还挺热络的，都唤我小名，怎么现在说话这样客套？"

上官透怔了一下，好似无法面对她的坦率，气氛一时有些尴尬。她却格外粗枝大叶，并未留意他的僵硬，只继续道："请问上官公子贵庚？"

"忝长重姑娘三岁。"

"既然比我大，我们父辈又认识，是没血缘的兄妹。那你叫我小名，雪芝或者芝儿便好，不要重姑娘重姑娘地叫，好不习惯。"

"好。"

"这便对了，透哥哥真好。"雪芝笑盈盈地望着他，两条柳叶眉弯成了新月。在这苍白的冰天雪地中，她的笑容堪比盛放的鲜花，让他有片刻出神，一时不知如何回答。她等了一会儿，见他不作答，便拉长了黑脸，压低了声音道："喂，给你点颜色就开染坊吗？我叫你透哥哥，你的回应呢？啊？"

他却未受恐吓，反倒露出了云烟般的浅笑："知道了，芝儿。"

先前便知道上官透是个花花公子，还有江湖传言曰"和他说话都会怀孕"。雪芝现在只觉得，他不用说话，光这样笑一笑，都会让无数姑娘怀孕。听见他那一声柔情万种的"芝儿"，更是心里小鹿乱撞了一阵子，随后只剩了一片甜滋滋的蜜。上官透又道："其实，我是我们家的老幺，姐姐哥哥都有，一直想要个妹妹，但一直不能如愿。可以说，迄今为止让我觉得像妹妹的女子，只有芝儿一个。"

雪芝更是开心，喜洋洋地追问道："那其他姑娘呢？"

"其他姑娘都不是这样的感情。"

"那是怎样的感情？"

上官透不愿欺瞒她，却又知道如何都躲不过她的追问，只试图把事情说得天真烂漫些："透哥哥还年轻，身体也还不错，所以，会做一些普通男子会做的事……"雪芝认真地看着他，认真地点头，期待下文。谁知他憋了半晌，只给了一句总结："所以芝儿是我妹妹。"

"我不懂。"

"以后你会懂的。"

此时此刻，雪芝还是不懂。但几年以后，她懂了。在某一个月黑风高的夜晚，她掐住一个脖子摇来摇去，暴怒道："你那时便是想说我没女人味是不是？见了我你都不能人道是不是？我杀了你！"摇了半天，她才把那条可怜的狗扔到一边，擦擦汗，解恨地站起来。转身，却看到了身后朝她微笑的人，立即后退一步："我我我我什么都没说！"那人走过来，站在离她很近的位置，却不触碰她，只低下头在她耳边柔声道："原来芝儿还有如此顾虑。放心，现在只要想到芝儿，我便……"话音未落，雪芝捂着发红的脸，一个"锅贴"扔出去。

酗月初七清早，上官透直接上紫棠山庄找人。刚让人替雪芝收拾好包裹，司徒雪天便对旁边的人说道："你们去叫一下重姑娘。"

上官透道："她还没准备好吗？"

"这两天她练剑练得太晚，都是正午过后才起来。"

"那我下午再来。"

"别，那太晚。"司徒雪天把包裹递给上官透，"你也别太宠着她，让她磨炼磨炼，才能成气候。"

"姑娘家不就是用来宠的吗，无妨。"

司徒雪天皮笑肉不笑道："我看你对别的姑娘也是'宠爱'有加啊。你若敢这样'宠爱'芝儿，哪天一个不小心，事情传出去，说不定她老爹便会从哪里钻出来。我和她二爹爹认识多年，对他的性格再清楚不过，他要真害起人，大部分人都会选择自己死掉。别以为你是一品透他便不敢下手，这江湖上的事说不清道不明，长点心眼儿。"

"说这么多，我看担心的人是司徒叔叔。"

"你这臭小子，真是越发目无尊长。"

上官透面皮很厚，却笑得人畜无害，道："司徒叔叔大可放心，我对芝儿真正是一百二十颗兄长的心。"

"其实我知道苏州吸引你是有原因的。不过，当着芝儿的面你还是收敛点，她毕竟年纪还小。还有，你可别让你那些朋友吓着她。"

"我会把握好分寸。"

雪芝的声音从后面传来："什么分寸？"

司徒雪天和上官透异口同声道："没什么。"

雪芝打了个哈欠，抓住上官透手中的包裹。

上官透道："我来拿好了。"

"昭君姐姐喜欢拿，我又能有什么办法？"

司徒雪天"扑哧"一声，又自觉失态，连忙咳两声来遮掩。上官透忍了半天才道："我们走吧。"

于是，两个人和司徒雪天道别后，各自牵了一匹马上路，还带着司徒雪天给俩人的两沓压岁钱。到了路上，雪芝才觉得和上官透同行那是分外痛苦，从长安赶到洛阳，一路上都是上官透认识的人。而且他还不肯让她闲着，只要她在，他便一定会跟别人说她是他妹妹，还是亲生的。别人反复盯着他们看，还真以为国师夫妇老蚌生珠，拼命说俩人真是一个模子刻出来的。

二人结伴而行，不知不觉便到了苏州。是时苏州城还凝结在积雪中，古树湖石，郊园疏楼，就连小桥一侧的屋脊、屋脊上挂的连串红灯笼，也盖满了厚厚的白霜。天方亮，苍穹还透着点青灰。雪芝和上官透一起进入苏州，上了小船，驶向城东的宅院。满城都是浣纱人，河上遍是砧声，雪芝靠在棚子里小憩，上官透从船头进来，道："芝儿，快到了，醒醒，不然出来容易着凉。"

雪芝没能醒过来。水波摇动，锦帆吹送，船身也摇了摇。上官透掀开帘子的动作停了停，说道："你先等等。"

话音刚落，一个有一人高的大红灯笼从天而降，在船头滚了一圈，直撞上来。上官透一手抓住雕花木栏，相当轻巧地往上一翻，不见了人影。接下来，整艘船一直摇摇晃晃，船夫傻眼地看着船顶。雪芝这才稍微清醒了点，披着外衣出去。

刚才的大红灯笼横在船篷顶中央，上官透正赤手空拳和灯笼后面的人交手。可惜灯笼太大，把人完全挡住了。上官透左躲右闪，身法轻灵。但另外一头的人死缠烂打，招招狠劲。不多时，一把玉箫倏然冲破灯笼，刺向上官透面门，上官透一个后仰，再起身捉住玉箫，手腕一转，玉箫便从那人手中脱落。上官透捉住玉箫，一边与对方交手，一边在红灯笼上戳了几百个洞，然后把灯笼抛下来，喊道："芝儿，接住！"

雪芝接过灯笼，这才看清和他交手的人。那男子看上去和上官透差不多大，散发碎刘海，深红罗绮衣，头顶绾发髻，额头上缠了一圈黑缎带，神情严肃，看上去不大好对付。这时，上官透握住玉箫，往前一刺，被对方闪过以后，手掌翻转后松开，玉箫在空中旋转一圈，击中对方的腹部，才回到手中。

对方捂着肚子，说道："竟然使一品神月杖，你耍赖！"

上官透不停下手中的动作，笑道："这才是第一重而已。"

那人一拳击来，说道："说好不用这一招的！"

上官透又闪过，说道："你脾气如此暴躁，是不是又被拒绝了？"

那人更怒，一腿踢来，说道："我何时被拒绝过！"

上官透迅速地回踢两次，说道："告白几次被拒几次，亏你还敢自称是我兄弟。"

那人闪躲后退一步，说道："光头透你现在不要把话说得太满，待有朝一日，你也深陷感情缠绵，看我怎么笑话你！"

"没听过一句话吗，过度恋战，死伤过半。超过一个月不得手，我便直接放弃。"上官透将玉箫往下掷出，待玉箫插入船篷，和那个男子肉搏，"只可惜，我还不曾体会过七日以上的求之不得。"

"光头你活腻了，居然把我的箫插那里，里面全是泥！"那男子忽然不打了，蹲下去抽出玉箫，在衣角擦了擦，"我可是要用嘴来吹的，想我吃泥不成？"

"血你都不怕吃，怕吃泥？"上官透嗤笑，朝船头道："芝儿，把灯笼举起来。"

雪芝一头雾水地举起灯笼。谁知那人一看灯笼，气得又冲过去打上官透。只听见上官透从容道："狼牙力道惊人，却总是在身法上吃亏，方才我在下面都能听到你落上船顶的声音。"

"你轻功好，了不起？男子汉大丈夫，仙女般轻飘飘的有意思吗？可恨，不光是你，红袖那死女人也爱拿我的轻功说事！"

雪芝将灯笼翻转过来，看到上面有几百个小孔组成的笑脸图案，下面又是小孔组成的几个字："我是狼牙。"没人注意，船早已停泊在小楼下，只是船夫被顶上的两个人吓着，不敢吭声。直到一个软绵绵的声音从小楼上飘下："大清早的便诅咒别人死，仲公子好闲心。"

名为狼牙的男子停下动作，朝上看去，站得笔直，道："我没有！"

天稍亮了些，兀自是淡青灰色，由菊花石拼凑而成般，连同水中倒影都显得温柔空翠。岸边是一个修葺精巧的酒楼，楼上挂着的大红四角灯笼，连着菱形招牌摇摇晃晃，招牌上面写着四个大字：仙山英州。二楼窗口倚着一个女子。她穿着一身水红色的丝衣，乌发如云，发髻上缀着白绒。确切说，她并不是一个五官令人惊艳的女子，但没有男子会不看她。因为，雪芝便是站在船上，都无法忽略她那波澜起伏的身躯。

上官透此时也抬头，对着窗台笑道："红袖，数日不见，也不知这苏州被你夷平没有？"

红袖只手叉腰，微微歪着头，回笑道："女人想要的东西，男人多数给不起；但男人想要的东西，女人永远都拿得出来。我要愿意，苏州早平了。不过在上官公子夷平长安前，红袖又怎敢夷平苏州？"

雪芝双眼写满"我是笨蛋我什么都不知道"，眼神闪亮地看着红袖的胸部喃喃道："真乃突怒偃蹇之奇景……"她实在无法想象，女子都看得傻眼的胸，男子会怎么看。

上官透差点笑出声来。亏得这话只有他一个人听到。他立刻飞到岸边，踩住船头，说道："芝儿，下来吧。"

雪芝看他一眼，带着得意的笑，轻盈跃到岸边。红袖摇摇手指道："那个小妹妹是谁呀？这么对待你男人不行哦，虽然他是脸皮天下第一厚的上官透。"

上官透道："她叫重雪芝，是我妹子。"

狼牙也重重落在岸边，道："你何时改姓重了？"

红袖道："我就说你这一品透怎么口味一下子变这么多，原来这是你传说中的妹子，那也是我们的妹子。"

"对了，我忘了介绍。"上官透指指狼牙道，"芝儿，这位是仲涛，绰号狼牙。"

雪芝喜道："仲涛？传说中天下第一臂力的洛阳大侠仲涛？"

仲涛道："大侠愧不敢当，这名头都是跟着光头混出来的。"

听见仲涛一直光头光头地叫，雪芝实在忍不住，扑哧笑了一声说："仲大哥，现在透哥分明是秀发如云，你为何总要管他叫光头？"

"古人言，髡首，是以自刑身体，避世不仕也。上官透可好，没人罚他，他自个儿把脑袋剃了个精光。这事我们当真是永远忘不掉的。"

上官透小声道："他暗恋红袖很多年。"

"喂喂，光头，住嘴。"

"说暗恋也忒夸张了些，明恋倒是有。"二楼的红袖接道。雪芝正感慨她听力一流，她便又不以为意道："他明恋我的胸。"

船夫正坐在岸边喝水，立刻狂喷出来。雪芝也目瞪口呆。上官透道："楼上那个叫裘红袖，你应该也听过她的名号。她说话向来刻薄且口无遮拦，不过，被她迷倒的男子还真不少。"

船夫咳了半天，擦擦嘴巴，又喝一口。雪芝想了想才道："原来她便是裘红袖？我当然听过！'上有天堂，下有苏杭；苏杭红袖，美人难求'。"

"妹子，这是谁教你的？"

"我叔叔司徒雪天。"

"那是他骗你的。"裘红袖掩嘴笑道，"原句应是'上有天堂，下有苏杭；苏杭红袖，美酥胸上'。"

船夫又一次将口中的水喷出来。

"看看你们说话，都把人吓着了。我到底是女子，多少会害臊些。这些话还是上来讲吧。"裘红袖扔下这句话，便从窗口消失不见。

于是上官透和仲涛带着雪芝，摇头叹气上楼。几人在二楼窗边坐下，上官透道："这仙山英州是红袖开的酒楼，生意是整个苏州最好的。不过今天我们回来，她特地为我们清场。"

雪芝道："谢谢裘姐姐，我才刚来你便这样好客，真是太难为你。"

红袖一边令人端茶送水，一边自己上了菜，说道："相知何必旧，倾盖定前言[1]。一品透常把这话挂嘴边，我看有几分道理。我先去忙着，妹子别客气。"

雪芝看着她悠然而去的背影，又一次叹道："好漂亮啊……"

上官透给雪芝夹了些开胃菜，说道："芝儿觉得她漂亮？"

"她走路的姿势好漂亮，那动作，还有小裙子，都会飘啊。"

仲涛道："这死女人最喜欢卖弄风情，一上街屁股摇得满街人都在看，她也不在意。她的外号也不知道你听过没？"

雪芝道："我知道，上官红袖！"

"嘿，妹子听过的事还真不少。"

雪芝听朱砂说过裘红袖的事。对于裘红袖夸张的身材朱砂只字不提，但她说上官透的女人在长安、洛阳一抓一大把，裘红袖的男人在苏杭一踩死一堆。所以别人都说她是女版上官透，外号上官红袖。裘红袖不随便陪人睡觉，但几乎一天十二个时辰都在和男子调情，作风大胆，所以风评依旧很有争议。她和上官透认识后，很多人都期待看高手争霸，谁胜谁负，结果却相当出人意料：两人私下往来，未擦出火花，反倒因为臭味相投成了奔走之友。想到这里，雪芝看了看上官透，有点想不通。既然透哥哥是个多情的主儿，怎会不喜欢这等尤物呢？

这时，几个小厮开始上主菜。上官透一边夹了芙蓉银鱼给雪芝，一边

---

[1] "相知何必旧，倾盖定前言"：出自晋·陶渊明《答庞参军》。

说着："芝儿，太相似的人，总是无法互相吸引。尝尝，这鱼在别处吃，绝对不及此处的味道。"

雪芝突然回头："为何你会知道我在想什么？不，不对啊，你和裘姐姐一点也不像。"

"是吗，哪里不像？"

"哪里都不像好不好？裘姐姐那样风流妩媚，一看便知道是个情场人物。你呢，哪里有一点点传说中的样子？"

"传说中的样子，那是什么样子？"

"我一直幻想你是个摇着折扇调戏良家妇女的花心大萝卜，结果你如此温柔善良，沉静文雅，又很好欺负……反正，我才不信你有能力逗弄女孩子呢。"

闻言仲涛整个人都呆住，想说点什么，却被上官透一个眼神瞪回去。上官透又继续温言道："那芝儿喜欢我轻佻一些，还是温柔一些？"

"当然是温柔了！谁喜欢轻薄的大萝卜啊？"

"那便好，透哥哥一直都是这样，芝儿不会失望，我也放心了些。"

仲涛整个被憋坏了的模样，想言又不敢言。后来菜全部上齐，裘红袖坐下来，敲敲金钩蟹说道："这个季节能弄到的蟹嚼味如兽稿。赶明儿，我给你们做一顿蟹宴。"

仲涛吃了一块黄泥煨鸡说道："女人，手艺进步很快啊。"

"于是你想，我要上钩，连厨子都不用找，在外漂泊时带上我，更加方便了是不？"

仲涛握紧筷子，不说话，继续吃菜。

"对了，我最近听来小道消息，也不知道是真是假。"裘红袖完全无视仲涛，转头对上官透道，"有人说重莲在世时写了两本秘籍，威力堪比'莲翼'，不过至今下落不明。"

雪芝耳朵立起来了，问道："真的？有这两本秘籍的消息吗？名字呢？"

裘红袖道："不知道，我也只是听说。"

上官透道："可能性不大。若重莲真的留下了秘籍，为何不交给亲近之人？何况雪芝才离开重火宫，便传出这种消息，想是有人别有居心。"

雪芝道："昭君姐姐真乃知者。"

上官透像是完全没有听到。仲涛微微一怔，一字一顿道："昭君姐姐。"

裘红袖也跟着念道："昭君姐姐。"

接下来，俩人忽然爆笑成一团，尤其是仲涛，已经开始难以自制地拍桌子。上官透依然雷打不动，无比从容地吃饭。到俩人笑够，他才抬起头来，微笑道："你们若把这名字叫出名，将来会发生什么，唯有天知。"

裘红袖忍笑道："放心好了，不说不说。不过我始终没弄明白，狼牙一口一个光头你不反对，昭君姐姐又算什么？"

仲涛道："光头长得如花似玉，却总喜欢别人把他当纯汉子。"

上官透直接无视他们道："芝儿，事不宜迟，我们明天便去灵剑山庄。不过我和他们有些隔阂，便不陪你进去，我让狼牙和红袖陪你？"

"这不好麻烦两位，我自己去没问题。"

红袖道："一品透，人家这么依赖你，你便跟着去吧。你不是自称人家兄长吗？"

"若是芝儿要求，闯古墓进深山都没有问题，但灵剑山庄这地方，我是坚决不跨入半步的。"

红袖道："为何？"

仲涛道："这不要问他。你想光头实力还是能见人的，不在京师附近弄个门派，反而去东边建个月上谷是为了什么？"

红袖道："我以为只是好听罢了。"

仲涛道："你是天下第一大山庄，我便是天下第一大山谷。及尔势不两立。"

上官透道："不过当时一时冲动，现在后悔也来不及。"

雪芝道："为何？"

上官透道："我这人随意惯了，弄个门派事太多。"

仲涛道："人家做梦都在想弄个大门派并且扬名天下，你可好，因为不好玩，所以我不要，还天下第一谷主。所以我说我最鄙视出家人。"

次日，上官透带着雪芝前往灵剑山庄。在雪芝的坚持下，他没有麻烦另外两位。灵剑山庄在金鸡湖畔，山庄前累榭上，有许多弟子正在清扫积雪。累榭无穷无尽，蔓延到极高的大红门处。走到一半，上官透说在原地等雪芝。雪芝一个人进去，下面的人一报她的名字，她很快被放进去。过了中庭，在大红毯子上踩了几个水印，雪芝只站在正厅门口，便看到里面密密麻麻站满了人。

"雪芝，快进来！"熟悉而令人讨厌的声音自里面传来。

这人的声音相当好认，是以不论年纪多大，总是如此平静无波，又过于谦和。果然一进去，便看到井然有序的灵剑山庄弟子群，带头的是个三十来岁的男子。他叫林轩凤，灵剑山庄的庄主，气宇轩昂却不觉佻达，温文儒雅却不沾酸气，是雪芝最讨厌的人之一。原因也很是一目了然：他和他女儿林奉紫是一个腔调的人，别人道是君子敬而无失，与人恭而有礼，她只觉道貌岸然。虽说如此，重雪芝却只能不情不愿地上前去，扯着嘴角，露出僵硬的微笑，道："林叔叔。"

林轩凤笑道："真是太久不见，太好了，小紫天天跟我念你，我这便去叫她过来。"

"不，不用。"

好在林轩凤懂识时务者为俊杰，不再坚持，说道："重火宫的事我都已听说，你此次前来，是有要事要谈吧？"

雪芝老实点头，却觉得话题有些难以启齿。林轩凤等了一会儿不见她回答，又道："离宫以后，有你二爹爹的消息吗？"

雪芝沉默着摇头。其实，她有两个父亲，一个是生父重莲，一个是养父林宇凰。她听说自己的母亲曾是个风尘女子，也无缘得见之。从小到大，她都觉得有些奇怪，为何她已经有了个爹爹，还得认个二爹爹呢？对此二爹爹总是一脸尴尬地说，因为我和你爹爹是同生共死的好哥们儿。她又觉得奇怪，林轩凤和林宇凰还是一起长大的兄弟，也没见林轩凤让自己女儿叫林宇凰爹。而且，爹爹从来都叫二爹爹"凰儿"，这名字听着可是真娘啊，真不是在叫个姑娘吗？不过，这些想法也只在她脑海中一晃而过，未入心里去。直到重莲死去的那一天，她才终于明白了一切。

重莲小时有个习惯，便是练武过后，下山喝一碗赤豆粥。那段时间，他连续昏睡了很多天，再次醒来，第一件事便是要喝赤豆粥，便叫雪芝和林宇凰去买粥。一个活到三十二岁的人，突然怀念起儿时的东西，十岁出头的小孩虽说比较懵懂，但雪芝的直觉告诉她，爹爹状况不好。林宇凰说什么也不肯走，但是重莲坚持要他俩买回来的，他才肯喝。那时，重莲的武功已散，连自己女儿在门口都没听到，只弯着眼角，对林宇凰笑道："我病成这样都不害怕，你怕什么。"

林宇凰扯着嘴角，笑得很不好看，道："你以为我是害怕？我只是懒得去买那个什么豆子粥。"

知道林宇凰脾气倔，重莲也不再与他硬碰硬，只轻声道："凰儿，前段时间我才听海棠和朱砂说，长安的福家布商才进了很多冰绡，我想若把它们做成新衣给你穿，一定很好看。"

"你在跟我开玩笑吗？我跟你说了多少次，不要把我当成姑娘来打扮，你少在我面前提那些花儿簪儿的，我难受。"

"不是的，我是说，做成新衣。"

这一瞬间，雪芝才终于知道，原来爹爹和二爹爹的关系是这样。而林宇凰的反应居然还慢了一拍，咬紧牙关道："那些是娘儿们喜欢的事，大爷不爱做。我倒是比较关心韦一昂新打的那把刀，他号称比天鬼神刃还要利索，我不信。"

"你啊，怎么都还是不解风情。"重莲稍微握紧他的手，"有人说，前生五百次的回眸，才换得今生的擦肩而过。不知道五百世过后，凰儿是否会在我身边多停留一会儿？"

"我这人从来不说肉麻话，也不给人承诺，你这是在逼我。我这辈子被你祸害多了，下辈子，下下辈子，下下下辈子，下下下下辈子，你加起来都还不清。你积点德，说一点开心的事好不好？"

"我会等你五百世。"重莲仍在笑着，但已疲倦至极，眼睛几乎睁不开，"到时候，我还会带着你游奉天，参加英雄大会，去京城逛兵器铺，骑着白马，走遍长安的大街小巷。让所有人都知道，我们在一起很开心。让所有人知道，我重莲……永生永世，深爱林宇凰……"

时逢仲夏，红莲盛放的季节，那个叫重莲的一代大大物走子。打发林宇凰和雪芝去买粥之后，他果然如他们预料那般，不复床前，并且再也没有回来过。他们都知道，重莲是个传奇，他不会让自己像人瑞老者般，气息奄奄地瘫死在床前。所以，他去了他们找不到的地方，将尸骨归葬于天地江湖，化作这阎浮界的万里云烟。而林宇凰在重莲面前，永远是一副大爷谁也不怕的模样，但他和雪芝刚一走出房门，就泪水涟涟，浸湿了整片领口。

雪芝从未见二爹爹这样哭过。她也如何都不会料到，人生中第一次经历生离死别，对象会是自己的父亲。之后，重火宫弟子们都参加了重莲的无尸葬礼。接着几天几夜，雪芝一直没有进食，穿着白褂子，头顶白带子，在重莲坟墓前守着，最后晕倒在墓碑前面。但对她更大的打击是，再次醒来后，林宇凰也已彻底销声匿迹。

就这样，雪芝算是被托孤给了重火宫的长老和护法们。多年来，她一直不敢打听二爹爹去了哪里。她知道他与爹爹情深似海，怕他一个想不开，也……她不想知道，也无法再去承受这样的打击。

"我还说是谁呢，原来是小雪芝，稀客啊稀客。"

这个声音将雪芝从回忆中拉了回来，她却更加郁闷。方才她未留意此间有诸多女子，而原双双就站在她的后侧。她朝原双双拱拱手道："原教主。"

而不多久，便有人进了厅来，是手握长鞭的林奉紫。林奉紫额上挂着些许汗珠，正朝着她微笑。她正开口欲言，原双双抢先道："也不知道小雪芝大老远地从嵩山赶到这里，是为了什么？"

雪芝道："林叔叔，有些话，我还是想跟您单独谈谈。"

林轩凤道："这里并无外人，你但说无妨。"

雪芝往四周看了一眼。夏轻眉正站在灵剑山庄弟子那一边，手中也握着长剑，不过大气未喘一口。见了雪芝，他轻轻朝她挥手。雪芝道："那雪芝在门外，等林叔叔有空了再说。"

原双双笑道："哎，雪芝啊，你那点小女儿心思我还不知道吗？其实你是想来求你林叔叔出面辟谣，顺便来看看夏公子的吧。可是也要挑对时候啊，轻眉跟奉紫快要成亲，方才正比武试高下呢。"

林轩凤凛然道："原教主！"

奉紫忽然一脸情急，左顾右盼，终于走向雪芝，握住她的手，说道："姐姐，我不跟你抢心上人。"

雪芝几乎不敢相信自己的耳朵。在她的印象中，奉紫只是一直黏着她，外加大小姐脾气严重，又过于没心没肺，让她觉得分外讨厌而已。但她怎么都想不到，奉紫会当着这么多人的面，说出这般令她难堪的话。此刻，林轩凤一向性情温和，竟也略显愤然，说道："小紫，你退下！"

雪芝已没脸再转过头看夏轻眉，只对林轩凤道："林叔叔，我今日前来，确实是为江湖上的谣言。雪芝与夏公子只是普通朋友，若您出面澄清，谣言定会平息。"

林轩凤沉思着点点头，道："主动公开提及此事，只会越抹越黑，但别人问起，我会让整个山庄的人都照实回答。"

"那便好，谢谢林叔叔，雪芝就此告退。"

"等等，这回离开重火宫，你一定吃了不少苦，居无定所。要不，先在这里住下？"

这时，一个女弟子轻手轻脚地进来，在原双双耳边偷偷说了几句话。原双双点点头，又继续看向林轩凤和雪芝。雪芝朝林轩凤鞠了个躬，说道："不了，谢谢林叔叔的好意。朋友还在门外等我。"

"慢着。雪芝，你是存心和灵剑山庄作对，是吗？"原双双的声音冷冷响起，"庄主，方才这丫鬟告诉我，门外等候的人，可是戴孔雀翎、披白斗篷、脸上有红纹的。"

"什么？"林轩凤不禁从台阶上下来，"雪芝，跟你来的人……是上官透？"

奉紫的脸瞬间变得惨白。雪芝坦然道："是。"

原双双走近雪芝，绕着她走了两圈，道："你有事要求林庄主，居然还带着灵剑山庄的仇人，有意思。"

雪芝笑道："原教主不是一直对上官透十分欣仰吗，怎么，变脸变得这么快？"

"我和上官透的关系是属于私人感情，但他做了对不起灵剑山庄的事，众所周知。这一点我还是公私分明的。"

"都不要说了。"林轩凤蹙眉道，"雪芝，上官透这人不可交。"

"他对我很好。"

"他对任何人都很好，但你最好不要和他来往。你还小，不懂分辨是非黑白，容易误入歧途。"

"林叔叔，可否不要让我介入你们之间的恩怨？"

林轩凤提起一口气，半晌欲言又止，只得将这口气长叹出来："罢了，你自己的人生，我也无权插手。"

但老子放弃，女儿却不罢休。奉紫上前一步，双手微微发抖，面色也是难看至极，道："姐姐，你一定不能继续跟他在一起，他不是好人。"

雪芝原本要冒出一句"关你屁事"，但见奉紫这番模样，心中不免疑虑：为何她对透哥哥深恶痛绝？难道她喜欢透哥哥而不得？想到这里，雪芝告诉自己，要开心，嘲笑奉紫，但心中真正的感觉，却是说不出地难过。她对夏轻眉尚无爱意，被说成这样都觉得心烦意乱，更别提真正单相思，得有多少苦楚了。但这仅存的一丝善意，又一次被原双双搅得烟消云散。"我就说为何小雪芝会放弃轻眉，原来是跟了上官公子啊。"

这话雪芝想了几遍才理解其中之意，她恶狠狠道："你再侮辱人看看！"

原双双娇笑道："我可没有侮辱你呀。孤男寡女行走江湖，姑娘便难回清白之名，更别提是万花丛中过的上官透。你这不是跟了他是什么？"

"透哥哥不是那样的人，他待人温和有礼，有一颗赤子之心，自始至终把我当妹妹看，他才不会对女子做轻薄之事！说他风流的人，都是存心恶意中伤他的！"

"呵呵，若这也算是谣言，那你想澄清之事，其诚意也显得有些廉价。雪芝啊，你这都叫上了透哥哥，还说他把你当妹妹，可是情哥哥情妹妹？"

林轩凤道："原双双，你住嘴！"

原双双却说上了瘾，一张嘴不饶人："重雪芝啊重雪芝，我真是小看了你，把你当成了孩子。你倒是有几分聪明，人弃我取，人取我予，不跟上官小透的莺莺燕燕们相比较，当了个妹子，倒是好近水楼台。这本事，当真不输给我们这些个妇人啊。"

雪芝指着她，气得手指发抖，道："你……你再乱说看看！"

林轩凤叱道："原双双，我一向敬你，但你若再多说一个字，天下再无雪燕教！"

"我什么不是帮着你的，居然还吼我！"原双双眼泪唰唰流下来，"你要剔掉雪燕教是吧，那你去啊，你去便是！"

林轩凤无视她，走近雪芝，低声道："雪芝，虽然原教主说话过分，但也不无道理。为了你自己的清誉，离上官透远一点。"

泪水在眼眶中打着转儿，但当着这么多人的面，雪芝不能掉泪。她一语不发地跑出灵剑山庄。

第 六 章

庙会之缘

从小到大，习武闯荡江湖都吃过不少苦，但上一次为这种小事掉眼泪是何时，雪芝自己都记不住。身上有姑娘不应有的伤疤，但她反而觉得那些是一种成就。她小时候，有一次摔得连海棠都看不过去，告诉她疼便哭出来，不要憋着。但雪芝一直没弄明白，为何要为了身上的小伤口哭。她生长在封闭的重火宫，对男女之事的了解几乎为零，初入江湖，略懂了点，但到底年少，从不曾被人这样说过。因此，刚一跨出正厅大门，她便再难控制，哭得一塌糊涂。

但是还没出去，林轩风和夏轻眉已经出来。

"雪芝，对不起。"林轩风略垂头，"我答应你二爹爹，要保护好你和奉紫，但我什么都没做到。"

雪芝背对着他们，连擦拭眼泪都不敢。

"原双双心疼奉紫，也希望她变成最优秀的姑娘，所以对你多少不公平。"林轩风长长叹了一口气，"会给你带来这么多困难的是你的身份，但人的出身是没有办法改变的。虽说如此，是否鼓足勇气走下去，取决于你。你的敌人不是任何人，而是你自己，还有整个天下。"

"林叔叔，你什么都不用说，我知道你是为了我好。"

脚下有半融的雪，眼泪一旦没入，便再也找不到。雪芝没有回头，径直往前走。但刚一到灵剑山庄的正门口，又有人追上来。

"重姑娘。"这一回是夏轻眉。

"我都知道，不要再说。"

夏轻眉绕到雪芝面前，垂头看看她，说道："哭花了脸可不漂亮。来，笑一个。"

雪芝不敢直视他，只是埋着头道："可是，我并未得罪原教主，她却如此憎恨我，我真不明白。"

"这世上所有无缘无故的憎恨，只有两种解释，一是忌妒，一是求而不得。原教主对你，我虽不知为何，但我猜必然是因为前者吧。奉紫是倒了八辈子的霉，遇到了这么个师父。不过还好她没被原教主影响，不然太可惜。"

"这样说可会不妥，她……可是奉紫的师父。"

"她待我确实不薄，我却不喜欢她对你的态度。"

雪芝揉揉眼睛，破涕而笑道："没想到夏公子说话还有几分耿直。"

"不必如此客气，只希望重姑娘放宽了心，对于无关人之言论，大可泰然处之。"夏轻眉装模作样地清了清喉咙，说罢又笑起来，"赶快把眼泪擦干净，上官公子还在下面等你？让他看到你这样子多不好。"

雪芝这才反应过来，往下看去。上官透还站在阶梯半中腰，不过是背对着他们的。

"我真该走了。"雪芝连忙跑下去，又回头，笑得无比灿烂，"谢谢你。"

"不客气。有缘再会。"

雪芝刚一下去，上官透便回过头来，道："已经说好——怎么眼睛有点红？"

"没……没有啊。"

"是不是刚才在门口那人把你弄哭了？"上官透戴上斗篷帽，立即往上面走，"我去收拾他。"

"没有没有，夏公子是来向我道别的。"

上官透慢慢转过头，几粒微小雪花落在他的睫毛上，说道："夏公子？夏轻眉？"

"嗯。"

"我去把他的皮剥下来。"上官透又往上走。

雪芝连忙拽住他的手臂，说道："等等，传言不是他的错。"

"我知道。但若没有他，别人也不会这样说你。这样的人反正也没用，还是消失比较好。"

雪芝还是死命拽住他的胳膊，一个劲地往下拖，说道："不要不要，我真的不讨厌他。"

上官透回头，看了雪芝许久，直看得她头皮发麻，才微笑道："芝儿说什么便是什么。但若有人欺负你，一定要告诉我，知道吗？"

"是，昭君姐姐！"

上官透又一次一动不动地望着她。雪芝声音放低了很多："透哥哥……"见上官透满脸笑意，她的心情也舒坦许多，又想到方才和原双双的对话，不禁喃喃道："原双双这人真是好生奇怪。"

"为何有此一说？"

"我听她说话，不时会蹦出一些文绉绉的句子，倒像是个读过书的人。可是，她的所作所为，又时常让人觉得只是个市井悍妇，真是让人摸不着头脑。"

"芝儿好眼力。其实，原教主原本生于名门望族，父亲是平章大人，可惜后来因犯文字狱，被斩首示众。她家中无男子，后继无人，没过多年，便家道中落。如此，她才习武步入江湖。"

"竟是这样。这么说，你们很早便认识了？"

"小时见过她一次，印象不深。不过，我曾听一些官员说，原教主其实饱读诗书，为文章，善小学[1]。她现下刻意表现得无知凶悍，应与父亲受

---

[1] 小学，指文字学、音韵学、训诂学的统称。

刑有关。"

要从深闺千金走到今天这步，看来，中间必有诸多苦痛。不过，原双双那张牙舞爪的性格，雪芝实在喜欢不起来。见她拉长了脸，上官透知道她是心情不佳，转而道："芝儿，过两天这里会有庙会，你想不想去看看，还是说直接去少林寺？"

"庙会！庙会！"

她欢天喜地地叫了一阵，留意到上官透不仅笑意更深了些，也丝毫不排斥她拽着他的胳膊。而他的手臂和她想的完全不同。他看上去是那么纤长的人，胳膊上却硬邦邦的，除了骨头便只有肌肉，是标准习武男子的手臂。她无端脸上一热，松开了手，扭头跑下阶梯。

从灵剑山庄回到仙山英州，雪芝突然大转变。仙山英州的一、二楼是饭厅，三、四楼是客房，上官透和雪芝都住在三楼，两人的房间中间只隔了一个屋子。即便如此，前一夜他还是被叮叮咚咚的声音惊醒了数次。奇怪的是雪芝的房间一直都很安静，直到晚饭时分，上官透去她的房间叫她，发现她不在，于是下楼找仲涛。到了用膳时间，仙山英州门庭若市，裘红袖腾了个包间，让他们先休息。上官透问仲涛雪芝去了何处，仲涛指了指厨房。上官透一脸疑虑地去了厨房，竟然看到雪芝在里面蹿来蹿去，帮忙洗菜、切菜。上菜时，雪芝才跟着裘红袖一起端着菜过来，笑得像朵盛开的小牡丹。上官透看着一盘盘端上来的佳肴，道："芝儿，你去做饭了？"

"没有，我不过帮红袖姐姐而已。我不是很会做饭。"说到这里，她用筷子指了指水晶饺子中形状最奇异的一个，"这个是我做的。"

仲涛清清嗓子，用手在脸上擦了擦，转过身去。雪芝不是很高兴地说道："放心，这一个我来吃。"

开饭后，雪芝立刻为上官透盛了汤，夹了碧螺虾仁，笑道："透哥哥请用膳。"

女子捧着哄着上官透这种事，仲涛和红袖早已习以为常，也并不觉得古怪。但上官透目瞪口呆。他已经过了要问"你为何要对我好"的年纪，只好笑着说谢谢，然后莫名其妙地吃饭。雪芝看着上官透吃下去，继续笑道："好吃吗？"

上官透表情有点僵硬地说道："好吃。"

雪芝又三下五除二吃下自己的饭，快步走到上官透身后说道："透哥哥，今天辛苦你了，有没有觉得很累？"

上官透道："还好。你不吃了？"

雪芝立刻把双手放在上官透肩上说："我帮你捶背吧。"语毕开始在他背后捶打按捏。上官透身子都僵了，但还是不知道如何反应。

上官透不语，饭也没吃下去。他原本打算等雪芝按完再吃，最后终于忍不住转头拦住雪芝道："多谢芝儿，我还好。你去玩吧。"

"无妨，你吃饭，我帮你捶背。"

裘红袖慢慢将身子前探，歪头看着上官透道："第一次看到一品透这么紧张。芝儿，你停停吧，再捶下去要折寿。"

仲涛道："今天怎么了？以前不是三个女子帮你……"

上官透抢先道："芝儿，你喜不喜欢逛道场？"

"透哥哥喜不喜欢呢？"

"我不是很喜欢。"

"那我也不喜欢。"

上官透又一次沉默。仲涛看看雪芝，又看看上官透，再看看裘红袖。裘红袖嘴边挂着诡异的笑。上官透开始找话题，但无论说什么，雪芝总是迎合他，奇怪的气氛便持续了一个晚上。最后雪芝犯困回去睡觉，上官透才松口气，和另外俩人正常说话。仲涛道："我说光头啊，你出什么问题了？我看妹子这么乖巧，你还表现得跟做了亏心事一样。"

"芝儿平时性格不是这样的，我不知道她想做什么。"

裘红袖单手撑着下巴，玩着灯芯上的小火苗道："也不是做什么，小孩子说要改变时，是说变就变。方才妹子在厨房里说，去过一次灵剑山庄吃了不少教训，从今以后她要更加珍惜对她好的人。"

"那是在说你吗，光头？"

上官透喃喃道："……果然，灵剑山庄的人又开始了。"

裘红袖道："雪芝丫头身上那股服道以守义的单纯气，还有一点傻气，都还蛮讨人喜欢的。但你自己把握好度，稍微一个不对，这妹子恐怕便当不成妹子。"

上官透道："你想太多。看芝儿对我的态度，哪儿像有那种意思？"

仲涛道："人家红袖哪里担心过妹子了？人家担心的是你，你个老色魔。"

"芝儿还这么小，怎么可能？"

"怎么不可能？这么水灵灵的纯洁小姑娘，若是我妹子，我绝对一口气吃掉她。"

上官透用筷子挑起一根鱼骨头，弹过去，道："你动她试试！"

仲涛打掉鱼骨，道："我看你是想独吞！"

裘红袖道："不闹了，一品透这边我是放心的。我是担心雪芝，二八青春韶华，便遇到这么个情场大鲨鱼，虽然你做得很周到，但真不能保证她不乱想。"

"放心，我不会让她喜欢上我。"

"你吸引姑娘那点腔调，是从内里流露到了发丝，不是你自个儿能控制得来的。"

"我自然能控制。"上官透转而陷入沉思。

随即，他们便把话题转到了英雄大会上。半个时辰后，仲涛抚掌道："哈哈哈，我就说，青面靖人今年绝对斗不过原双双，果然，果然啊。"

裘红袖道："雪雁神鞭还是很管用的。倒是青面靖人，会的招式里十个有九个拿不上擂台。"

"不过到了兵器谱便难说，毕竟要求要松些。是吧，光头？"

上官透道："没错。"

090. 　　　　　　　　　　　　　　◯　月 上 重 火

　　裴红袖盯了他片刻，道："而且，月上谷的'莲神九式'也是非常有看头的，对不对？"

　　上官透道："没错。"

　　仲涛来劲了，勾住上官透的肩说道："雪芝妹子很可爱，是吧？"

　　"没错。"上官透忽然抬头，"什么？"

　　他们没人知道，此时雪芝在房间里，严重失眠，还唉声叹气："如何才能问昭君姐姐关于奉紫的事？开不了口啊。"

　　苏州的庙会比别的地方都稍晚一些，所以一到举行日，大清早便有不少小贩摆摊，街道上人山人海。泰伯庙的人扛着几百座佛像，在苏州城内巡城。善男信女们一路拥着佛像，或步行，或船行，陆续往至德桥挤。综观整个苏州，红飞翠舞，车马扁舟，一片花天锦地。重雪芝、上官透、仲涛以及裴红袖也是一大早便出门，不过雪芝流连面具、兵器铺，裴红袖被摊边的胭脂水粉吸引去，所以过了午时，一行人才抵达至德桥。那时，雪芝脸上已经戴着关公面具，右手握着一个风车，左手提着纸鱼，身旁的上官透还替她拿着一只被小匕首捅穿的绿篆小凤凰。踏过石砌的桥墩，挤过冲天式三间石坊，四人才缓过气来。雪芝擦擦额上的汗，把大红棉袄脱下来。上官透拦住她说："别脱，容易感冒。"雪芝"哦"了一声，又乖乖穿上。

　　看到这一幕，仲涛终于确定上官透所言能控制让雪芝不喜欢他，是句大实话。他对雪芝不玩心眼儿，也是毫无诱惑力可言，还跟个爹似的絮絮叨叨，就这德行，能动心的妹子绝对有轻微恋父癖。他正想跟红袖讨论上官透这没出息的样子，一回头，发现红袖没了人影。仲涛左顾右盼，发现没人，于是跃上石坊探看，惊动不少人。最后，他瞥见了房檐下的红袖。一个英挺男子正在和她说话。红袖搔首弄姿，流露出从内到外的风情。仲涛跳下来，作势要冲过去捉奸，上官透却在后面冷不丁地冒出一句："红袖狩猎时去打扰，后果你知道的。"

　　仲涛只好停下，死死盯着房檐下的男女，双眼喷发出火焰。上官透无比同情地拍拍仲涛的肩，扔下他，跟上了看中彩灯的雪芝，问道："喜欢这个？"

"嗯。"雪芝正看得出神，便回头道，"只是觉得好看，我们走吧。"

"喜欢便买。"上官透正要掏银子，雪芝却拽住他的袖子，硬拖着往前走，"现在买也看不到，晚上再说。"

彩灯铺的老板道："小两口感情真好。"

"没有没有，他是我大哥。"

上官透看了看她捉着自己袖子的手，嘴角轻轻勾了一下，道："是，妹子。进庙吧。"

进了泰伯庙，雪芝嚷着要抽签。上官透不信这个，说什么也不抽，最后被雪芝赖得受不了，说只此一次。看着一排签筒，雪芝逡巡不前，最后有些不大自然地选了"君成命理之月下灵签"。

"你先。"雪芝把签筒递给上官透。

上官透拿着签筒开始摇。这时，旁边的妇女道："哎，这位公子，摇签时要想着喜欢的人，这签才会准。"说罢自己拿了个签筒，闭上眼睛想了片刻才开始摇，掉了签，她笑道："哟，是上平，我去解签。"

上官透又开始摇。签落，拾来一看，上面四个殷红大字：上上大吉。

雪芝探了脑袋过去看，喊道："哇……上上大吉！我去帮你解签！"去解签架上翻了一阵子，拿了个字条，上面写着：嘉耦曰配。与良人是否合得来。如两者之间。有意合之。且经一段时间之交友。认为可合者。可合之。不必多考虑者也。是一己之命也。唯必有善果结之……

上官透笑道："不是很准。"

"不准？"雪芝眼睛眯成一条缝，"昭君姐姐刚才想着谁呢？"

"就是谁都没想，所以才说不准。"

"这样啊……没意思。我来。"

雪芝接过签筒，闭上眼睛，脑子里居然浮现出一张眉叶轻盈的脸，还有那一声温柔的"来，笑一个"。她顿时觉得分外尴尬，轰隆轰隆摇了几下，签落了满地。旁边的人都转过头来看她，上官透立刻帮她捡。她红着脸重新摇，最后摇出一根，分外紧张地拾起来，一看，上面写着一字：下。她睁大眼看着那血红色的大字，欲哭无泪。上官透靠过来一看，道："都说了不要信，看，把自己心情弄得不好了。"

雪芝去翻解签条。上面写着：便如凤去秦楼，云敛巫山。凤去秦楼耶。表明伊人去矣。巫山之云亦敛软。可知意中之人走了。是表白俩人不宜结合。一切之事。婚姻亦如此断矣。不宜馁志。宜另择佳偶去。雪芝哭丧着脸道："我不信，为何昭君姐姐的签这么好，我的却这么差！"说罢扔掉字条，又开始摇签。

上官透道："这……能抽两次吗？"

雪芝当没听到，终于又抽来一个：下。解签内容是：君尔耶。在与伊人之间。只为偷香。窃玉之上用心。取去玉。偷其香是已。不为爱情而行。易言之男欢女爱。如此之结合。时之过憋。将同床异梦者。爱之。一己与人之结合耶。必须以爱为基础。方有幸福可言。

雪芝偏不信邪，继续哭丧着脸摇签。摇了很久，终于摇来一个：中。雪芝终于心情好些，欢快地去解签，而上面写着：为了成一事。穿上铁鞋奋斗不懈。费心费力。皆无所获。了然了然耶两手到头来皆空空。

"两手到头来……皆空空。罢了，我们走吧。"雪芝无精打采地出去。

这时，开始抽签的中年妇女又回来，低声对上官透道："那小姑娘是你什么人？"

"是我妹子。"

"你那妹子真可怜。谁都知道庙会为吸引游客在签里掺水分，上、中、下签各占六成、三成、一成。至于下下签，这里是没有的。这都能被她连续抽到两个下、一个中，也不容易。"

雪芝一下午心情都不好。她走着走着，又听到了原本不属于这里的烦心事。大概是林轩凤这两天替雪芝说过话，几个人偷偷讨论这是否欲盖弥彰，又有人说夏轻眉花心，追奉紫时还不忘记勾搭重雪芝。一听这话，无处发泄的火气冲坏了脑子，雪芝跑过去，把那几个人暴打一顿，弄得他们到最后都没明白是怎么回事。只有上官透瞧着雪芝，那双琥珀色的眼睛带着点疑虑。

而后，天很快黑下来。雪芝跟着上官透走出寺庙，准备去市集里面转转。到桥墩时，上官透忽然想起没买彩灯，说要回去买一个。雪芝情绪低落，心不在焉地答应后，便一直站在原地等他。有个小贩从她身后唤道："这位姑娘，要不要看看彩灯？"

"不要，我大哥正给我买呢。"

小贩走了。不多时，又有人问道："姑娘，看看彩灯吧。"

"不要。"

再过一会儿，再有人从她身后说道："请问……"

"不要不要不要！"雪芝转身，不耐烦地看着那人，"要我说几次你们才肯安静一点？"

她身后的人怔道："果然是重姑娘。"

雪芝也愣了，道："夏……公子？"

"重姑娘，真是人生何处不相逢。"夏轻眉微微笑着，单边的酒窝也跟着深深陷进去，显得分外可爱，"坦白说，同是天涯沦落人，重姑娘的个性却比我爽心豁达得多，夏某，当真是有几分欣仰。"

"我没爹没娘，你生自巨室，怎能算同病相怜？"

"重姑娘这话又是从何说起？夏某自小丧父，母亲改嫁两次，我们母子俩一直过着寄人篱下的日子，没少受委屈。后来家母郁郁而终，我在这世上便再无依无靠。在夏某看来，重姑娘是武林世家千金，才是富贵逼人。"

雪芝愕然抬头，对他这番话感到意外，却又不敢多问，说道："竟是这样。是我失言，还请夏公子见谅。"

"不必介怀。你可是一个人来的？"

晚上的泰伯庙灯火辉煌，桥的另一端，舞狮、卖艺、杂技……一片笙歌聒地，鼓乐喧天。夏轻眉身长貌美，眼睛星斗般晶亮。听过他的辩白，雪芝才知道，原来夏轻眉和上官透一样，都是个性和顺的公子，却比上官透艰难许多，顿时觉得他比以前更易亲近。她一时头晕，后话脱口而出："没有，我……我跟我姐姐一起。夏公子是一个人吗？"

"我跟灵剑山庄和雪燕教的人一起。前几天我从灵剑山庄出去，我还以为我们又要隔很久才会见面呢，没想到这么快便遇上。"

"哈哈，说不定很快又会在少林寺遇上呢。"

"重姑娘也要参加兵器谱大会？"

"嗯。到时候还希望和你切磋切磋呢。"

夏轻眉喜道："若重姑娘愿意，夏某自当奉陪。也不知道为何，每次跟你聊天过后，总是会觉得心情颇好，应是姑娘踔厉风发，才受了影响。"

"过奖过奖。"雪芝看看周围，"我姐姐还没来……我看我得先去找他。"

与夏轻眉匆促道别，雪芝又不由得感到后悔。因为紧张而放弃对话，她果然是个笨蛋。径直往前走了半晌，她又发现找不到上官透人，于是跑回寺庙。寺庙中人来人往，偏偏没看到个穿白色衣服的，她没头苍蝇似的乱跑，直至仲涛叫住她。他把一个凤凰彩灯递给她，说道："妹子，这是光头买给你的。他说他有点事，让我先陪着你。"

"他在何处，我去找他。"

"这……他老毛病犯了，可能不大方便。"

"老毛病？"雪芝一头雾水，"那红袖姐姐呢？"

仲涛翻了个白眼："你红袖姐姐已经犯了一个晚上老毛病。唉，你想去哪儿，我陪着你。"

"我想再去求签看看。"

雪芝很沮丧，很绝望。为避免再次被衰神附身，她先去别的签筒抽了签，拿了一堆上和上上，才去抽月老签。但令她再一次陷入绝望的是，月老签还是下。她实在气不过，提前回了仙山英州，早早上床入睡。迷迷糊糊中，她听到裘红袖高亢的声音久久回荡在客栈："一品透你小子带种！居然把苏州第一冰山都放倒了！姑奶奶我佩服你！那冰山是连老娘的面子都不给的！叫老娘乳牛！你有本事便弄死她，老娘以后叫你大哥……"

雪芝一向睡得很沉，但都受不了这个音量的轰炸，自梦中惊醒。她下床推门出去，迎面撞上刚准备款门的上官透。她惊讶道："透哥哥？"

上官透递给她一个小纸包，说道："你肚子饿了吗，这是夜宵。"

"谢谢。"雪芝接过纸包，又往外面看了看，"红袖姐姐怎么了？"

"她喝多了点。你不要过去，小心被误伤。"

"红袖姐姐的酒品真是……"说到这里，雪芝的眼睛忽然弯了起来，用手肘碰碰上官透，"不过，我都听到了哟。苏州第一冰山都被你放倒了，好厉害。"

见上官透怔住，她又推了他一把，说道："害羞什么呢，我一直知道昭君姐姐武功高强，这一回一定把这冰山打得落花流水吧。我真是脸上有光啊。"

上官透眼神闪烁了片刻，忽然扣着食指关节，敲敲雪芝的脑袋。"你还敢说脸上有光，方才在庙会上恨不得我不在。"

雪芝捂着头，脸变得通红，喃喃道："我……我……"

上官透只拍拍她的肩，眼神有些落寞，说道："傻丫头，早点休息吧，要是有事便来敲我门，我睡得晚。"

"好。"

见上官透转身出去，雪芝忽然跨过门槛，缠住上官透的胳膊，说道："昭君姐姐！"

上官透回头，错愕地看着她。雪芝的脸颊在他的胳膊上蹭来蹭去，笑容灌了蜜般说道："除了我爹爹，从来都没有人像昭君姐姐这样好，芝儿真的很感动。以后等芝儿从红袖姐姐那里学来厨艺后，一定会天天为姐姐做饭，让姐姐不会后悔对我这么好。"

上官透淡淡笑着，不明所以，并不是很开心地说道："等芝儿嫁人了以后呢？"

"嫁人了以后，便让丈夫也一起下厨为姐姐做饭。我这么凶，他不会不听我的。"

“好。”

他这样百依百顺，让雪芝忽然觉得，自己又变成了被人疼爱的小公主。她侧了侧身子，把脑袋靠上了上官透的胸口，甜滋滋地蹭来蹭去，喊道：“透哥哥……”

“嗯？”

她用力摇摇头，继续哼哼唧唧又黏黏地唤道：“透哥哥，透哥哥。”

知道她不过在撒娇，一时小女儿情态，上官透也不再回应，只是轻抚她的脑袋。从很久以前，他就把她当作妹子看待，又知道她从小到大脾气火暴，却未料到她居然有这样的一面。他垂首看看她，她那堆积在眼角的娇憨甜笑，和寻常姑娘并无不同……不，确切说，是令人更忍不住心生怜爱。其实才在庙会，他听见她对夏轻眉撒谎，心里有几分不是滋味，可再多不悦，也被这几声软软的“透哥哥”化为绕指柔。不知不觉中，他也浅浅笑了。直到她小雀般脱离他的怀抱，乖乖回房间去。

对上官透的依赖像是与生俱来的，若不是因为男女有别，雪芝还真想让他跟个姐姐一样，守在床边陪自己入眠。她觉得自己很幸运，一入江湖便遇到这样亲人般的兄长，希望往后也能与他长久相伴。关于那冰山的事，她有些好奇，但很快便忘了，直到第二天真的看见本尊。

深雪方融，苏州城内透出些冬末春初的气息。庙会依然在进行，城内人群熙来攘往，一名女子站在仙山英州外的码头上，两鬓发丝绾起，露出雪白微长的脖子，瞳孔极黑，泛着深潭里的波光。这人便是春容，苏州第一冰山美人，也是一名富商之女。但她并不娇生惯养，性格还特别刚毅。据说从未有男子看过她的笑容，她若对谁笑，将来肯定会嫁给谁。雪芝原不相信世上有这种人存在，但看到春容的瞬间，她信了。她只是觉得有点讶异，这姑娘看上去柔弱如柳，居然会和上官透交手。

春容和裴红袖对上，便是冰对上了火。裴红袖拉开门，砰的一声撞了门板，冷笑道：“春小姐不是说，永远不会踏进我这酒楼半步吗，何故今日如此没骨气，自个儿送上门了？”

"裘大姐，若不是上官公子'请'我来，我确实没闲心在这种场合逛。大姐要是不待见我，我这便走，之后的事，大姐自个儿跟上官公子交代。"

"那你走吧，不送。"

裘红袖准备关门放狗，仲涛抢先道："哎，春容姑娘，你先等等，光头说他马上来。"

"告诉他，我没那个心思等他，以后也不会再见他。"

眼见要错过高手过招，雪芝也赶紧跟上去当和事佬，说道："春姑娘，不要这样，他很快便来。"

"哟，这是哪家的小姑娘？"春容瞥一眼雪芝，"早就听闻上官公子风流倜傥，不会连小女孩也不放过吧？"

"大姐，你别乱说好吗！"

"乱说怎么了？是上官透喜欢我，小丫头你看不过去也没办法，有本事叫他不要缠着我。"

"你不是不想见他吗，怎么还不滚蛋？"裘红袖拉长了脸，把门轰然关上，"真受不了一品透，每次找来的姑娘都是绣花枕头。"

雪芝却呆住。这究竟是怎么回事，春容为何说上官透喜欢她，他们不是比武切磋吗，难不成切磋都能倒腾出感情？与此同时，上官透神采飞扬地出来。他微笑着扶扶领子，掸掸衣袖，跟一只美貌的白孔雀似的说道："狼牙，祝我好运吧，这一个比较难……"说到此处，他看见了雪芝，立即噤声。

仲涛不敢大声说话，只是可怜巴巴地走过去，在他耳边嘀咕了几句。上官透又看了一眼雪芝和红袖，无声无息地出了门。他再次回来，已是黄昏时分。雪芝在后院中练剑一日，顿感一日相当漫长。不过待上官透回来，也无甚新奇，四人还是一起吃饭、聊天，各自忙各自的。晚上，雪芝还是会到上官透那里去和他聊天，撒娇赖皮打滚够了以后，再回房睡觉。不知为何，上官透对她的靠近显得有些无措，她只要挽一下他的胳膊，他就会浑身僵硬。第二日同样如此。不过，他们近距离讲话时，她在他身上闻到了不一样的味道，再靠近嗅嗅，四处嗅嗅，嗅到上官透直接躲开，才疑惑道："昭君姐姐还真变成了姐姐，居然用牡丹香。"第三日上官透没有回来。雪芝的一日变得更加漫长。第四日，上官透回来，还带着面部神经坏死的春容。但雪芝上次被她那样一说，连和她说话的欲望都没有。一顿饭吃下来，只有仲涛在调节气氛，俩姑娘都一直沉默。不过裘红袖是拉着臭脸，雪芝是没有表情。晚饭过后，春容和上官透回了房，便再没出来。和上官透独处的时光被人占去，雪芝就像被人抢了尿尿地盘的小狗般不悦，和裘红袖在一楼喝酒聊天。

聊到一半，有几个灵剑山庄的人进了酒楼，在她们身后一桌坐下聊天。

"九师兄还不能走路吗？"

九师兄？不是夏轻眉吗？雪芝的耳朵竖了起来。

"不能，听说被踹了很多脚，还伤了腿骨，这几天回了金陵疗伤，也不知道下个月少林寺还去得成否。"

"以前便听说上官透下手狠毒，但看他斯斯文文的样子，还以为那是谣言呢。"

"也不知道他为何莫名其妙打了师兄……莫非，是因为当年那事？"

"什么事？"

"他被逐出灵剑山庄之前……你靠过来一点。"

后面他们说得很小声，雪芝无法偷听，便放下酒壶，以出恭为借口上了三楼。她跑得大汗淋漓，原本想破门而入问上官透为何要随便伤人，却听到房内传来奇怪的声音。明知这样不光彩，她还是没忍住，在纸窗上戳了个洞。不戳还好，这一戳，便把她少女的幻梦全部戳得烟消云散。

窗边原本放有烛台的红木桌上，她和上官透天天坐着聊天的地方，有两条旖旎纠缠的身影。春容的衣衫半褪，酥胸微露，仰着那纤细的脖子，发出断断续续的啼哭声。上官透虽衣冠楚楚，却捧着她的下颌，在那脖颈间一次次亲吻，不一会儿便吻到了她的胸前。上官透的表情除了比平时入迷些，也并无不同。但雪芝第一次看到冰山美人笑。只不过，笑得那么淫荡，那么欲仙欲死，尽数浮现在泛着潮红的双颊上。

"上官公子……"春容用力抱住上官透的肩，迷离惝恍道，"若倾此一生，都如此刻这般……那我……"

说罢，她主动凑上去，热情地狂吻上官透。看见四唇交接的一刹那，雪芝的眼睛陡然睁大。上官透并不惊喜，却也未排斥，只是技巧娴熟地与她接吻。她更是不知身在何处，胡乱地脱下自己身上的衣物。即便是这种时刻，上官透还是身外客，他长发如云，侧脸如画，衣袂更是一片红烛夜中最美的烟。一时间，雪芝心里一阵绞痛，呕吐感从心中汹涌而出。她努力控制住自己的情绪，轻轻抚平那个小孔。只是，已经被戳破的地方，再无法恢复原状。

她默默退回自己的房间，坐在桌旁发愣。时间过得很慢，又似流水刹那间从指间滑过。后来，她在门上看到上官透送春容离去的影子。然后，他来到她的房门前，轻轻敲了两下。雪芝打开门，见上官透若无其事地对她微笑，温柔如同她最亲的兄长。只是，即便他衣冠楚楚，面如美玉，她依然无法不回忆起方才那一幕。

"怎么，心情不好吗？"见她神色复杂，上官透伸手想摸她的头，但她相当敏感地退开。她的手心在冒汗，即便紧紧握着，也无法控制不发抖。

"芝儿？"

雪芝双眼泛红，嗓音沙哑道："我讨厌你。"

上官透惊诧地看着她，半晌，才轻声道："你说什么？"

她不是不能看见他美丽眉眼间略微受伤的情绪，若换作以前，当上官透还和她想的一样，是个温润如玉的大哥哥，她肯定道歉道得比谁都快。但是，他不是这样的人。他白净的面容，秀美的手指，写满月色的眼眸，每一处曾经如悬云端的锦绣之色，都完全变了味。她实在太失望了。

"你出去。"雪芝连声音都在发颤，"我讨厌你。"

"砰"的摔门声后，上官透被重雪芝光荣地列入了最讨厌的人名单中，位居第三名。

第 七 章

兵器谱大会

　　一夜过后，雪芝对自己的口无遮拦感到无比后悔。不管是作为上官透的朋友还是妹子，他的私事她都无资格过问或插手。次日清早，她便下定决心要去向上官透道歉。敲了敲门，经过上官透许可，她便推门进去，只见他倚窗而坐，红梅嶙峋入琐窗，落了满桌花瓣，也不见他伸手拂去。倒是梅香幽幽七分艳，伴着清晨窗外的宫商角徵羽零碎之音，再瞅瞅这窗前的人，他更真似驾鸿乘紫烟的赤松子般。只是，赤松子气色不好，正散发喝茶，胸前衣襟微敞，唇无血色，有些憔悴。雪芝站在门口不动，满脑子又是前夜发生的事。

　　"芝儿？"上官透连忙扣好衣服，绾起头发，有些狼狈，"……你起得可真早，吃过早饭了吗？"

　　雪芝也是第一次发现，"对不起"三个字，是如此难以启齿，她只摇摇头道："还没有。"

　　上官透站起来，随便披了件外衣说道："那我下去给你弄吃的。"

　　上官透未及弱冠，骨骼尚未定型，原本便是高挑身形，失了华袍的装点，看上去形容甚癯。雪芝越发自责，情绪低落地跟他下去，一言不发地吃完一顿早饭，又默默退回房间，连练武都直接省去。到晚饭时间，她又跟着上官透到楼下去用膳，但很不幸地，她在二楼看到了春容。春容的性情无端温和起来，对雪芝频频献殷勤。被趾高气扬的美人这样对待，雪芝多少有些受宠若惊，只是一看到春容的脸，她又想起那双颊发红的笑容，顿时胃口全无，随便吃了一点就上楼了。

这一晚春容并未留在仙山英州。天黑后，上官透来房里找雪芝。雪芝再没法和他并排而坐，反倒是站在一边。见她不坐，上官透也不便坐下，两人跟木桩子似的面对面地站着。上官透道："我都听红袖说了，春容说话冒犯了你。"

"没有，还好。"

"若是这样，以后我再也不和她打交道。"

一听这话，雪芝火气便上来了："你这话说得倒轻巧。占过人家便宜，你便想甩了人家，当人渣不要拿我当挡箭牌！"

上官透和雪芝大眼瞪小眼，良久，他才迟疑道："昨天，你都看到了，是吗？"

雪芝憋了半天，才憋出一句话："上官公子果真名不虚传。够乱来，够龌龊。"

说完她便有些后悔。因为听见那"龌龊"二字，他便侧过头去，像是在掩饰眼中的难过。他道："……我碰过的女子，无一人是女身。春姑娘也不是。芝儿不必担心我玷污了她们。"

"不要狡辩，一个堂堂男子对人家做了那种事，便应该负责到底，可你负责了吗？"

"我……"上官透停了一下，苦笑道，"芝儿说的有理，是我的错。所以，你希望我娶春容，对吗？"

争到此处，雪芝已经完全混乱。她原是打算向上官透道歉，谁知怎的便成了这番情景。可她这人最大的毛病便是不会为自己找台阶下，上官透话都说到了这个份儿上，她所能做的最柔软之事，也不过是站着发僵。

上官透双目空洞地说："我知道了，我这便请人去准备红定匣子。"

见上官透转身出去，雪芝上前一步道："等等，我不是这个意思，我的意思是……你应该和自己所爱的女子在一起，哪怕妻妾成群，也比这样流连花丛好啊……"

"无妨，反正都不是我心仪之人，娶回家也无甚影响。"

上官透一个纵身，便消失在了门前。雪芝追上去，却早已找不到他的身影。她赶紧下楼去找仲涛和裴红袖，那俩人听她说了事情经过，都大吃一惊。裴红袖道："一品透最怕的便是成亲，妹子，你真的只跟他说了这些话？今天他是受了什么刺激？"

雪芝急道："真的只说了这些。我是真的不懂他，既然不喜欢成亲，便不要去……去碰那些姑娘啊，他不乱来便浑身不舒服吗？"

仲涛沉吟片刻，道："其实光头这风流癖，还真是一种执念。虽然说来有些好笑，但和他童年阴影有关。"

裴红袖摆摆手，笑道："得了吧，上官大人的儿子，还能有什么阴影？"

"这事和上官大人没什么关系，也是有一次光头喝醉了说的。小时候他跟舅舅去看兵器谱大会，对一个小姑娘一见钟情，但那姑娘出自武林世家，身手好得不得了，拽着他到处跑，但他那会儿一点武功都不会，还被那姑娘嫌弃，说他淡而无味，不解风情。所以从那之后，他便要求习武，入了灵剑山庄。至于后来游戏花丛，也是为了不那么无趣吧。啧啧，只能说啊，一个人儿时的经历忒重要。多大点事，都把光头扭曲成了这样。"

"我说，你不是该感谢那小姑娘吗？若不是因为她，一品透也不可能是我们的朋友。"

雪芝只觉得这桥段听上去很是耳熟，总觉得在哪里经历过。但她并没有时间多想，便看见上官透神速地带了几个人上楼，吩咐他们办事。她赶紧跟上去，把那几个人撵出门去，一摔门将上官透关在房间里。"表面上还真看不出来，昭君姐姐是个牛脾气啊。你是在跟我赌气，还是在跟自己赌气？"

"那芝儿原谅我了吗？"

"你辜负的人又不是我，为何要我原谅？"

"这事令你不舒服，便是我的错，自然要你原谅。"

雪芝瞠目结舌，本想说自己不在乎，可只要一想到他们接吻的画面，她便没法撒这个谎。不知不觉中，她的眉心也微微皱了起来。上官透敏锐地发现了这一事实，缓缓道："芝儿，或许你现在觉得这事很不舒服，但以后等你成亲，便不会觉得反感。到那时，你还会想主动亲近心爱之人。"

雪芝又皱了皱鼻子，一脸嫌弃的模样，说道："我才不会和对方做这种事呢，好恶心啦。"

"当然不可能立即到这一层关系，都是从最浅的方式开始。"

雪芝变成了木鸡。如此顺理成章地，她想起扑到上官透身上蹭来蹭去，喊着"透哥哥"撒娇的情景。只是一直以来，矜持的昭君夫人鲜少回应她，至多只在她背上轻拍两下。她脸上一阵红一阵白，最后禁不住扑到桌子上，把脸埋进双臂——这是一件多么丢人的事！上官透有些莫名其妙，问："芝儿，你还好吧？"

"没事。"

"算了，芝儿还是太小，我能理解你的感受。"上官透轻叹一声，"以后只要跟你在一起，我都不会再和别的女子说话。等你长大些，能接受了再说。你说这样好不好？"

雪芝不说话。

"芝儿？"

雪芝忽然坐起来，道："以后也不可以。"

"什么？"

"以后也不可以再跟别的女子在一起。"

上官透微微愕然道："为何？"

"……或许等我能接受，可以考虑让你去风流快活，但是，你挑中的女孩一定要先给我选，我满意的你才能要。"

上官透失笑道："这样说话，不会太任性吗？"

雪芝想了想，撑着下巴道："若说喜欢那样的事，有一个妻子便可以对不对？”

“嗯，有点道理。”

“而且，不是都说过吗，芝儿会伺候你的。”

上官透看着雪芝，彻底说不出话来。雪芝伸手在他面前摇了摇，喊道：“透哥哥？”

上官透轻晃脑袋，半透明的琥珀色瞳仁澄澈明亮。他温柔地摸摸雪芝的头，微笑道：“便听芝儿的。从今以后，透哥哥不会再看别的女子一眼，芝儿也不要再因为这种小事，随便说出讨厌我的话，好吗？”

雪芝最受不了上官透变温柔，他一温柔，她便很想钻到他的怀里蹭蹭。但经过前一晚，她实在没法这么快回到原来的状态，只是快速躲开他的手，清了清嗓子道：“其……其实我昨天听说你把夏公子打了一顿，心情不好，所以才……”

上官透的脸僵了僵，笑容消失了刹那，再回到脸上。

之后的日子里，上官透被雪芝“伺候”得非常郁闷。在经过雪芝数日糖衣炮弹的轰炸后，若说完全受得了她比以往火暴一百倍的脾气，那绝对是假话。目睹上官透的“真实”后，雪芝常常看了他便来气，他稍微有一点不对，便忍不住要尖酸几句。说多了如果上官透表现出一点不乐意的样子，她的火山会又一次爆发。她原本不想这么做，却被自己反反复复的情绪弄得更加毛躁，小日子过得也不大顺畅。转眼间便是四月初，少林兵器谱大会即将举办，雪芝渐渐飞到另一个世界的心，也被这兵器谱大会拉了回来。整个武林人口大流动，雪芝等人也开始动身，朝着少林赶。

九莲山少林寺，位居九华山脉，地势险要，是易守难攻之地，也是理想的习武之地。寺院十方丛林，基地广阔，看上去气派无比，尤其是到了兵器谱大会，更显少林寺历史悠久的大家风范。英雄大会算是武林人士个人出头的大会，兵器谱大会则是完全替门派争脸的大会。很多人衡量一个门派的好坏，都是通过兵器谱大会来看的。所以出现在兵器谱大会上的人，以及扎堆的人很多。此时的重雪芝，正站在去年的大红兵器榜前。

第一名，少林寺，燃木刀，释炎。

第二名，灵剑山庄，坤元神剑，林轩凤。

第三名，武当山，太极剑，谭绎。

第四名，重火宫，混月剑，海棠。

果然剑是兵器之首。一扫排行，上面最多的武器便是剑，其次是刀，剩下依次是鞭、双剑、棍、钩、杖等。

看了良久，发现榜上有月上谷的大名，却没见上官透的名字，雪芝回头道："昭君姐姐，为何你从不参加兵器谱大会呢？"

"两年前我参加过。"上官透慢慢往下看，在第八十一名处找到"寒魄杖，上官透"，"这里。"

"昭君姐姐不会是又只打了一场便跑了吧？"

仲涛道："你昭君姐姐当时拿的是第四十九名，因为第五十名那个男子欺负了他的小情人。"

雪芝睁大眼道："他的小情人？"

"是呀，第五十名那个是小情人的老公，据说在兵器谱大会前几天动手打了小情人，小情人向你昭君姐姐告状，你昭君姐姐看不顺眼，上去打了他一顿，直接把那人从擂台上摔下来，差点没了命。你昭君姐姐有峨眉的师太给他撑腰，天不怕地不怕，扁了人便跑。于是释炎老和尚也睁只眼闭只眼，让他上了这个榜。"

雪芝眯眼看着上官透问道："小情人叫什么名字？"

上官透凝神想了很久说道："不记得。"

"这都可以忘记？"雪芝摇摇食指，"姐姐果然国色天香，风流倜傥。"

"我记得了，她叫香尘。"

裴红袖道："其实叫作秋娘。香尘是他在烧香时遇上的，大概在一品透脑袋中，这两个女子都跟和尚和烧香有关，所以也差不多吧。"

上官透朝裴红袖使眼色。仲涛又接道："其实这两个人差别很大。香尘是个洛阳的歌女，去烧香时求姻缘，刚好当时光头也被老母拽去，于是乎，香尘便认定了光头是她求来的终身姻缘。俩人好了三四天，光头一听她暗示要成亲，甚至还没动过她，便以回月上谷为由逃走。之后听说香尘寻死觅活了大半年，头发都掉了一半。光头造孽。"

仲涛说的时候，上官透拽了几次他的衣袖，但是仲涛愣是一口气说到底。

雪芝道："那秋娘呢？"

仲涛刚一开口，上官透便把扇柄塞到他口中。仲涛吐出来呸了几声，正要动手，裘红袖又接道："秋娘是个风姿绰约的少妇，比一品透大十二岁。自从被一品透所救，她便彻底沦陷，还说要放弃他，因为希望他永远记住自己。你不知道当时一品透和她依依惜别时，是如何情深似海，当初我和狼牙都一直觉得，倘若哪天一品透浪子回头，第一个找的一定是她。结果才过了两年，连名字都能记错。"

雪芝双目发直。上官透看了一眼雪芝，低声道："红袖，够了。"

见他如此尴尬，雪芝好心转移话题道："不过，昭君姐姐武功真的很厉害，不知道和穆远哥比起来谁更厉害一些。"

裘红袖道："穆远哥是谁？"

"是现在重火宫里最厉害的人。不过他也不爱抛头露面。"雪芝突然看到远处的武籍黄榜，"对了对了，那个榜我去年才看的，第一名还是重火宫《莲神九式》——穆远哥？"

其他三个人都一脸莫名其妙地看着雪芝。

雪芝连忙冲着某人堆处大喊："穆远哥！穆远哥！"

那群人中带头的男子回过头来。他里面穿着紧身的白衣，外面披着中袖黑衣，长发梳绾在脑后，以深红发带系上，干净利落，只有一绺刘海垂在脸侧，更显得他脸形癯然分明。他的眉毛笔直而上扬，显得有几分不近人情，但脖子上挂着一串黑色的圆珠，又为他平添几分平和之气。裘红袖道："第一次看妹子这么激动。那小子便是穆远？蛮俊的嘛，看着年纪和一品透差不多啊。"

雪芝道："穆远哥比我大一岁。"

裘红袖笑道："长江后浪推前浪啊，一品透，年轻有为如你，也棋逢对手了哟。"

"少宫主！"此刻，穆远已身形一闪，出现在他们面前，"少宫主果然来了，这几个月你都去了何处？"

他身后站着四大护法，还有大群重火宫弟子。

"我跟上官公子一起。"雪芝指指身后的上官透，又和他身后的四大护法打了招呼，"我早不是少宫主了，你也别这么叫，听了多尴尬。"

"那……怎么叫？"

"雪芝。"

"不，不妥，还是叫少宫主比较妥当。"

"……"

红袖悄声道："跟一品透学学，叫芝儿也可以呀。"

上官透看了一眼红袖，不说话。

其实，上官透对穆远的了解不止一点点。雪芝只要一和他聊天，便会提起重火宫的穆远哥。上官透不知道真正的穆远如何，但从雪芝口中听来，他寡言少语，昂昂然若野鹤之在鸡群，是个和自己完全相反的人。事实上，穆远最大的特点，便是没有特点。他景昃而食，夜分而寝，每天除了用膳睡觉出恭，余暇也只习武、研究秘籍以及处理重火宫的内务。也就是说，他完全不需要娱乐时间，从不在任何无用的事上浪费时间。另外，他是个左撇子，无嗜好，无野心。排除武功等因素，一个没有欲望的人，便是没有弱点的人。要击败这样的人，唯一的方法便是杀了他。但很多时候，杀死一个人并非等于击败他。

穆远道："我已和长老们商量过让你回来的事，他们的态度兀自强硬。少宫主是否有回来的打算？"

雪芝道："其实琉璃说的没错，在外面闯闯也好。过几年等我变强，他们一定会重新接纳我。"

"你是真这么想，还是回不来说的大话？"琉璃瞥一眼雪芝身后，低声道，"抑或是有别的原因？"

"当然有。"雪芝笑道，"我现在过得不知有多快活，哥哥姐姐一大堆。"

"哼，有所耳闻。"

海棠和朱砂对望一眼，朱砂道："唉，少宫主果然还小。不知江湖人心险恶……咦？她人呢？"

雪芝早已回到上官透那边。

都说这两年是释炎年。他是百年来少林寺最年轻的方丈，去年在奉天主办英雄大会，现在又作为兵器谱大会的常任主办人出现。他宣读过去年兵器榜的前二十名，然后，第一个对上的，是酿月山庄的酿月剑和南客庐的碎满轮。南客庐发起挑战，但九成的人都认为，酿月山庄会获胜。可惜兵器谱大会毕竟是在少林举行，很多英雄大会能找到的乐子，如赌博下注、贩卖二手兵器、跳楼价铠甲等等，在此间一律被禁，不然，雪芝一定跑去下注，押南客庐赢。上官透见她望得出神，道："芝儿，你觉得谁会赢？"

"南客庐。"

"为何？"

"因为南客庐的前帮主是我二爹爹的铁哥们儿。"

"林大侠的远亲近友还真是遍布大江南北。"

雪芝傻眼道："林……大侠？"

"这称呼很奇怪吗？"

"没，没什么。"

一战下来，得胜者果然是南客庐的弟子。之后酿月山庄再派人上阵，南客庐又一次获胜。于是，南客庐的排名从第九十九名跳到了第三十六名。可惜他们在这一战中受到重创，之后很快被玄天鸿灵观击倒。一看到鸿灵观的妖精们，雪芝就想起了那个梳着小麻花辫的邪恶少年，不过看了看，他并没在里面。鸿灵观名声不雅，却还是有点功夫底子，连胜两场便下去休息。

大会有规定，任何门派只能挑战上一回排在自己前后二十名内的门派，所以一天下来，一流门派都没有上阵。雪芝第一次参加大会如此轻松，纯粹以参观者的心态来的。即便到了第二天下午，重量级的门派武当出场，大会气氛相当凝重时，她也依然轻松微笑地看比武，也发现了不当少宫主的感觉是分外好。但是，武当太极剑挑战重火宫混月剑时，雪芝便再也不轻松。两个门派也不客套，都是直接上大人物。武当山二弟子对重火宫琉璃。雪芝双手合十乞求上苍，把神天叩谢。然而，几十个回合下来，琉璃因为一时分神而落下擂台，后又迅速捉住擂台边缘，攀爬上去，但也因此失了优势，败下阵来。

"可恶！海棠，海棠上！"雪芝唤道。

仲涛看她一眼，无奈地摇头，上官透也是无奈地笑。果然海棠上去了。在很久以前，海棠便是位居宫主和四大长老后的高手，外加外貌美丽，被很多人说成"倾城巾帼"。雪芝咬牙，握紧双拳喊道："海棠万岁！"

仲涛叹道："我说，妹子，你有没有一点做少宫主的自觉？"

雪芝完全没有听见。而海棠果然不负"芝"望，剑光凛冽，哗哗几下便把二弟子弄下去。而后大弟子书云上阵。这回打得久一些，用了一炷香的时间，海棠再次获胜。最后情势紧急，星仪道长亲自上去挑战。因此，海棠那边毫无胜算可言。交手几个回合，她败在太极剑最后一式上，被指中喉咙，下了台。前面几个门派的变动往往不会太大，于是很多人都想，这回又是重火宫第四，武当山第三。星仪道长正准备下去，却听见身后有人落下的声音，轻到之前一点动静都没发现。

他转过身去，穆远手握混月剑，朝他抱拳。

雪芝忽然腾地跳起来了，喊道："穆远哥！穆远哥！穆远哥好棒！"

穆远的听力也是极好，站那么高，居然还回望她一眼。雪芝用力摇手道："从未在兵器谱大会上看过穆远哥出手，今天他一定赢，一定赢！"

太极剑讲究的是"稳"，而混月剑讲究的是"乱"。对上以后，完全相克，因此，胜负往往由比武者的内功和剑法娴熟程度决定。过去几年里，混月剑之所以排在太极剑后面，是因为海棠的内力不及星仪道长。如今穆远一上去，利落几剑刺下，气势都截然不同，当场给了对方下马威。星仪道长连退几步，几乎落下擂台，但脚下一转，带动身子，又重新跃回擂台中央。接下来二人交手，剑与剑碰撞的声音迅速零乱，斩钉截铁。星仪道长脚步稳健，手上动作永远比脚上快，所以，回击时总是接对方的攻击，而不闪躲。然而这一会儿，接下穆远面无表情的次次重击，他已经十分吃力，完全没意识到自己正一步步退后。所以，当他的后脚跟滑了个空时，台下所有人都惊呼一声。眼见他就要掉下去，穆远却猛然收剑，一把抓住他的手腕，将他拽回擂台。穆远正准备再一次和他比试，他却收了剑，拱手道："真是少年英雄。老道还是第一次见重火宫弟子，不修炼《莲神九式》，都能将混月剑使到这个境界。"

穆远中规中矩道："前辈过奖。"

雪芝大叫道："乱说，重莲在修炼《莲神九式》之前便已冠绝九域！"

旁边武当山的弟子道："谁都知道，重莲当年称霸武林，完全是靠《莲神九式》，才胜过了诸多英雄豪杰。不过，天下没有白吃的午餐，他偷工减料修炼邪功，自然也活不长。现在他死了，总算是还了武林一个清——"

话音未落，雪芝已经一巴掌甩在他脸上。那人被她击退数步，捂着脸，不可置信地看了雪芝很久，突然提着剑要打过来。这时，一把杖却铿的一声挡住了他的剑。武当弟子颤声道："上官……上官透？"

在雪芝面前，上官透可是毫无脾气可言，但所谓山林隐遁栖，京华游侠窟[1]，他既然出身名门，便一定要有贵公子的气派，便一定要遵循"贵公子定律"：永远不会有面目可憎之时；不生气时会笑，生气时还是会笑；叫人滚时总是要加"请"字；在想骂一个人"杂种""贱货""王八蛋""人渣"时，要把这些词通通自动替换为"足下"。于是，综合以上条例，上官透微笑道："请足下滚吧。"

"谢谢昭君姐姐。"那人走后，雪芝扑过去抱住上官透的胳膊，蹭了两

---

[1] "山林隐遁栖，京华游侠窟"原句为"京华游侠窟，山林隐遁栖"，出自晋·郭璞《游仙诗》。

下，又朝擂台大声唤道，"穆远哥，重火宫第一名靠你了！"

见穆远在上面没有离开，雪芝特别雀跃。他终于肯为重火宫出头了。灵剑山庄一边，夏轻眉忽然拿剑说道："我去会会他。"

奉紫道："师兄加油，我们不能输给姐姐！"

看到跳上擂台的人，雪芝瞬间无声。没有太多人惊讶，倒是有不少女子尖叫。这些女子中，最少有一半是雪燕教的。其中，原双双又是嗓门最大的一个。

在兵器比武过程中，若一个人使用的是甲剑，甲剑剑法便必须是使用频率最高的。夏轻眉带的是坤元剑，一上场却使了灵空剑法。几招过后，夏轻眉才换了坤元神剑，再接几招后，又换作虚极七剑，灵剑山庄的剑法都被他用完，但总体来说还是没有犯规，坤元神剑使用次数最多。每次夏轻眉出手，底下的姑娘们都会叫一声。尤其是在他使用轻功飞起来，飘逸的腰带也跟着飞起时。穆远却像在执行任务，一直使用混月剑法，剑不像夏轻眉那样花哨，一针见血，每次都差点击中夏轻眉，却又恰好错过。

仲涛道："不知道穆远为何要这样让着他。"

雪芝道："有吗？应该不会吧。夏公子武功不弱的。"

上官透若有所思道："确实不弱，但是相比穆远来说差了很多。我想大概跟重火宫和灵剑山庄有关。而且，若我没看错，这场比武的结果不会是夏轻眉剑脱手或者掉下擂台。"

雪芝一头雾水地看着上官透。上官透道："没事，芝儿好好看着，这对你以后习武有很大帮助。"

过招几十回合后，穆远和夏轻眉剑锋相对，互相指向对方。灵剑山庄的剑总是比别的门派的长、细，所以这样对刺的结果，通常是对手中剑而自己安然无事。眼见夏轻眉的坤元剑便要刺中穆远的脸，穆远却一个后空翻，一腿踢中夏轻眉的膝盖，使夏轻眉半跪下去。这时仲涛的脸扭了一下，"嘶"了一声："好痛。"雪芝才想起，极可能是夏轻眉身上旧伤未好，被击中要害，不由得又瞪了上官透一眼。上官透佯装未知。

这时，穆远的剑已经指向夏轻眉。释炎在后方大声宣布："重火宫混月剑胜！"

夏轻眉人还没下去，一个淡紫色的瘦削身影飞了上来。林奉紫"啪"地舞动长鞭道："我和你打，击败一个负伤之人，不算你赢。"

穆远愕然道："夏公子，你受过伤？"

夏轻眉忙道："没有。师妹是见我输了不服才这样说。穆大护法确实身手了得，在下甘拜下风。"

仲涛叹道："看来，被穆远在擂台上击败，和被光头在底下暴打过，他觉得后者更丢人……"

雪芝拽住上官透的袖子，问道："你还没告诉我，为何要打他？"

"芝儿乖，看比武。"

此刻，台上的穆远看了奉紫一眼，低声道："在下不愿和姑娘动手。"

"那算你输。"

穆远蓦然抬头，成了触藩羝。雪芝高声道："穆远哥你做什么？看她柔弱不舍得动手了？扁她！扁她！"

台上的奉紫看下来，说道："姐姐，我一直向着你，你居然叫别人打我，你……"

"你这黄毛小丫头，别再叫我姐姐，看我上去把你揍成扁的！"

雪芝作势要飞上去，却被上官透拽住，道："芝儿，你没门派，上去也没有用。"

她只得一脸愤恨，咬牙忍下。

比武毫无悬念地分出胜负。奉紫委屈地一甩鞭子，指着穆远道："我可以被姐姐打败，别人都不可以！我林奉紫总有一天会打败你！"

穆远有些尴尬，但他并不擅长辩解，于是只能目睹林奉紫跳下擂台。连战三场的人可以休息一轮，随后他也下台休息。待少林和峨眉的弟子比过，峨眉胜出以后，又到了可以挑战穆远的时候。各大掌门都觉得这不是个上阵的好时机，弟子们又不敢贸然挑战。穆远站在擂台上，有点独孤求败的气质。

"穆远哥这回是替我们出尽了风头啊，真厉害。"雪芝回头看上官透，发现他不见了。

上官透刚站上擂台，刚下擂台的奉紫便回头看见了他。短暂的吃惊过后，她迅速退回雪燕教的人群中，低声对原双双说了一句话，便垂头离开。在这千钧一发的刹那，一个巨大的金色物体，犹如流星一般，坠落在人群后方。待灰尘散去，仔细一看，原来是一个人。那个人脚踏黑色圆壳，身穿冲天英雄黄金盔甲，虽然只露出了一双眼睛和两撇胡须，但很多人能通过这威武的铠甲，感受到他英灵的神色，以及庄重的面容。此时，这位战神翁仲，居然发出了玉皇大帝般君临天下的浑厚声音："这一战，很多人都好奇，到底是谁会赢，是吗？"

于是，一部分人转过头来看着他。

"让我告诉你们吧！"黄金英雄高声道，"那个人，便是——昭——君——夫——人！"

原本没有看他的人，也因着这威严的声音，纷纷转过头来看着他，眼中露出了怪异而惊恐的神情。

"为何昭君夫人会赢？为何呢？"黄金英雄忽然往前走了两步，所有人后退两步，"其实，昭君夫人是一个很好面子的人！若无把握，他不会上场！"说完，伸出戴着黄金手套的手，指向了擂台，指在上官透英俊的小脸上。

上官透手握寒魄杖，朝穆远抱拳道："请穆大护法赐教。"

穆远回礼，抽剑，神色比方才要凝重些。他当然知道这是什么人，他也看过上官透出手。

"远娘子是为了重火宫，昭君夫人，却永远是为了自己！要昭君夫人为了月上谷拼命？没门！"黄金英雄提高音量，"这，便是个人主义和集体主义的区别！"

寒魄杖在上官透手中转了一圈，随即脱手而出，直击穆远的胸腔。

"我敢对天发誓，在场的诸位都没见过这么快的杖法！对不对？哈哈哈，没错，杖是所有长形武器中最慢也是最具杀伤力的，不仅笨拙，且难以操纵。但，你们看到的人，是我们最美丽的昭君夫人！昭君夫人用杖的速度，几乎要快过林轩风用剑！"

第一击便超出了穆远的预料，穆远躲得有些狼狈，但没被击中。上官透手腕用力，寒魄杖回到手中。接下来，穆远一剑刺向上官透。上官透立刻扔杖，一跃而起，又在空中接杖，以杖根发动攻击。

"按下来，我不做分析了。"黄金英雄指向高空，仿佛指在完全看不清楚的两个身影上，"因为，我看不清楚！"

俩人一起跃起，在空中剑杖相接十几个回合，最后双方落下来，一人跳到擂台的一头，又重新冲过去对战。

"既然昭君夫人从不为月上谷出手，那么他是为了自己的什么利益呢？"黄金英雄说到这里，忽然手中捧了个西瓜大的球，似乎很重，他走两步，便把它放在地上，"当然是女人！上官透十五岁入江湖，经名师指点，早已练就灌溉花朵却叶不沾身的金刚不坏之身！他只要一上战场，便一定是为女人！但是，这一回他上场，究竟是为了谁呢？是长了狐狸眼的火暴魔女重雪芝，还是桃花眼的温柔仙女林奉紫？这，要到比武结束后，我才会告诉你们，我的答案！"

这时，擂台上两个人都有些较真儿。每一次出手都强而有力，武器碰撞声亦尖锐刺耳。擂台开始摇摇晃晃，场面却前所未有地安静。雪芝站在台下，完全不知所措道："为何昭君姐姐会去和穆远哥打？他们谁输都不行啊。"

仲涛严肃道："重点是，若只能选一个人赢，你选谁？"

"不行，两个都不能输！"

"这是不可能的。"裘红袖也靠过来，笑道，"妹子，告诉大姐，你希望谁赢？"

"我当然希望重火宫赢。但是……我不希望昭君姐姐输。"

"哈哈，昭君夫人看上去温柔如水。"黄金英雄不知从哪里拿出一把小扇子，轻轻在胡须旁摇了摇，又无比风情地眨眨眼，"上官某人云游四海广交挚友，生活乐无限啊乐无限——你以为他是这样吗？错！他的内心可是一只大灰狼！"说罢，从地上搬起那巨大的球，举过头顶，"即便在擂台上也是一样！"

擂台上出现的招式段数越来越高，到后来都是连续又沉重的攻击。上官透极少如此认真，寒魄杖的杖头不断闪烁出刺眼的光芒，白靴下的步伐亦是越来越快。后来，俩人一起飞到高空，寒魄杖从上官透手中脱落，旋转而出，在眨眼的刹那，击中了穆远的腹部。穆远闷哼一声，重重落在擂台上，连退了数步，却不忘使用内功，向上官透进行最后一击。上官透反应及时，躲过这一击，擂台却发出一声脆裂的声响。他们对望一眼，立刻往旁边的寺院跃去。但穆远受伤，无法挪动身体，上官透拽着他的胳膊，将他提了过去。两人的足尖方脱离擂台，由上好木料架成的高擂台便从中断裂，飞速坍塌。

"少林寺的设施不合格？这，竟是我卓不群老板不曾料到的结果！"黄金英雄举着大球，诧异道，"既然如此，我也没什么好说的了！"他将大球狠狠砸在地上。

奇迹发生了，地面轰隆隆碎裂，露出一个大缝。有人站出来道："等等，你不是说战后会公布答案吗？"

"什么答案？"

"上官透是为了哪个女子而战。"

"哈哈哈！对，我说过，我要告诉你们——我的答案！"卓老板猛地一甩胡须，运气丹田，用他惊人的肺活量，提高嗓门道，"我的答案便是我——不——知——道！啊哈哈哈……啊哈哈哈……"他一个跳水纵身，以鲛人般优雅的身姿跃入裂缝中，浑厚的笑声亦不断回荡在无尽深渊中。

所有人都围过去，看着那个洞。

"真没想到，这世界上竟真有自掘坟墓这样的事情发生。"

"这姓卓的究竟是来做什么的？"

"这么一跳进去，还能回来吗？"

第 八 章

误落月上

月上谷还是胜过了重火宫。上官透刚一下来，仲涛便开始跟他勾肩搭背地恭喜，裘红袖也是喜出望外地说一品透不赖嘛。唯有雪芝，看都不看他一眼，直接跑向穆远。上官透欲言又止，只有默默跟过去。

穆远受伤不轻。平时他受了伤，能忍的，他一定会忍住不去碰伤口。这一回，他一直靠在房檐下，捂着腹部，面色苍白。护法们扶着他离开，雪芝跟在后面一直喊穆远哥。隔了很久，穆远才慢慢回头，看了一眼雪芝，低声道："少宫主……对不起。"

这是穆远人生中第一次战败，挫败的不光是自己的骄傲，还连带了重火宫。前几个时辰，雪芝还在想离开重火宫真好，但这一刻，她比任何时候都希望能留下来。她在人群后大声道："穆远哥！不要担心，我们还有时间！混月剑掉下去，还有爹爹的《莲神九式》！下一回扳回来便可以……"

但是，后面有人悄声道："可怜的小丫头，《莲神九式》去年比武刚一结束便落榜了都不知道。"

这句话却被重雪芝听见了。她立马回头喊道："胡说八道！"

那人不愿惹祸上身，匆匆跑了。雪芝却失了心般冲到武籍榜旁，发现第一名赫然写着：峨眉派《涅槃功》。因为武籍概念过广，不论正邪均可上榜，众说纷纭，所以这个榜的结果不光是由大会决定的，会更多考虑民众意见。即便重莲只在十五岁时参加过兵器谱大会，并以《莲神九式》压倒性获胜，一改兵器谱历史，之后再没参加，也无人敢挑战。直到重莲去世后三年，华山掌门丰城才前来挑战，打破这个僵局。重莲已死，《莲神九式》后继无人，自然无人响应。因此，各大门派为了争夺榜首，这几年都在明争暗斗，相当激烈。兵器谱大会规定，连续五年挑战没有回应，自动下榜。丰城在近三年挑战《莲神九式》，即便没有回应，榜首也应该再过两年才能换下去。可是，雪芝一行行看下来，到第二名，武当派《龙华拳》，第三名，少林寺《十八手罗汉神打》，第四名，第五名，第六名，第七名……一字字认真地读了，甚至到第十二名，重火宫《赤炎神功》，第十九名，重火宫《天启神龙爪》，到第一百名后的不知名小门派和三流武籍，都始终没有找到"莲神九式"四个字。

重雪芝并不在意这兵器谱，也不在意较量的结果。只是，在重九枝写出莲翼后，重莲是唯一一个练成《莲神九式》的人。她只是无法忍受，自己一生中最崇拜的人，武林中该被人们世代歌颂的神话，才去世不到七年，便这样开始被人遗忘，被不明不白地从历史上抹去。

曾经不止一次听人偷偷议论过，没有重莲的重火宫，什么都不是。

如今，她亲眼看到重火宫的没落，却无能为力。

雪芝扑过去，把黄榜撕得粉碎，跪在地上，泪水夺眶而出。只是，所有人都在观看少林和峨眉的对决，无人留心这个小小的角落。过了许久，白绒靴停在她面前。她无力气抬头，只面无表情地看着前方。那人在她面前跪下来，停了停，才扶着她的肩，低声道："芝儿，对不起，方才是我太冲动……"

"你不要再装模作样！"雪芝躲开他，摇晃着站起来，"你打败了穆远，赢了重火宫，心里得意得很吧！若不是我爹爹不在了，重火宫也不会任人宰割！"

"我没有这么想。"上官透连忙上前一步，"你要相信我，我没有这么想！"

"口口声声说是我大哥，到关键时刻，什么真面目都露出来了！"

"我向你发誓，以后任何比武，只要你不允许，我都不会参加。"

"说了有什么用？穆远哥都被你伤成了那样！"愤怒完全淹没了雪芝的理智，"自从那次那件恶心的事发生过后，你便变得越来越令人讨厌！到现在，我连看都不想看到你！"

上官透瞠目看着她，根本无法对她说出的话做出反应。霎时间冷风拂叶，看到他连藏都藏不住的悲伤神情后，雪芝后悔了，她试图开口道歉，往前走一步说道："我……"却看见他的头垂下来，剩下的话被突然压下的双唇堵住。

雪芝猛地推开他，满眼的不可置信，她原本便没站稳，这下更是险些摔倒，跟跄着后退两步。上官透却将她推到身后的告示墙上，侧低下头疯狂地吻她，吸吮她的唇，撬开后深入交缠。雪芝脑中一阵嗡鸣，呜呜呻吟两声，挣扎着想要退开，却被他搂腰压住，完全动弹不得，只得在他胸前使劲捶了几下。上官透这才像被泼了冷水般，渐渐松开她。雪芝从他怀中脱离，毫不留情地给了他一个耳光，掉头便走。

上官透白皙的脸上很快浮起红印。但他甚至没有碰脸颊，只靠在墙上发呆。擂台上激烈的比武，擂台下惊天的呼声，都完全入不了他的耳。他捂着自己的脑袋，痛苦地闭上眼睛。

他到底在做什么……

他虽情史混乱，却不曾逼迫非礼过女子，也素来瞧不起这样的人。但是，他都对芝儿做了些什么……

雪芝跑到少林寺大门外面，抱腿蹲在地上，缩成一团，浑身发抖。就算反应再迟钝，她也知道上官透做的事是什么意思。这样对她，和那些他一视同仁的女人有何区别？

雪芝原本就很难过，这会儿更加委屈。

也是从这一刻起，上官透铲掉林轩凤，"荣升"雪芝最讨厌的人排行榜第二名，位居林奉紫之下。

之后几日，雪芝都一直住在山下的客栈。上官透知道她的踪迹，却不敢再靠近。随后，兵器谱大会最后一日到来。

由于武籍比武上不能用武器，所以，擅长指法的峨眉和擅长拳法的少林一直颇有优势。擂台上，武当和峨眉刚斗出个结果，释炎宣布峨眉获胜的消息，一个火红的身影便跳上了擂台。

雪芝两手空空，站在擂台另一边，朝着慈忍师太用力一抱拳，说道："重火宫重雪芝，请师太赐教。"

在场的人都诧异地看着她，包括上官透等人。慈忍师太道："重施主已被重火宫逐出门派，并无参赛资格。"

"那么，师太拿出我被重火宫逐出硬证无虚后，我立刻下擂台。"

慈忍师太往四处看看，无人出来说话。重火宫的人前一日战后便离开了少林寺。雪芝便是挑了这个时候来此挑战。慈忍师太道："既然如此，请。"

这时，上官透往前走了一步，想上去把雪芝绑走。裘红袖却拦住他，说："既然妹子要上去打，肯定是经过深思熟虑的，你要是去阻止她，说不定她会讨厌你。"上官透站定不动。

上擂台的人可以使用任何招式，包括配有武器的，不过必须赤手空拳，最后使用次数最多的招式为上榜招式。雪芝一出手便施展赤炎神功，慈忍师太以涅槃功回应。二人都是习惯使用同一招式的老顽固，硬碰硬的结果，绝对是功力强的人获胜。才出手不到十招，雪芝便明显落了下风，被逼得连连后退，左躲右闪。

仲涛无奈道："慈忍师太是上一次替峨眉拿下第一称号的人，妹子怎可能打得过她？"

慈忍师太出其不意，攻其不备，招式冰雹般铺天盖地，砸向雪芝。雪芝接招接得吃力，无论力道、修炼还是轻功，都输了对方不止一点，更不要提还击了。不多时，她的肩部被慈忍师太一掌击中，整个人重重后滑数步，但忍住没有叫出声。慈忍师太想速战速决，雪芝还没站稳，她便步步紧逼，又一拳上去。雪芝不幸地又没躲过，连跌几步，几乎掉下擂台。眼见慈忍师太准备致命一击，雪芝忽然一口咬住她的胳膊。只听见慈忍师太惨叫一声，雪芝连续攻击她的小腹。

上官透紧张道："芝儿，好样的。"

可惜好景不长，这两下虽疼，对慈忍师太这等高人而言，不过搔痒。短暂的停顿后，她一个倒踩莲踢中雪芝的小腿。雪芝吃痛跪下去，便爬不起来，只好跪在地上和她交手。接着，手臂、大腿、胸口均被击中，雪芝闷哼数声，最后被重重摔出，头撞上了擂台的柱子。十几米高的擂台上，她半个身子便这么伸出去。底下的人也纷纷抽气。雪芝抓住木柱，勉强站起来。慈忍师太道："重施主，可以不打了吧？"

雪芝又一次扑过去，撞在她身上。慈忍师太连跌两步，吓得不敢动手。雪芝闭着眼睛，大声道："你们都是卑鄙小人！我爹爹去世，你们便随便把《莲神九式》的榜位取消，我不服！我不服！！"

慈忍师太道："《莲神九式》是天下最灭绝人性的邪功，当年各大门派都因顾忌重莲的实力，唯恐他祸害天下，勉为其难，将之列入武籍榜，实际上不论对重莲，还是对这本秘籍，武林都是口服心不服。望重施主冷静下来，好生想想。"

"你胡说！我爹爹何时祸害天下了？！"雪芝又一口咬住她的手臂，死也不放。

慈忍师太在她前身后背拳打脚踢，她原本受了伤，再也承受不了这样的攻击，鲜血从牙缝中流出，也不知道是她的，还是对手的。最后她终于坚持不住，被重重击倒在擂台上。良久，她都不曾站起。慈忍师太擦拭手臂上的血，冷冷道："重雪芝已经丧心病狂，这比武不能继续下去。"

释炎正准备宣布比武结果，雪芝忽然沙哑着嗓子道："还……还没结束……"说罢，双手发抖地按住台面，颤颤巍巍站起来，跛脚走了几步，终于忍不住，口吐鲜血。

"芝儿！"上官透在底下急切唤道，"不要打了，下来！"

雪芝数次试图挪开按住胸口的手，才顺利将之举过头顶，做出备战的姿势。慈忍师太于心不忍，闭着眼，又一拳将她击倒。她紧紧皱眉，咯出一大口血："雄鹰曾盘踞天下，百鸟臣服，独立激昂。不料羽翼脱落，草中狸鼠亦为患。你……你们都在胡说……重火宫，是千古名门；重莲，是千秋人物……谁都改变不了，谁都……改变不了……"

这时，上官透足下一点，顺着擂台边缘跃上去，用披风将雪芝裹在里面，转身跳下擂台。雪芝眯着眼，抬头看向抱着自己的人。她看不到他的脸颊，只看得到瘦削的下颌。她眼前一片模糊，稍微不留神，便以为是重莲。她双手穿过他的腋下，哆嗦着抱住他的背："爹爹，芝儿就知道你没事……芝儿好想你……"半闭的眼睛有些湿润，眼泪却固执地不肯掉下来。上官透连话都不敢说，只是牢牢抱住她，往外走去。

"上官谷主。"释炎在后方唤道，"重施主受伤不轻，这样贸然下山，恐怕会加重伤势，便让她在本寺休养吧。"

上官透点点头，跟一些少林弟子，把她送到客房内。不一会儿，裘红袖和仲涛也跟着进来，说着便去寺中替她抓药，让上官透在旁边守着。待他们出去，上官透把雪芝平放在床上，拨开她额前的刘海，见她灰头土脸的，嘴角还有未干的血迹，更是说不出地心疼，却不敢碰其余地方。外面的比武还在继续，雪芝已经陷入半昏迷状态，只能依稀听到一些声音，还有浅浅的意识。

半睡半醒中，雪芝觉闻繁露坠，却无力梦中醒。她梦到很多小时候发生的事。那时的她还是重火宫的小公主，两个爹爹都还在，把她宠得无法无天。尽管如此，她还是如此娇气，和现在完全不同。记得爹爹对她说，芝儿，以后无论遇到什么样的事，难过了都可以哭。不过哭过，还是得上路。

二爹爹却总是拍拍她的肩，笑嘻嘻地说，小丫头想这么多做什么，身为我林二爷的闺女，漂亮便可以。

雪芝口齿不清地梦呓。上官透凑过去，才听清她是要喝水，于是出去给她倒水。但也是这个空隙，有几个人从窗口跳进来，捂住她的嘴，把她抬了出去。迷迷糊糊中，她听到有人在说话：

"师姐，上官透万一就在附近，我们都会死得很惨啊。"

"这里到水房要好远呢，不用担心，赶快走。"

"……快看，这下面的河看上去很深，水也够急，下去了想活都难，扔吧。"

话音刚落，雪芝的身体便凌空下坠。不多时，便落入山下的深潭。初春的河水依然凉得刺骨，伤口沾了水，疼得钻心。但她不会游泳，又受了伤，迅速被水冲走，穿过一个水帘，一个山壁，竟别有洞天。在她以为自己就要被呛死之时，却被一股力量拽住领口，猛地一提，拽到了岸边。她躺在地上，用力咳嗽，那人却不知轻重地拍她的脸，问道："喂，喂，你没事吧？"

她连眼睛都睁不开，虚弱道："喀喀……我，我在哪里？"

"二谷主，二谷主，这里有个女娃落水，身上好多伤，您快过来看。"

"咦？是女孩？"说完，有脚步声靠近。

"二谷主，你……你还好吧？"

"我的娘，这是我闺女！芝儿，我的心肝啊！快快快，快……"

雪芝一直昏迷不醒，混混沌沌中，依然梦到儿时的事。她只有六七岁时，只要跟爹爹走在一起，几乎所有人都说他们是一个模子刻出来的。然而到现在，雪芝再照镜子，却已记不住爹爹的模样。时间过得太快，隔得太久，她能记住的，只有爹爹站在人群中那股清高之气；想起二爹爹，她心中剩下的就只有悔与恨。悔自己对他不够好，没怎么孝敬过他；恨他抛弃自己，仅仅是因为承受不住爹爹的去世，孤身高蹈天涯。梦中的她只有五六岁，捏着两只肥肥的毛毛虫，偷偷塞入二爹爹的衣服。二爹爹非常没有当爹的气度，把她的脸都捏到变形，还恶狠狠地教训她。她也不甘示弱，大声骂道，凰儿，你怕了吧！

然后，二爹爹把她扔到紫棠山庄，和司徒雪天待在一起，连续好几个月都没有来接她。后来，她一看到二爹爹，眼泪便化作瀑布，汹涌而出。二爹爹还逼她，问她是不是想自己。她嘴硬说不想，二爹爹又跑了。虽然气愤，但雪芝还是时常想，若二爹爹还在自己身边，那该有多好。

蒙蒙眬眬中，她慢慢睁开眼。眼前水雾弥漫，篥门外，冷烟水声中，数道小瀑布飞泻而下，便是一片苍雪，覆了她的视线。幽静水潭中，漂浮着片片莲叶。只是时节未到，未绽放出花朵，唯有火红鲤鱼在圆形绿叶下游走。也是同一时间，她才反应过来，又是梦。这样的梦，也不知做了多少个。雪芝勉强支撑身子坐起来，一个青衣大夫端着碗，跨步入门，略显吃惊道："竟然醒了？年轻人身体果然好。"

雪芝正要问自己身在何处，另一个人也跟着跨入门。这下，连时间都停止了流转。她以为自己看错了：门前站着的男子看上去二十七八岁，身材偏瘦，一只眼睛戴了眼罩，却遮掩不住俊秀讨喜的形容，眉宇间还透露出十二分的英气。然后，他跨过门槛，朝雪芝走来。雪芝的目光一直追着他，直到他坐下。他摸摸雪芝的刘海，锁紧眉头："你这死丫头，怎么受了这么多伤？"

一听到他那万年不变的少年音，雪芝二话不说，闭眼扑到他怀里，将他紧紧抱住，死活都不放开。眼泪再也不受控制，汹涌而出。他眼眶也红了一圈，摸摸她的背道："真是个不爱惜自己的死丫头啊！"

一听到这颇无辜的声音，雪芝忽然大哭出声。门口的青衣大夫道："大眼鸟，这么小的姑娘你也敢上，也不怕被雷劈！"

林宇凰回头，凶道："你傻了？这是我闺女！"

"你闺女？"大夫惊讶道，"怎么都长这么大了？"

"我都四十岁的人了，女儿能不这么大吗？"

"你前几天才满三十六岁。"

"四舍五入你不懂吗？四十岁啊。"

"好好好，四十岁四十岁。"大夫争不过他，往后退去，"我先撤了，你们父女俩多年没见，好好聚聚。"

见他出去，林宇凰又拍拍雪芝的肩，说道："芝儿，有没有想二爹爹——啊！"最后一声，是因为吃了雪芝一记惊天铁拳。

"凰儿，你真是这世界上最糟的爹爹！"雪芝掐住林宇凰的手，一口咬在他胳膊上，含糊不清道："你居然把我扔在重火宫一个人跑了，我还当你有不可告人的苦衷，结果不过在此间盖了个班生庐，你是有三疏之高洁，还是有角绮之雅致？你个武林头号混世魔王还玩隐居，没良心没责任心的！可恶！"

林宇凰"嘶嘶"抽气半天，急道："你以为我想跑吗？你要怪就怪你爹爹去，他叫我跑的。"

雪芝忽然不咬了，愣愣看着他，问道："为何？"

林宇凰道："这事我再慢慢和你说，你先在谷里调养调养身体，等好了你把最近发生的事告诉我。唉，怎么伤成这样，自己的心肝，看了心疼。"说罢，摸摸雪芝的脸颊。

雪芝得出一个真理：世界上所有的女儿，都没办法真正跟老爹发火。一想起重火宫在兵器谱大会上受到的欺负，雪芝又一次扑到林宇凰怀中，呜咽起来。林宇凰拍拍她的背说道："你这丫头，越活越小，以前还特凶，现在就知道撒娇。"

雪芝哭够，抬起红肿的眼睛，看着他说道："二爹爹，我们在什么谷啊？"

"当然是月上谷。"

"啊？"

经过一系列牛头不对马嘴的对话，雪芝总算琢磨清楚，原来传说中神秘的月上谷，是在少林寺底下。而号称少林神河的光明藏河，竟是环绕月上谷的天星河支流。下面山壁单薄，水帘外水草沃若，很多人都以为是死路，没想到雪芝不小心被水草缠住，还歪打正着，冲入月上谷的一个碎岛上。若非如此，她大概已经变成河鱼腹中之物。

站在门口的蓝衣男子便是号称"俞秦再世"的行川仙人，真名殷赐，他一生无所定向，唯独死心塌地跟着重莲。重莲过世后，他便跟着林宇凰混。二人离开重火宫后，先去了灵剑山庄找林轩风一聚。殷赐不喜欢人多口杂的地方，飘到少林寺附近静修。林宇凰住下不多时，在山庄中认识了个人，便是传说中的上官小昭君。那时的上官小透入灵剑山庄已有好一阵子，该会的武功全部会，外加慈忍师太和他又沾亲带故，偷偷传授了他不少峨眉武功。在综合两派武学的情况下，上官小透渐渐摸索出了自己的武功脉络。大眼鸟用他那一只眼睛瞧出了这孩子资质非凡，开始亲手指点他武功。不多时，林宇凰由令人敬佩而个性的前辈，变成了上官小透亲切的叔叔。

得知上官透的风流脾性，林宇凰也是分外包容，但也交代过一件事：这全天下的女子你摧光了都行，只有一个不行，要敢动她，你下个外号便是上官公公。也是从那一刻起，上官透知道了这姑娘的名字：重雪芝。听到此处，雪芝终于明白当初在长安，上官透听说她真名那古怪的反应。原来是二爹爹交代的。雪芝一声叹息："原来二爹爹居然认识昭君姐姐……得罪二爹爹的人没好下场，昭君姐姐还是冰雪聪明。"

林宇凰回过头说道："你也认识上官小透？"

"在掉河之前，我还跟他一起。"

"那小子在少林寺？我去劈了他！"

"不用不用，二爹爹，他一直把我当妹子待，没做什么。"

林宇凰迟疑道："真的？他没做什么对不起你的事？"

雪芝想了想，答得有些言不由衷："没有没有。"

后来上官透被灵剑山庄赶出来，便跟着林宇凰建立了月上谷。林宇凰不想再涉足江湖，让上官透出面招募弟子。未料到一品透的声誉还不是一般地好，诸多武林人士都前来加入。不出一年，月上谷便在中等门派中混得有头有脸，几年下来，已经变成大门派之一，并且多次上兵器谱。只是上官透生性贪玩，周游四海，却不大管理谷中事务，最近这段时间，才有稳定下来安心当谷主的趋势。

聊到后来，林宇凰道："闺女，你先休息，过两天我带你在谷里转转。月上谷不是天下第一大，却绝对是天下第一美。此地处处云生梁栋间，风出窗户里，上官小透还是有点品位……对了，都在讲我的事，你还没说，为何你会在这里？"

雪芝把来龙去脉交代一遍，之后，林宇凰猛地一击掌，怒道："真不敢相信那死尼姑居然这样欺负你！还有，到底是什么人害了你？"

"我没事，那是在擂台上，被打也很正常。就是有些不甘心昭君姐姐把我救走，我还说多坚持一会儿，说不定便可以赢。"

"老尼姑好歹也是英雄大会第三名，哪儿有那么好对付？倒是芝儿，你真的长大了，这样都不哭，二爹爹以你为荣！"说罢，目光闪亮地拍拍雪芝的肩。

"可是我真的不知道该怎么办。离开重火宫，又加上那一战，我好像……别无所求。"雪芝却有些泄气，"难道我真的要像别的姑娘一样，嫁个好丈夫，只伺候好他便好了？"

"哟，现在便想嫁人？"林宇凰笑眯眯道，"那个人是谁？不会是上官小透吧？"

"不是！"雪芝的脸唰地红了，"不是的，臭凰儿你别乱说！"

林宇凰脚底抹油，拖着殷赐跑了。雪芝还没弄清楚是怎么回事，只好躺下来休息。其实她心中很烦躁，因为重火宫的秘籍都在自己的背包里，背包又在上官透那里，若他不注意把秘籍都丢了，那岂不是……这些话雪芝都没敢告诉林宇凰。之后，殷赐灌了她一堆奇怪的药，替她做推拿，她身上的伤神速恢复。两日过后，雪芝便能下床走路，四日过后，便有两个女弟子带她出门散心。月上谷人虽不少，但地盘很大，所以乍一看去，视野中只有稀疏几个人走动，剩下的，便是开满全谷的紫荆花和碧绿丛林。此间地理特殊，天星河上，碎岛呈雪花状展开，六个小岛中，对立的两个岛是两极入口，另外四个小岛，加上乱流趋于媚中川，川中立了个孤岛，散布四个小岛，分别以东方岁星、南方荧惑、西方太白、北方辰星冠以岛名以及岛主称号。两个谷主在中央镇星岛上，其中，主楼在这片最大的土地上。而她所在之地，正是贴着少林山壁的辰星岛。雪芝一直无精打采，只是跟着两个弟子走。弟子介绍说，此地紫荆目前只是好看，将来会变成机关暗道，让她有问题便去问二谷主。她听不进去，更不知道记路。当然这时的她死也猜不到，这件事直接影响了她的终身大事。

因为腿上受伤严重，她走路一直有些跛脚，所以两个弟子带着她乘船过河，去桃李飘香的岁星岛看看。但雪芝前脚刚踏入船头，便有人赶来说大谷主已回谷，正召所有谷内弟子去镇星岛集合。雪芝一听，也禁不住跟去看看。于是三人改变航向，朝着南方驶去。镇星岛的月上楼总共有五层，黄顶子红皮子，光是装潢，便胜过万千桂殿兰宫。月上谷的人聚集一处，竟比雪芝想象的要多出三四倍。随着人群拥进去，雪芝便看到了正厅尽头的上官透。他来回踱步，待人集中得差不多，道："全谷听令。"

众人屈身相应。一个弟子手中持着画像，高高举过头顶。上官透指着画像道："即日起，所有弟子出谷寻人，找到画像中这个女子，便重金奖赏。画像可去谷口找仲涛要，即刻动身。"

"是！"所有弟子又纷纷往外拥。

有人出来时，低声议论道："那姑娘是谁啊，蛮漂亮的。"

"谷主的新欢吧，很少看他这么急。"

"以前他从未因为这种事找过我们……不过以前谷主说的'小赏'都是数十两银子，那到重金，该有多少啊……"

"你们都瞎了不成？那么好认的一张脸都没看出来？那是重雪芝啊。"

"重雪芝？！"

周围的人都走得差不多，上官透扯过椅背上的披风，朝肩上一搭，便大步流星往外跨。从雪芝身边走过去时，雪芝拽了拽他的衣角。上官透回头，显得有些不耐烦，但与雪芝四目相对，立即呆愣。和他见面，多少还是有些尴尬，雪芝笑得很僵硬，道："还没有人告诉你我来这里，对吧？"

"芝儿！"上官透有些粗鲁地拽住她的胳膊，把她往自己身前一拉，怕是幻觉般上下打量，"……你离开为何不说一声？"

"我……"想到如果告诉他缘由，他一定会追问到底，她只好敷衍道，"对不起，那时我有点头晕，去后山呼吸新鲜空气，便掉到了河里。"

上官透答得毫不含糊："当时你连话都说不清楚，怎么走得过去？"

雪芝垂头，抓抓脑袋说道："对不起。"

上官透跟身后的人说了几句话，让他去通知弟子们撤回，又回到雪芝身边。他朝她伸了伸手，似乎是想抱她，但手又硬生生地收回去，说道："以后不论如何生我的气，都不要做这样危险的事。我还以为你被人害了，这几天一直没睡觉。"

"对不起。"

雪芝一直不敢抬头，却发现他的衣角在滴水，伸手捏捏他的衣袖，湿的；再往上捏，还是湿的；一直捏到他的衣领，竟仍是湿的。她愕然道："怎么回事？"

"不要问那么多，我先回去休息。"上官透扯了扯披肩，打算离开。

雪芝连忙跑到他面前，摸摸他的额头，道："这样下去不行，会发烧，我去找二爹爹和行川仙人。"上官透抓住她的手腕，将之拉开，有些焦躁地说："不必。"

雪芝第一次听到上官透这样说话，忽然又想起兵器谱大会上发生的事，气闷得不行，咬牙切齿地一跺脚，转身跑掉。上官透看着她离去的背影，站了一会儿，便在旁边的罗茵上坐下，按住额头，叹一口气。之后便一直没有动静。

晚上，上官透果然发烧了。殷赐来探了他的体温，说这风寒不轻，不过没有大碍，按时服药便好，又让林宇凰和雪芝吃点药防被传染。林宇凰到上官透房间里看看，坐在门外等候。雪芝跛着脚去打水熬药，忙得焦头烂额，林宇凰看着女儿跑来跑去，倒是一脸诡异地微笑道："芝丫头，你这身上伤还没好，就变成活菩萨了？"

"他是因为我才发烧的。"雪芝摇头，端水回到上官透身边，替他擦脸。

擦完以后，她蹲在地上，以蒲扇鼓风熬药，再亲手喂上官透。上官透睡得昏昏沉沉，半眯着眼睛，含糊说了几句话，又睡过去。雪芝见二爹爹没往里面看，便坐在床头，捧着上官透的后脑勺喂他。后来实在抱不动，直接让他躺在自己腿上。喂完后把药放在一边，正准备把他的脑袋重新搬到床头，上官透缓缓睁开发红的眼睛。他脑袋里嗡嗡作响，连声音都是滚烫的："芝儿，那天是我对不起你。"

"别说话。"雪芝拍拍他的脸，"睡一会儿吧。"

上官透握住她的手说："不要走。"

"好好，不走。"

门外，林宇凰提起斧头，低吼道："上官小透，你混出来了！要不是看你生病，我——"说罢劈烂一块木头。

第二天一大早起来，雪芝便迫不及待想去看看上官透，但上官透不在房里，丫鬟说他在太白岛温华泉附近，不过让雪芝先不要去找他。雪芝才不管那么多，直接乘船去了太白岛。问了路，摸索半天，才看到一个凉亭，牌匾上写着温华泉。雪芝穿过凉亭，前方是一排栅栏，栅栏后有一段石子路。顺着石子路走，空气渐热，烟雾缭绕，草坪上还有一堆乱扔的衣服。原来，前方是个温泉。雪芝心中一凛，意识到自己不该来，却听见林宇凰和仲涛的声音从水边传来：

"吾乃江湖第一怪侠林二爷，前方妖孽，报上名来！"

"汝等方是妖孽，纳命来！"

"汝分明是只狼精，还在吾面前大话！看吾混月剑！哈！"

"汝有混月剑，吾有神雀落日掌！喝！"

"哈！哈！哈！"

"喝！喝！喝！"

两个裸男在温泉中比武，泼水。另一个靠在岩石旁边，背对雪芝，忽然道："狼精，汝踩吾足也！"

仲涛道："汝此琵琶精，莫以为变成昭君，吾便真把汝当美人，吾可是不为美女折腰的硬汉！看吾洪水神功！"

眼见"洪水"就要泼过去，林宇凰却一个飞扑挡过去，道："哎哎，说了上官小透病未痊愈，不欺负他，等他好了我们再逼他现原形。"

仲涛却直直地看着岸边。他们的衣服全部挂上了树梢，雪芝单手叉腰，面无表情地看着他们。

上官透猛然站起来，温泉水四溅。他把披散的长发拧成一条，缠着脖子一甩，转了几圈，然后抱着双臂道："敢小觑吾？上官公子乃是血气方刚，龙马精神！"

仲涛往下缩了缩，又仰望上官透，再缩了缩。

"怕了吗，呵。"上官透长长伸了个懒腰，潜入水中，一边倒退游到岸边，一边道，"这温泉真是太热，我上去休息休息。"

仲涛看了一眼他身后的雪芝，连忙道："别，别。"

"不碍事，我身子骨强着呢。"上官透背对着岸边，双手一撑，跳坐在石头上，"昨天我发烧严重，都不记得说了什么。林叔叔你别打我，总觉得芝儿好像在照顾我。"

林宇凰自己洗着胳膊，还拍了两下，说道："我掌上明珠会去照顾你？做梦。"

"真的假的？可是我闻到她身上的味道了。"上官透吸了吸鼻子，笑道，"还是说，我太想芝儿，才会梦到她。"

"你想要亲近芝丫头，没问题。不过要等她成亲以后。现在放你身边，太危险。"

"等等，林叔叔，芝儿现在还小，不能谈成亲的问题啊。我怕她嫁错了人，受人欺负。"

"就她那脾气？"林宇凰喊了一声，"是她欺负人吧！倒是上官小透，你都快二十岁了，还没打算成亲？"

"成亲无趣，还是秘籍和酒来得有味。我这几日瞅中了少林寺的《大文殊杖法》，听说是菩提院专研的，若真能练成，肯定很带劲。"上官透比了个舞杖的姿势，"我打算去找姨妈讨一本来玩玩。"

"还打少林的主意？怎么不直接找释炎要一本《达摩八法神禅杖法》？"

"林叔叔你又拿我逗乐子，我先上去。"

上官透一边笑着，一边站起来，拨了拨头发，转身走两步。

雪芝原本是一脸麻木，但没料到上官透会正面全裸转过来，还离她这么近，再上前一步，便要贴到她身上，立刻捂住嘴巴，惊叫一声。上官透反应非常及时，二话不说，跳入温泉潜水。林宇凰一抬头，也傻眼。唯有仲涛，一直缩在小小的角落，双手捂脸，指缝却拉得很开，露出眼睛。不多时，林宇凰把上官透拽出来，把他脸上的水一擦，往前一扔，便跟着仲涛躲到大石后面去。上官透小心翼翼游过去，却被他们踹出来，只好在后面压低声音道："不是说我病没好不欺负我吗……"

林宇凰偷偷露出一只眼，阴森森地扔出一句话："上官公子，你出面解决吧，我们都相信你血气方刚，龙马精神。"

"凰儿！"雪芝双颊微红，拽着林宇凰的一件衣服便扔下来，"你多大了？"

"三……三十六岁。"

"凰儿你上来！"

林宇凰理了理眼罩，整了整头发，一声不吭地游到岸边，捂着关键部位上了岸，背过去默默把衣服穿好，又默默走到雪芝身边，低头道："芝丫头，我错了。"

林宇凰被雪芝带走。上官透和仲涛两人面面相觑，简直像做了一场噩梦。

当晚裘红袖来访，并下厨做饭。但菜全部做好，上官透还是没有出现。待大家都吃得差不多，才有一个小厮过来说，谷主说身体不适，想在房间里用膳，遂端了饭菜离开。裘红袖喃喃道："今天早上还说自己血气方刚，怎么现在又不行了？"

第九章

楚梦云雨

一天，林宇凰把重雪芝和上官透叫来，款款而谈了一个晚上。

原来，他当初离开重火宫，是重莲的意思。重莲看出林宇凰宠溺女儿，雪芝也相当依赖宇凰，这样下去将无所成长，于是让他离开几年，待雪芝满了十七岁再回去。不想雪芝居然提前闯入月上谷。重莲猜测自己死后，将会有不少人觊觎《莲神九式》，于是私下写了两本堪比"莲翼"的秘籍，交给宇凰，让女儿十七岁后开始修炼。与雪芝沟通过后，宇凰发现，事实果然如重莲所料，《莲神九式》遭窃。于是，他拿出一本深红色皮子的册子，放在桌子上，上面以毛笔写着五个瘦硬挺拔的字：三昧炎凰刀。

雪芝道："二爹爹，我不会刀法啊。"

"你爹爹当然知道，所以，他还写了一本《沧海雪莲剑》。"

"哇，爹爹亲手所写的剑法，好期待。"

但是，林宇凰长久不语。上官透试探道："林叔叔，秘籍是不是出问题了？"

雪芝看看上官透，再看看林宇凰，发现林宇凰神色飘忽，便扯了扯嘴角说道："估计被偷了。"

"猜对了一半。"林宇凰看雪芝一眼，轻轻吞了口唾沫，"……被抢了。"

雪芝终于耐不住爆发，猛地一拍桌道："你居然把这么重要的东西弄丢了?!"

"我也不想的。"林宇凰小声道，"可是我刚一背着东西出来，便被人打劫。对方武功实在很高，抢了东西不说，还在我身上划了几个口子，撒了一堆毒，我想跑也跑不掉啊。"

"那为何这一本还在! 若那人用了毒，你怎么一点事都没有!"

"因为当时忘了带这本，这是后来回去拿的。然……然后，你奶奶提炼了两颗丹药，吃了百毒不侵，我和上官小透一人一颗，又让殷赐帮忙打通经脉，所以……"

"好吧，那人长什么样?"

"没有看清楚啊，他蒙面，而且身法很快。我只知道他是男的。"

"凰儿，你要死!"

"不可以随便诅咒爹爹死的。"

雪芝忍了很久，终于接受现实，拿过那本《三昧炎凰刀》，说道："行，就算是刀法我也认，从明天开始练刀。不管怎么说，爹爹交代的事一定要做到。至于另外一本秘籍，我会想办法找回来。"

林宇凰拍拍雪芝的脑袋，说道："我知道我们芝丫头的脑袋最聪明，这秘籍中的奥妙，也等着芝儿来琢磨。上官小透，你也要多帮着她一点。"

上官透道："是。"

翌日，林宇凰为《莲神九式》遗失、雪芝被重火宫逐出二事，动身回了重火宫。上官透和雪芝也开始钻研刀法。北方辰星岛的练武场中，灰白石阶通向一片广场。后方是葱翠的密林，正中心刻有占地一半的八卦图。离正式晨练还有一段时间，因此在场的所有弟子都在擦武器，简单比画。月上谷使用杖法，唯有上官透身边的小厮抱了一堆刀，扔在地上，引得所有人注目。上官透挑了一把上好的玉环刀，旋着画了几个轻巧的圈儿，递给雪芝，说道："用这把，试试。"

雪芝握住刀柄。上官透一放手，雪芝的手几乎被坠到地上去，问道："为何这么重？"

"你先用用看，觉得顺不顺手。"

完全生疏的武器，要她如何使？况且，玉环刀还是所有刀里最轻的一把，若换了金刚刀，估计她根本举不起来。雪芝握紧刀柄，横一下，又往前用力一刺，说道："呃，不好用。"

"以舞剑之法挥刀，怎会好用？"上官透自己拾了一把大刀，横向一劈，再反手一勾，"剑重锋，刀重身；剑双开，刀单开；剑者王道，刀者霸道。你要稍微留心一点便会发现，一般武器磨损，剑要么剑锋磨平，要么直接断裂，很少有剑锋完好剑身磨损的。而刀磨损，是满壁裂缝，刀尖往往还是十分锋利。所以，就算是刺人，你用了刀，也应该尽量拓展攻击范围。这样刀的优势才能得以发挥。"说罢，横向一砍，劈裂一个木桩，"你试试。"

雪芝点点头，稳了稳手中的刀，手腕一转，刀身一翻，也劈碎了一个木桩。

"劈得很好，不过你还是在用剑。"上官透走过来，点了点雪芝的胳膊，"应该这里用力，尽量避免用手腕。"站在雪芝身后，握住她的手，用力一挥，"这样。"

两个人力道加在一起，动作矫健，气力十足，劈断木桩，如被指头捏碎般简单。雪芝头一次感受用刀的舒爽，转过头看看上官透道："果真如此！好厉害！"可是，她发现上官透和自己靠得实在太近。他握住她的手，就像是从身后抱住她一样。以往他们若有亲昵之举，都是雪芝主动黏上去，上官透除了摸她的头，很少碰她其他地方。唯一的越界行为，便是在少林寺石墙前。她突然想起，当时他不仅吻了她，还搂过她的腰，两个人那样亲密无间地贴在一起……此刻，只是回想这事，她的脸和身体都已灼烧起来，雪芝慌张地回头，晃晃脑袋，集中精神。上官透并未发现她的异样，在她耳边低声道："芝儿做得很好，我们再来一次。"

明明是动听沉稳的男子嗓音，却是如此温柔，便似两片唇，若即若离地抚摸她的耳郭。刹那间，太阳穴、耳朵、背脊酥麻成一片，比再度被亲吻还要糟糕，她整个身体都软了下来。

"为何突然这样无力？"上官透微微蹙眉，拍了拍她的后背。

"哦哦哦。"雪芝使劲挺直身子，耳根却还是一直滚烫。

一整天，雪芝都在心猿意马中度过。相较以往的严苛训练，第一日的简单动作比画，不过雕虫小技。晚饭过后，雪芝便抽出时间来研究那本《三昧炎凰刀》。这一看，便一直看到了午夜，实在为内容震惊，忍了很久，才坚持到第二日找上官透。上官透接过秘籍翻了翻，看了几页，和雪芝对看一眼，道："这……"

后来，上官透看着书把第一重尝试着舞了一遍，坐下来，又读了一遍，再舞一遍。这样反复数次，觉得把整本秘籍都看完才正确。于是，他抄了一份拿回房间，钻研数日，还是无果。一旬过后，林宇凰回月上谷，问雪芝三昧炎凰刀练得如何。雪芝和上官透异口同声道："不懂。"

"果然。"林宇凰毫不吃惊，"我研究这门武功已经六年，愣是没把握住诀窍。莲也说过，《三昧炎凰刀》《沧海雪莲剑》是极阴极阳的两门功法，修炼时定要按着这套路来，且短期内不可能完成。当时我没想到会这么难，便也没问他。"

雪芝想了想，终于忍不住道："二爹爹，你确定爹爹在写这两本秘籍时，神志是清醒的？"

"我不知道。"

"一般的招式最少有九重，这《三昧炎凰刀》却只有三重。每一重都平平无奇，没有技巧性，简单得有些不可思议，我还是个刚拿刀的初学者，都可以很轻松地使出来，而且换了会刀法的昭君姐姐来使，效果完全一样，连动作上都没有多大差别……"

"你不知道啊，我研究了六年，得出来的结果……"林宇凰深深看了雪芝一眼，"和你一样。"

三个人讨论良久也未有答案，林宇凰暂时放弃，转而道："芝丫头，你不走还好，一走所有人都想你。这一次我回重火宫，大家都要你回去。长老们说只要我回去，你回去也完全没有问题。"

雪芝道："我不回去！"

"为何？"

"我……我才不要招之即来，挥之即去，我有尊严。"

"唉，芝儿，你爹这武功，要么有什么玄机没道破，要么便真是他昏了头。与其花这么多时间在这上面，我们不如先回重火宫，把武功练好了再说。"

"练武在什么地方都可以，一定要回去吗？"

"那你出来这段时间，武功有很大进步吗？"

雪芝不说话。

"回去吧，你还年轻，什么事不能以后再考虑？闭关修炼再复出，将来通衢广阔，可谓幸事。"

雪芝快速看了一眼上官透，低声道："让我再想想。"

月上谷只有到了晚上，才会显现出它名字的由来。夜晚的谷底，缅邈看去，孤月悬挂清霄，皓白数圻，盈满明亮。清风荡繁围，楼宇重重，月光疏影为枝叶割裂，徒留满地冰片。上官透和雪芝在绿水之滨散步，二人的影子在月色下若隐若现。

"还没考虑好吗？"上官透穿着他素喜的白衣，袖口裤腿略紧，利落高挑，终于有了几分习武人的格调。

"你应该知道，人一出来，便再没心思回去。且不论闯荡江湖有多好玩，光是你、红袖姐姐、狼牙哥哥，都让我放不下。"

"傻丫头，你又不是去了永远不出来。"

"可是……可是我就是不想回去。"

"我还小的时候，父亲便告诉我，人的一生是一本只能读一次的书，要走马观花地浏览，还是逐字逐句地阅读，都要看你自己。或许这本书的内容你不喜欢，或许有的情节你实在无法忍受，但无论你怎么看，都只有一次机会。芝儿现在在江湖上过得惬意，因沉迷于一时的享乐，而快速翻过最枯燥却最重要的几页，不知以后会不会后悔？"

"我知道你的意思。"雪芝垂下头，支支吾吾了半天，才总算把真心话说了出来，"若我去了很长时间，你……你们肯定会忘记我……"

"原来是怕这个。"上官透爽朗地笑道，"狼牙我不清楚，他把所有女子都看成物体。红袖肯定记得你。"

"那，昭君姐姐呢？"

"你说呢？"

"肯定会忘记，你比狼牙哥哥还恶劣。"

上官透沉默一阵子，道："其实有件事我一直没告诉你，我认为也不是很重要。"

"什么事？"

"我认识你二爹爹六年有余。这六年内，他没有哪天不提起你。倘若被提了两千多次的人我都能忘记，那我真该怀疑我的年龄。"

"不会吧？"雪芝睁大眼，"他都说我什么了？"

上官透想了想，道："两千多次，重复的和没重复的内容……总之，在见到你之前，你这个人我算是完全认识。所以认识你以后，也没有觉得太陌生，除了外表和我想象的不大一样。"

"你想象中我是什么样的？"

"大概要高一点，更艳丽一点吧。"

"你——"

"然后，没这么貌美。"

雪芝火气瞬间熄灭，小声道："昭君姐姐……觉得我好看？"

"没有人会觉得芝儿不好看。"

雪芝在这方面很容易害羞，一句便脸红，又迅速转移话题："那等我重出江湖之时，昭君姐姐会不会已经'嫁人'了？"

"这种事谁也说不定，不过我暂时没有娶妻的打算。既然芝儿都要开始努力，我不努力又怎么可以？"

雪芝握紧双拳，抬头看着上官透说道："好！那我们一起努力！"

上官透微微笑道："嗯。等芝儿出来，武功变得高高的，透哥哥一定会再带芝儿行走江湖，玩遍大江南北。"

"然后行侠仗义，变成最出名的一对侠客兄妹！"

"好。"上官透笑出声来，"若你喜欢，我们还可以找行川仙人要点药方子，去山泽幽谷采药，再让狼牙和红袖帮忙炼药，一起拿到大城市去替人看病，或者卖高价赚钱。"

"那……那就是我梦寐以求的——药草商人兼无踪神医吗？"

看到雪芝闪闪发光的眼睛，上官透忍笑忍得蛮痛苦。林宇凰早说过，这些类似于家家酒的买卖药草，雪芝从小便特别喜欢，甚至还在琉璃的汤中下了两斤巴豆，打算让他求自己开药方子。结果琉璃没求她，直接住进茅厕。没想到过了这么多年，她还是一点都没变。想到这儿，上官透突然道："今天也比较晚了，芝儿去睡吧，明天一大早还要动身呢。"

"啊？这么快？"雪芝看看上官透，小声说，"那，能不能答应我一个要求？"

"但说无妨。"

"我想，我……"雪芝意识到手都在微微发抖，"我想抱一下透哥哥。"

上官透愣了愣，轻声道："好。"

雪芝扑到上官透的怀中，紧紧地抱住他，说道："透哥哥，请不要忘记芝儿。"

上官透轻抚雪芝的头发，声音轻得犹如叹息："未知今去，当复如此。这话原应是我对你说的。"

半个月以后，重雪芝重回重火宫的消息传遍江湖。重雪芝重新坐回武林霸主的位置。回到重火宫以后，林宇凰没有立刻让她闭关，说来年春天开始修习比较好，还笑盈盈地给了她一个修炼清单：《混月剑法》《赤炎神功》《九耀炎影》修炼至九重；《日落火焰剑》《浴火回元》《红云诀》中最少有两个到八重；《水纹剑诀》《麒麟一剑》《星轺斩》全部四重，或者有一个修至八重；《焱莲拳》《朱火酥麻掌》《无仙经月功》《八合神掌》《金风化日手》起码有一半至四重，或者全部修炼至两重；《飞花心经》《帝念诀》《明光大法》《清寒化月》《赫日炎威》起码有一半至四重，或者全部至两重。

雪芝看完清单，微微一笑说："二爹爹，你是不是打算关我三十年？"林宇凰重重拍了雪芝的肩，一脸斗志地道："芝儿，身为重火宫人，就应该精通各大武籍，为门派发扬光大！"雪芝不高兴，说："凰儿自己都没练到这么多。"林宇凰笑嘻嘻地说："我没打算当宫主，我不练。"于是，她开始用最后半年的时间，在重火宫内与长老们、护法们、资深弟子们，还有她近日主要的师父穆远打交道，汲取经验技巧，准备闭关。最后，她的好学精神，还得到了林宇凰的大肆赞扬，特准她次年参加兵器谱大会之后再闭关。

日子过得却是相当慢。夏季一过，至初秋，火伞高张过后，残留西风斜阳。重火宫内红莲衰减，积流冷落。接近山顶的闭关室已打扫干净，接下来的两年，雪芝都将只身一人。这时，理应心如止水，雪芝却焦躁到自己都感到害怕。只是她掩饰得比较好，林宇凰又是粗线条的，便没有过问。如此坐立不安的状况，又持续了三个月，甚至读秘籍都无法集中精神，雪芝终于告诉林宇凰，自己想去江湖上跟朋友暂别，打算独自行动。林宇凰见她确实心不在焉，便放她走了。

暮雪纷纷，霜冷风凄。冬季的到来，洗清了凡俗，也带给世间万般萧索。雪芝披着大红的斗篷，在风雪中骑着白马，一路奔向月上谷。她只顾着赶路，却不曾想过见了上官透，要说些什么。她只知道，想见上官透的心，已经超越了所有其余的愿望。待她看到天星河时，鬓角沾满雪，头发也乱了。年轻的脸不经风霜摧残，鼻尖和双颊都被冻得通红。然而，顺着河流走，她才发现一个很可怕的事实——她不知道月上谷的入口在哪里。一昏头便跑出来，甚至没问清楚目的地所在，她气得几乎打死自己。再往前方走，便是举目千里的森林，绝嶂之上是少林寺。若上少林，除了跳崖，她找不到别的方法进入；若入森林，她很有可能迷路。从这里赶回重火宫，又要很久很久。她租了一艘船，顺流而下。两岸风烟不断变换，雪芝聚精会神地看着周边的植物，心中越来越没底。直到落叶的紫荆进入她的眼帘。再往前方看，大片的紫荆连在一起，到尽头便是山壁。应该便是这里！她告诉船夫在这里停下，不管三七二十一，直接往紫荆林里走。

　　半个时辰后，天已暗下来。记得开始有人告诉她，进入紫荆林，只要直走便可以。然而，她又想起，这里很快会添加机关和暗道。她心中大喊不妙，又照着原路跑回。可夜晚降临，即便穿着厚厚的文练，她也已冷到呼吸困难。而且，越往回走，便越有被冻僵的趋势。空中小雪飘落，很快在她皮肤上化开，变成刺骨的雪水。因为有些害怕，她开始小跑，却越跑越冷，眼前事物越来越暗。到最后，四周都只剩下了树影，靴底融入雪水，双足也被冻僵，没过多久，便完全失去知觉。摸黑往前走，她发现脚底有些硬，周围的树木也开始减少。再往前踩几步，这种感觉更加明显了。终于，一抹月色从山林中透出。雪芝终于看清自己的所在：原来，她早已脱离紫荆林。脚下是已经结冰的河，她确定这不是来时那一条，而她正站在冰河正中央。月色下的冰面并不清晰，但她能看清冰下流动的河水。四周很黑，冰很薄，她站在原地不敢动，只大声喊道："有人吗？"

　　没有人回答。深山老林中，只有她一个人。

　　"有没有人？"雪芝左顾右盼，却越发害怕，"救——命——"

　　持续叫了很久，依然没有人回答。雪芝轻轻挪动脚步，尽量做到不加重力量。谁知刚迈出去仅一步，脚下的冰块立刻破碎。她惨叫了一声，跟着碎裂的冰块一起落下，掉入冰河中。也是同一时间，有人在树林中唤道："什么人？好像有姑娘掉进去了……快，快去通知谷主。"

　　河水冰寒刺骨，将雪芝下半身包围，雪芝抓住冰块，嗓子已经叫到失声。然而，眨眼的刹那，她抓住的冰块也破裂。冰下，河水湍急。水草和泥土都凝上了薄冰，擦过她的脸颊。她手中一滑，人立刻被水冲走。河水是极寒的千万尖刀，刮伤了她的皮肤。加上窒息的痛苦，她知道自己终将丧命于此。但突然之间，上官透被薄冰扭曲的面孔，出现在她的面前。她双手用力上推，拍打冰块，身子却不断被河水往下冲。上官透快速跑到前方，一拳击碎冰面，伸手进去，抓住雪芝的衣领。接下来，他迅速击碎她周围的冰块，将她捞起来。两人一同跌倒在船上。

雪芝四肢已经无法动弹，嘴唇变成深紫色，浑身发抖，眼神僵硬。上官透拍拍她的脸颊喊道："不要睡，知道吗？"

她双唇发抖，点头，眼睛却半闭着。上官透用力摇晃她的肩喊道："芝儿，醒醒，睡着便醒不来了！听到没有？"这话令她费力地睁大眼睛，靠在他怀中。

一个时辰后，上官透的房内，炉火正旺。焰火赤红，灼烧人的双眼。雪芝裹着厚厚的毛毯，看着跳跃的火星，神色缓和了一些。殷赐替雪芝把脉，蹙眉道："怎么这丫头每次进来都会出点事？上官公子，不是我说你，你就不能告诉她进来的方法吗？小姑娘身子骨本来很好，这样折腾下去，总要弄出点事来。"

"是我的错。"上官透又看了雪芝一次，"……芝儿好点了吗？"

"还是老样子，没有性命危险，但这两天她会周身发冷，为了不遗留病根，让她待在这个房间不要出来。"说罢，殷赐离开。

上官透坐在床旁，用手背碰了碰雪芝的手，问道："为何还是如此凉？"

他蹲下来，以额头碰了雪芝的额头，又把雪芝的双手塞入被窝。炉火是芍药绽开的红绡，于温暖空气中摇摆流动。上官透垂着头，睫毛浓密而长，被火光染了淡淡的光圈，盖住大半琥珀色的双眼。他低声道："今番是透哥哥的疏忽。你走时，我应该告诉你该如何入谷。不过，你为何要一个人跑出来？"

雪芝一时间口干舌燥，把手又伸出来，却被上官透拽住，想要再塞回去。她反手握住他的手，说道："透……透哥哥……"

"我在。"上官透怕她冷着，双手把她的小手握得紧紧的，努力将体温传递给她。雪芝脑中嗡嗡作响，说话时声音兀自发抖："我是因为想你……才过来，不可以吗？"

上官透略露错愕之色，但很快便垂头笑道："我又何尝不想芝儿。"

雪芝黑亮的眼睛弯成一条缝，低声道："太好了。"

上官透一直守到雪芝沉睡，便握着她的手，也伏在床头浅浅睡去。到了中宵，他被雪芝微颤的手惊醒。他立刻起来看，发现她还在睡梦中，只是身上冰凉，又多为她添了几条锦衾。但作用不大，她不曾停止发抖，还因为锦衾太重呼吸困难。他轻晃了她的肩道："芝儿，芝儿，还是很冷吗？"

"冷……"她整个脸都皱了起来，"好冷，好难受……"

上官透心急如焚，想要找人添暖炉，雪芝却拽住他的衣角，借着荧荧火光望向他，喃喃道："透哥哥……抱抱芝儿好吗……"

上官透怔了片刻，只得上床，搂住她。她整个人便是个大冰块，这样一抱，他也被冰得睡意消散七八分。感受到了温暖，雪芝靠在他的臂弯里，缩成一小团，终于舒舒服服地睡去。

第二天醒来，一看到上官透的脸，雪芝先被吓了一跳，很快又嘴角含笑钻进他的怀中。上官透却有些僵硬，手脚都不知道该往哪里放。见她醒来，他起身出去处理谷内事务，她在房间里烤了一天火。

原本以为经过一天休息，雪芝会好些，但到了中宵，她又一次抖醒了上官透。于是第二夜照旧。到了第三夜睡觉前，雪芝干脆往床里面退一些，为上官透留了位置。上官透也变得自然了些，搂着她睡，手放在她腹上防止她着凉。到第四日，雪芝的身体好了很多。他回来时，见她没穿鞋便在地上走，衣服还松松垮垮的没穿好，立刻赶她上床。到了晚上，雪芝又往床里面缩了缩，微笑道："昭君姐姐，我身体已经康复，再过几天便可以回去。"话音刚落，打了个喷嚏。

"还说康复。"上官透一边说着，习惯性地解开衣服，却意识到自己是要和她睡在一起，便重新把衣服系上。雪芝笑道："透哥哥的为人我清楚，外衣脱了也没有关系。"

上官透想了想，把衣服脱下来，说道："外面实在太冷。你何时闭关？"

"兵器谱大会之后吧。"雪芝看着他雪白的亵服，却还是有些不适应，眼睛看向了别处。

"这么说，你还可以参加兵器谱大会？"

"嗯。"

"那便好。"

不知是身体痊愈的缘故，还是上官透脱衣散发的缘故，他刚进被窝，她便觉得跟之前大不相同。心跳很快，手脚拘束，完全不敢像前两天那样，往他身上靠。抬头看见他黑发绸缎般在枕上铺开，修长的脖颈下，因睡姿拉扯而露出的锁骨清晰分明。第一次这样长时间又近距离地看他，她终于知道，为何会有那么多姑娘倾心于他。透哥哥真是个美男子，哪怕忽略他的个性，光靠这张脸，都可以让不少美人折了石榴裙吧。她的视线缓缓往上移，看见他双唇间的缝是一条长直线，唯有唇珠处凸起微微的弧度，但上下两片唇却很饱满柔软，泛着淡淡的粉褐色，与刀削般的下颌轮廓截然相反。她还是不敢回想在少林寺发生的事，却又强烈希望它再发生一次。想到这里，她双肩缩得更厉害，恨不得抽自己一耳光。

见她气色渐好，美丽的大眼睛还一直机灵地转动，他的神色也缓和了些，习惯成自然，便用额头碰了碰她的额头。他的脸与呼吸都骤然靠近，她吓得低鸣一声，缩到角落里去。见他满面疑惑，她赶紧找话题道："昭君姐姐平时如此飘逸，没想到就寝着装还是像仙女一样，真是妩媚坏了。"

上官透拉着脸道："真是胡闹，我哪里像仙女了？"

"绝代有佳人，幽居在空谷。[1] 佳人在何处，昭君姐乜邪。"

---

[1] "绝代有佳人，幽居在空谷。"出自唐·杜甫《佳人》。

　　上官透生来最不爱被说成像女子，若这话是个男子说的，他直接一顿打，打到对方说不出话。若是其他女子，他会身体力行，直接证明他是个真男人。但这话出自芝儿口中，他便无可奈何，只是无语地冲她笑笑，不与她计较。她最喜欢看他拿自己没辙的样子，遂得寸进尺道："呀，灵妃顾我笑，粲然启玉齿。[1]"

　　他回头看她一眼，忽然撑着下巴，朝她伸出手，玩味道："拿来吧。"见她露出迷惑神色，又道，"灵妃无须蹇修理，但求结理佩来。[2]"

　　雪芝继续眯着眼睛笑，笑了一会儿，突然不笑了，红晕迅速爬上双颊，勃然大怒道："喂，你这是哥哥对妹妹说的话吗？！"

　　方才还一副小人得志的模样，这下可真生气了。但上官透决定好好教训她一次，免得她以后再拿自己说笑，于是从容笑道："真是容易发怒的丫头。我倒是有些好奇，哪个妹妹长成了大姑娘，还会跟哥哥睡觉？"

　　"十七岁不算大姑娘！"

　　"该有的地方都有。"

　　眼见雪芝濒临彻底爆发，上官透按住她的嘴，做了一个"嘘"的动作，说道："放心，谷里没人知道我们一起睡。所以无论我们做了什么，别人也都不会知道。"

　　雪芝提了枕头便砸在他脸上。上官透扬手接住枕头，把它压在她脑袋一侧，把这床上的空间挤得更小。他翻身自上而下看着她，用食指关节勾了勾雪芝的下巴，道："芝儿一肚子坏水，总取笑透哥哥，实际真正的美人可在这里。唇不点而含丹，眉不画而横翠，怎叫人不心动……"他手指描摹着她的脸庞，声音低低的，如一把温热的沙。他素来拈花惹草，惯窥

---

[1] "灵妃顾我笑，粲然启玉齿。"出自晋·郭璞《游仙诗》。灵妃，指宓妃。
[2] 出自战国·屈原《楚辞·离骚》中写的典故："吾令丰隆乘云兮，求宓妃之所在。解佩纕以结言兮，吾令蹇修以为理。"屈原政治失意，曾命令云神丰隆乘云驾雾，去寻求宓妃的所在。他把兰佩解下来拜托了蹇修去向她求爱，而宓妃以貌美而骄傲自大，断然拒绝他的求爱。

风情，说出这些调情言语，逗得姑娘心猿意马，不过是信手拈来之事。他原只是想吓吓她，待她羞得无地自容，再训她一顿，让她知道什么话该说，什么话不该说。然而，她比他想得还要青涩，居然紧张得连眨眼都不敢，只见睫毛抖动得越来越快。待他手指插入她两鬓的发间，只见她双颊两朵桃花，凤眸澄映烛光，又何止是唇不点而含丹，眉不画而横翠？和她对视了一阵，他心跳快得掏空了思绪，满脑子只能思考一件事：只要垂下头，便可以吻到她。

但上官透到底是上官透，他久经沙场，及时收手，语气中满满的无聊："害怕了吗？"

雪芝原本屏气敛息，被他这样一说，知道自己被戏弄，气急败坏道："你太过分了！"

上官透鼻息间轻轻哼笑一下，微不可闻。此刻，月满西窗，蜡烛花红，天际雪峰寒，屋内却温暖如春，帐中空燃苏合香。这红光交映的房间，居然有几分像新房。他双目狭长，懒懒地看向她，一副轻慢兄长的模样，说道："可知道错了？"其实，他目不转睛望着的，只有她因羞怒通红的脸蛋。

他知道雪芝对自己而言很特别，也一直清楚自己喜欢雪芝，向来疼她。他认定这是兄妹之爱，正如林宇凰告诉他的那般。只是，自从少林寺失控之后，他似乎已再无法自欺欺人。见她良久不语，还赌气似的看向别处，他淡淡说道："正因为透哥哥把你当妹子看待，才可以这样心平气和地坐着聊天。若换了别的男子，恐怕会有肮脏的想法。以后不准乱说话，也不准随便和别的男子睡在一起，知道吗？"

本来已很委屈，听到这番话，雪芝咬了咬唇，眼眶湿热地说道："在你心中，我便是那种会随便和男子睡在一起的人？"

"自然不是，我只是担心你过度单纯被骗……"

"你认为我过度单纯，所以才会在少林寺做那种事，所以以为我什么都不懂，对吗？"

上官透愕然，却眼神飘忽，看向别处说道："不知道你说的什么事。

芝儿，天色已晚，休……"

"你在兵器谱大会上做的事，不要以为我会忘记！"

她果然是直肠子，不容他岔开话题。料想到这招没用，他便又采取了迂回战术，道："兵器谱大会那几天发生了很多事，芝儿说的是哪一件？"

雪芝自然不能描述出来，只好恶狠狠地瞪着他。上官透还是一脸澄澈如水的笑意，看上去漫不经心。她当然不知道，此刻他比她还乱，而且，不论她做了什么小动作、眨眼、抿唇、蹙眉、撩头发……都被他看在了眼里。她只顾自己生闷气，想着想着，脸颊便越来越红，怨怼的眼睛也湿漉漉的，气道："做了便是做了，还不敢承认，不知羞。"

不管是兄妹之情也好，其余不应有的感情也罢，上官透只知道一件事。顷刻间，他心中一动，捧着她的脸，垂头在她嘴唇上吻了一下，深情地凝视着她，问道："芝儿……是在说这件事吗？"

雪芝惊慌失措地望着他，被雷劈了般浑身麻痹。上官透有些后悔。但事已发生，便不可收回。是他的错觉——他觉得雪芝会这么问，也许，他想，也许是对他有意。他轻吐一口气道："罢了，睡吧。"

谁知，他还没躺下，雪芝便双手搂住他的肩膀，把他拉下来，吻上他的唇瓣。

她的吻如同她的人，年轻，青涩，却毫无保留。一如壁炉中的火焰，即便是在深冬中，也可以燃烧一切：寒冷的空气、干燥的木材、壶中的水雾……还有上官透最后的理智。

今朝乐极，明日难求。掌风急躁，扑灭了蜡烛。压抑太久的情意，在黑夜中化作火焰，无边无尽地蔓延。

雪芝不曾想过，自己一度觉得龌龊的事，居然这样在她和上官透之间发生。在极度没有安全感的一刻，她缠住他的颈项，有些期待，却又十分害怕。上官透却深深望着她的眼睛，眼神温柔，行为却异常坚定。

不似她所说的肮脏，也不像上官透所说的幸福。和上官透融为一体之时，也不知是为何，她流泪了。

第 十 章

重出江湖

冰河如清镜，开门雪满山，一片明白照上雪芝的眼皮，将她从无梦一夜中拉回现实。虽然前一夜确实感到快乐，但当白昼来临，她看见在屋内为她沏茶的上官透，突然意识到前夜发生了什么。那一抹从缝间流入床笫的冷空气，被褥包裹着的赤裸肌肤如此敏感，身体那异样的痛感……所有的一切，都令她想到了在仙山英州看到的恶心场景。可发生这样的事，似乎又是她的原因。十七年来，她的情绪没有哪一日如此消极。无论上官透跟她说了什么，她都答得有气无力，勉勉强强。上官透揉头发，喝水，回头笑，又回到她身边，无论做什么事，在她看来，都令人讨厌。

他的情绪似乎也不很稳定。两人说什么话都显得怪异。拥抱、接吻、说漏嘴的话、暧昧的眼神……都可以用诸多借口盖过去。可一旦发生了这样的事，两个人的关系便再也回不到过去。雪芝披着衣服，抱住双腿，一颗心早已沉入谷底。从今以后，恐怕"重雪芝"这三个字的意义，就会变成他众多女人中的一员。她不再是他珍惜的妹妹，不再是他当成宝贝的芝儿……想到这里，她便绝望得窒息。分明已经不冷，但她的手脚冰凉。

上官透又何尝没能感受到这份怪异。当他早上醒来，看见她在自己怀里蹙眉熟睡的样子，终于对这份感情再无夷犹。可是，当他看见她睁开的双眼，忽然明白了一件事：这份感情，他揠苗助长了。她看着他的眼神里，没有一丝爱意，只有满满的恐慌。他坐在她身边，佯装无事，轻声道："芝儿。"

雪芝没有理他。上官透把她转过来，对着自己，说道："告诉我，昨天晚上……是一时冲动吗？"

雪芝看着他，还是不说话。上官透又琢磨了一阵子，道："芝儿，你现在感觉可好些了？若你同意，我可以去跟林叔叔商量，让你暂时待在谷里，我先教你武功，然后……"

雪芝再也听不下去，迅速回答道："我很后悔。"

"什么？"

他想说的，她大概都知道。他很懂体恤人，况且，她毕竟是他的妹子，就算发生了这样的"意外"，也应该让她来做决定，等她考虑清楚，便可以走人，不要再纠缠他。雪芝害怕听到他后面的话，急忙道："我说，我很后悔，昨天是我一时冲动。我现在便想回去，请送我出谷。"

这句话是一把尖刀，在上官透的胸口狠狠扎了个窟窿。但他素来颇有涵养，并未表现出来，只耐心道："若你心情不好，可以在谷内将息调理。但是，这件事不能草率决定。如今，你已……你已委身于我，若就这样罢了，岂不是会让人误以为你被人占了便宜？"他顿了顿，提起一口气道，"芝儿，你可愿……"

可是，不等他说完，她已抬头眼红地望着他，鼻子发酸道："我知道啊！所以我都说我后悔了，你还想拿我怎样？"

上官透不可置信地看着她，说道："你……一点都不喜欢我？"

"不喜欢！"雪芝眼眶一热，泪水夺眶而出，"你让我出谷，我不想看到你！"

上官透握紧双拳，关节发白，说道："你还是休息几天，毕竟昨天——"

"闭嘴！"雪芝擦了擦眼泪，把他狠狠从床上推下去，"我现在便要走！

不然以后等我出去，我会告诉二爹爹，让他杀了你！"

上官透脑中一片空白，双目空洞地看了她许久，见她还是泪流不止，一颗心都揪了起来。原来，年少多情，欠了桃花债，总是要还的。想别的女子对他总是又爱又恨，被他逗得睡魂难贴，见了他便失了心般。可他唯一动情的人，被他碰了以后，却在他面前哭成这样。这便是他的报应吗？他苦笑两声，寒声道："好，你说了算。"

千里寒风，冬雪飘摇。天星河已结冰，河边紫荆干枯，连成一幅萧索之图。雪芝和上官透，一红一白，一前一后，快步行进在枯枝中。每到拐角处，上官透总是会在后面提点一声，别的不再多说。雪芝在前面走着，泪水风干在脸颊，小刀子刮骨般疼痛。终于，他们在月上谷的出口处停下。前方不远处有小镇，镇上炊烟四起，人烟稀少。

"到这儿便可以。"雪芝背对着上官透，压低声音，"我的马在前面的小镇里。"

"我送你过去。"

"不用。"

"私人感情放一边，安全最重要，我送你过去。"

上官透走过去，本想牵她的手，看见她红肿的眼睛，却硬生生地把手收了回去。雪芝察觉了这一细微动作，更觉得伤情至深，率先背对他大步走去。从月上谷出口到小镇，仿佛走了百年的时间。最后他们找到马，雪芝迅速跨上马背，戴好斗篷上的帽子。上官透连忙追上来，抓住缰绳说道："芝儿，是我对不起你。浑水蹚太多，人心也变得不干净。我没想到，你千里迢迢赶到月上谷，是因为想念我这个……哥哥。我实在是愧对于你。"

雪芝咬牙看着前方道："没事，我走了。"

"路上小心。"

"我知道。"

上官透松手。

雪芝一扬马鞭，重重挥下。

狂风乱雪中，马儿蹄间三寻，绝尘而去。上官透看着雪芝的背影，任凭狂风呼啸，鼓满斗篷。一片冰天雪地中，那火红色的身影，是一团燃烧在冬季的火。随着马蹄不绝，火焰越来越小，越来越弱，直到最后，被寒风卷走，被雪水熄灭。

其实，若不是雪芝那么快说出不喜欢他，他大概便会犯傻，说出更加覆水难收的话。像是"你暂时待在谷里，我先教你武功，然后我便向林叔叔提亲"；像是"虽然我知道你在重火宫事务繁多，但你可以考虑成亲以后，一半时间在谷内，一半时间回去，只要你对我有意，我相信没什么困难是克服不了的"；像是"你闭关没有问题，多少年我都可以等"，而那一句"芝儿，你可愿下嫁于我"，他终是没能说出口。

雪芝年纪还小，根本分不清什么是爱，什么是亲情。她因为依恋自己，从那么远的重火宫赶来。

而他，却玷污了她。

翌年，兵器谱大会上，上官透一直彷徨，一直在寻觅重雪芝的身影。雪芝却似人间蒸发。大会结束后，他才从旁人口中得知，重雪芝冬季时便已闭关，决意两年内长揖谢夷齐，彻底遁栖隐居。

春去秋来，斗转星移，晷运倏如催。

两年后，兵藏武库，马入华山，重火宫默不作声了两年。月上谷却突然公开所在，招募弟子，扩张势力，结盟大门派，吞并控制小门派。上官透不再像以往那样神秘，也不再只因怜香惜玉而与人交手。尽管如此，他的桃色消息却从未停过。先是平湖春园的二园主何春落，再是采莲峰的第二代帮主杜若香，再是洛阳大盐商的女儿，甚至峨眉的某美女弟子也没放过。唯一不同之处，是上官透以前的女人经常出自青楼，尤其在洛阳一带，但现在这些女子，却没有一个和青楼扯上关系的。有人说上官透对女人的口味变幻无常，或许这两年他对那些美艳的女子没了兴趣，开始倾心于大气豪放派，也有人说他是利用和别人打交道的空子勾搭人，但愣是没人说他利用女人，倒也是罕见的例子。上官透这代表幸运的三个字，短短两年内，变成了江湖人士的口头禅。不论男子还是女子，对他有向风慕义的，也有羞与哙伍的。不过，上官透一改常态，不曾对任何流言蜚语轻佻风趣地反击，只忙着自己的事。

又因为被他"横扫"的女子殆不可数，两年前重火宫少宫主和他的那点破事，早已被人遗忘。但不管什么女子与上官透有染，人们都知道，有一个人绝对不可能，她便是灵剑山庄的千金——林奉紫。

林奉紫小时便是出了名的温柔乖巧，从八九岁开始，便有世家子弟上门提亲，把林轩风吓得不轻。待她过了十五岁，仰慕者更是广布江湖，俯拾即是。这些年，她更是一日比一日漂亮，女大十八变，桃花眼粉红腮，微笑如风如水，让人不由自主联想到仙女下凡。所以，林奉紫有一个外号，叫作玉天仙。自从重雪芝在英雄大会上挑战了她，不少人拿她们俩做对比，但现在已经没人这么做了。如今的林奉紫在江湖男子眼中，是圣光笼罩的玉天仙，是要永远被保护，不能和凡人女子动手的。和凡人比较，那更不可能。

不过，这些都是重雪芝重出江湖之前的事。她会这么快出关，整个重火宫的人都没有猜到。

两年，无数件完全一样的灰衣。两年，不曾沾染任何胭脂水粉、金簪玉镯。两年的生活，除了武功秘籍、招式心法、挥剑禅坐、面壁忍痛，什么都不剩。刚开始几个月，雪芝一度觉得自己会疯死在重火宫后山。但到她完成任务出来时，神态和心志却是前所未有地平静。

在那石破天惊的一夜，重雪芝手中舞的，只是一把普通的锈剑。但是，大师父却亲眼看到她舞着剑，以属于掌法的招式"月中取火"，击碎了置于后山数百年的大石。她比以前瘦了很多，将头发高高盘起，碎发凌乱地落在面颊上，看上去有些憔悴，但脸上更多的，是求胜的姿态和完成重任的解脱。仅两年时间，她笔直地站在修炼室前方，便几乎让四大护法都认不出来。

人很快聚集起来，林宇凰和长老们也来了。重雪芝依然穿着她练功期间万年不变的灰衣，走近人群说道："二爹爹，你交给我的任务，我已经全部完成了——但是，不够，远远不够！"

林宇凰也是遵守了重火宫规矩，两年都没看到自己的女儿。这会儿一看到她，却长久不语。众目睽睽之下，宇文长老走出来道："你觉得什么不够？"

"什么都不够，我还要回去再练一段时间，等差不多了再出来。"

"你不用练。"

"为何？"

"重火宫有很多事需要你去做。武功跟知识一样，是没有极限的。即便是莲宫主，也无法走到极限。"

这时，温孤长老看了一眼宇文长老，低声道："莲宫主……"

漆黑的夜幕，无星无月。重火宫的万点灯光隐隐照射上来，映在重雪芝的脸上。宇文长老放下拐杖，慢慢朝雪芝跪下，道："请宫主出关。"

刹那间，所有在场的重火宫弟子，包括四大护法，也跟着跪下来，齐声道："请宫主出关！"

一世异朝市，重雪芝继位宫主，复出江湖！中州武林将要再次天翻地覆！或许是前几年天下太风平浪静，重雪芝复出江湖的事才会闹得如此轰轰烈烈。两年前，重火宫冒出一个武功盖世的大护法，已经让不少门派人心惶惶。但穆远在少林寺崭露头角后，便极少出现。不少人唏嘘这是雷声大雨点小，大门派却十分担心，未雨绸缪。如今，重雪芝闭关两年，武功大有所成，又有《莲神九式》在手，不少门派已到了提心吊胆的程度。

阴天，雾气笼罩了整座嵩山。山脚炊烟四起，隐没于迷雾与满山桃花之下。重火宫朝雪楼，重雪芝手中的茶水渐凉，却浑然不觉，只安静地审视同盟和敌对门派名单。虽然换下了沾满灰尘的灰衣，但她身上穿的，还是很普通的青色布衣。衣服显然比她的身材大了不止一个号，松松垮垮，将她的身材衬得像个晾衣的麻秆儿。发式也不曾改过，还是用布条把长发往脑袋顶一缠，刘海凌乱地散落在额心，毫无层次可言。

林宇凰对女子了解不多，但林轩凤曾经告诉过他，这世界上没有不爱美的女子。他听了以后只说废话，若不爱美，那还是女子吗？此时此刻，坐在雪芝身边，他却发现，自己女儿打扮成了所有女子都不会考虑的模样。闭关前，雪芝也不爱打扮，但好歹衣服也是以大红、粉、黄为主，颇具少女朝气。如今这一身，真是让他彻底绝望。虽说如此，雪芝那张脸却让他一看再看。他还数了数，连穆远这和尚心木头人，都转眼看了她不下五次。林宇凰不想承认这种感觉，但是，他的女儿，尤其是这样垂着头，真是越看越像个……

"和华山闹翻，是什么时候发生的事？"重雪芝抬头看了一眼穆远，脸色严肃至极。林宇凰立刻有了抽自己一嘴巴的想法——芝儿还是芝儿，这么可爱天真，怎可能会像他想的那样？

穆远愣了愣，道："已有半年。"

半年前，平湖春园在傲天庄附近搭了个擂台，类似于小型英雄大会，不过参加者必须是团体，得胜者可以挣不少银子。重火宫有一堆弟子参加，但是以私人名义。恰好华山四弟子也就是掌门的儿子丰公子也参加了，和重火宫的弟子打成了平手，重火宫占上风。平湖春园不知道重火宫人的身份，又不好得罪华山，于是判定华山胜。输的人自然不服气，报出重火宫的大名。平湖春园这下两面难做人，直接把银子扔出来跑路。华山人多势众，抢了银子便跑。重火宫几个弟子回来告诉师兄妹们这事，带人上前踢馆。原本都是弟子们自己的事，不知如何，演变成了两个门派互相仇视，甚至惊动了长老和掌门。两个门派商量过后，决定让这些弟子过几天在傲天庄和丰公子再次比过，再判定谁胜谁负，银子归谁。

"时间挺长，总得处理。"雪芝低低嗯了一声，"我带着他们去吧。"

雪芝随便扔下的一句话，竟然又一次引起轩然大波。多数人认为，其实，并不是解决两派弟子矛盾这样简单的事。谁都知道，华山是正派，重

月 上 重 火

火宫是邪派。华山跟随少林做事，重雪芝又在少林兵器谱大会上栽了跟头。重雪芝才当宫主，便出面和华山对立。其实，重雪芝出面的真正目的，是要击败华山，间接向少林下挑战书。出发前几日，惹出事的弟子来找穆远，谨言慎行道："大护法，你去劝劝宫主，此事息事宁人为佳，其实……其实我们赢得也不光彩。丰公子带的人都是废材，算是他一个人对我们一群……"

穆远看了他一眼，继续检查宝剑，道："你认为现在说，还来得及吗？"

与此同时，重雪芝坐在朝雪楼里，朝着朱砂尴尬地笑道："我还是第一次用这东西。"

"宫主别笑，此宝无人能敌。"

天下都在等着看两大门派之间的对决。

傲天庄在洛阳南方，是正统门派最喜欢聚集讨论比武的地方，又因为富可敌国的司徒雪天曾为之砸过大笔银子，所以整个庄园雕梁画栋，丹楹刻桷，堪比紫禁城。四月的傲天庄，门前轮鞅成群，人声鼎沸。丁香花开得正艳，雪白淡紫连成一片，将楼房和比武场掩得隐约，如托蓬莱。庄园灌满了春季芬芳，优雅醉人。

丰城自然听说了重火宫近日的动静，一大早便赶到洛阳，却还是刻意晚到了一些。至于他的宝贝儿子丰公子，则是早早地抵达了庄园，让人一再检查佩剑头冠。他只记得，三年前的重火宫少宫主，已能接下慈忍师太数十招。如今她长久闭关，会强到什么程度，实在不可估量。倘若自己打败了重火宫的弟子，那么重雪芝必定会出手，到时若败给这么个小女孩……丰公子握紧双拳，对身边的小厮道："你看看那剑有没有问题。"

"公子，这都第八次了……"

"第八次也一样，再看看。"

这时，丰城低声跟身边的人说了几句，看着前方站成一片的弟子，回头叹道："我以为我够高傲，没料到重雪芝比我更甚。我故意晚来，她现在还没到。"

话音刚落，便有嘚嘚马蹄声传来。诸多人都对雪芝的红衣白骢印象深刻，连男子都觉得她分外帅气。闻声，人们翘首等待雪芝的到来。丰公子立刻握住剑，浑身紧绷地站起身。丰城将他按下来，道："任从风浪起，稳坐钓鱼船。就算重雪芝真出手，还有你老子我在不是？"

但是，骑马赶来的人却是报信的："重火宫宫主到！"

丰公子松了一口气。河水涓涓，环绕山庄流淌。丁香花白紫交错，连在一起是天边的流云，秀丽淡雅。这时，辘辘而来的却是慢悠悠的马车，停在一片垂落的丁香花枝下，不像比武，倒像出游。一名随从用帘钩挑起门帘，惊起低飞的春燕，果真有一抹红裙从中探出。然而，这裙摆不再是棉绒布料，而是红云罗纨。接着，有乌黑长发，随动作滑落肩头，直垂至腰际。人们眼也不眨地盯着这一幕。尽管看不到脸，但很多人都认定那不是重雪芝——重雪芝，何时穿过裙子，又何时有过这样婀娜的身姿？

然后，长而美丽的手指伸出来，轻轻拨开花枝。花后的女子微微歪着头，眉心点浓黛，额角贴轻黄。她嘴角扬起，似笑非笑，凝望着前方。雪白和淡紫的丁香花瓣随风落下，沾上红裙，沁香满溢。她下车走在落花上，便连那飞走的春燕，也盘旋而归。这九芝盖之赤，曼妙之身，春燕之姿，都书写在清溪之中。何谓名花倾国两相欢？又有怎样的丹青，才能描绘这满目的千朝回盼，百媚丛生？

雪芝微垂着头，慢慢走到丰城面前，含笑盈盈道："见过丰掌门。"

丰城完全心神恍惚，直到身边有人推他，他才赶忙道："啊，啊，好，雪宫主近来可好？"

雪芝勾着嘴角，低笑出声，道："很好，掌门客气。也不知道比武何时开始？"

这时，所有人才回过神来——这是打算比武。但下一刻，这个故事非常没有悬念地结束了。

"不比了不比了，我儿子做事冲动，便是他的错。"丰城站起来，击掌道，"来人，把银子搬来。"

丰公子便这样变成踏脚石，被老爹踩过去。

"谢谢丰掌门，有空我定会登门拜访。"说这句话时，雪芝并未留意到慈忍师太和丰城小妾的表情。

与此同时，林宇凰在重火宫，紧锁着眉，撇嘴道："小时候芝儿那双吊梢眼很是讨打，前几天我看她，却怎么看怎么像狐狸精。有这种想法，我还自责了半天。但等你一把她打扮出来，我终于知道，那不叫像，那根本便是。"

朱砂笑道："当初你不还说莲宫主是只公狐狸精吗？"

"就是啊，你看看莲还是个男子都这样，我的宝贝女儿啊……"林宇凰想了想，又道，"不过，闺女真的好漂亮，越看越漂亮。祸国殃民，也是一种本事啊。"

三天过后，林宇凰的乌鸦嘴又一次神奇地灵验。华山掌门爱妾白曼曼放出话来，说重雪芝是不要脸的狐狸精，勾引她丈夫，还说，如果重雪芝能把不三不四的习惯收着点，她可以大人有大量，什么都不计较。雪芝刚一听说这消息，把手中的兜子扔到朱砂手里，道："有机会勾引一品透都不要，去勾引丰大叔？！要死！都是你出的馊主意，还让我穿这个，穿这个有什么用！"

"我原只想宫主有女人味一些，不想过犹不及……"

不过，那天去过的男子都在帮着雪芝说话，说明明是丰城主动让的银子，重雪芝也不过是礼尚往来客套几句，不见哪里有错。只是帮忙的越多，白曼曼恨意越深。慈忍师太不像白曼曼那样愤怒，但也摇头说，重雪芝一年比一年不如。于是，原本女子们都不大待见的林奉紫，一夜之间，变成了她们心中的圣女。所以，六月间圣女的十八岁生日，也更加受到人们的关注。

众所周知，林轩凤宠林奉紫。为她办寿宴，他几乎把全武林有点来头的人都请了，筹备四个多月，砸下的银子足以买下三分之一个苏州城。重雪芝自然也收到了请帖。不过在听说奉紫寿宴的消息时，她根本没心思考虑是否要去。她人在洛阳，传说中江湖包打听最多的地方。有的人专门出售江湖一手八卦，价格公道便宜，遇到经常照顾生意的，还有八折优惠。雪芝原本只是当作娱乐，让朱砂花了几十个铜板打听了灵剑山庄、少林寺、月上谷最近的事。一提到月上谷，那小伙计的话便多了，所以很自然地，朱砂告诉了雪芝所有上官透的桃色消息。

雪芝气得话都说不出来，脑中回想起的，是她离开月上谷前那一夜发生的事。若可以选择忘记这一段记忆，她一定奋不顾身、毫不犹豫。可惜，事与愿违。她一直以为，自己带给上官透的，不仅仅是温存，或许还有一丝眷恋。毕竟当他拥她入怀，不论是耳边温柔的呢喃，铭心的深入，还是深情凝望她的双眸，都让她觉得，他与她有着同样的凝愁。直到这时，她才知道，他这凝愁洒在了无数闺房中。倘若她不曾闭关，说不定早就缠着他，要他一定要对自己坦白，或者负责——这些行为，和别的女子又有什么区别？不过，负责？笑话！弱女子才会做这等没出息之事，她可不是弱女子。她庆幸自己走得果决，也庆幸自己没有提出这令人作呕的要求，更庆幸自己没有跟着上官透，对他死心塌地。

心态稍微平和了些，雪芝进入洛阳客栈。安置了弟子，她叫上穆远，回到客房，放下手中的清单道："和银鞭门又是怎么一回事？"

"月上谷是一个威胁，不过宫主勿虑，我会去办。"

"我要知道具体内容。"

近些年，银鞭门一直依附重火宫，门主前年嗜赌成瘾，亏掉半个门派的银子。接着他迅速找重火宫帮忙，重火宫自然不理，还停止补贴他们。他一时气急，解除了两个门派之间的同盟关系。但是，才离开不多时，月上谷便把银鞭门败了个彻底。控制整个门派后，月上谷号称将保护他们，借他们大笔银子，只是利息有那么一点高。为了还债，银鞭门的弟子们加倍干活，还花了大量的时间去打擂台，赚银子，但相比之前的亏空，实在是不足挂齿。月上谷这时又发话说，我们可以卖兵器给你们，让你们更好地赚钱还债，我们也好两不相欠。然后，这个已经几乎发展成一个城的大门派，以上官透在中都张牙舞爪的实力和月上谷在江湖上的名气，聘请了大量名铁匠，打铁卖兵器，捞了一大把油水。这样下来，银鞭门因扩充人数，购买了大量兵器。只是花了不少钱，自己赚得又少得可怜，债是越积越多，到最后门主终于坚持不住，顶着快丢光的老脸跑来重火宫，说上官扒皮太可恶，再这样下去，银鞭门肯定会被月上谷吞掉。

雪芝听完挺无奈，道："月上谷的实力已如此雄厚，为何还要为难小门派？"

"一个势力的神速崛起，一定是建立在若干小势力的灭亡上。不过宫主真不用担心，银鞭门落魄到这个地步，救之，他们会感激涕零；无视之，他们也不会造成什么威胁。"

"你打算怎么救？替银鞭门还债，换我们压榨他们？"

"不是压榨，是控制。虽然宫主可能不会赞同，但这是对我们最好的方法。"

"不会，我很赞同，便照你说的去做。"

穆远派人去了月上谷，但几日过后，那人回来通报，上官透说，要替银鞭门还债没问题，但一定要让宫主亲自出马，不然月上谷不认账。雪芝性情冲动，听闻这一答复，直接拒绝，说请上官谷主自便。之前他们遇到过类似情况，很多门派都是这样放话，包括武当。但真到穆远上阵，对方很快便会被摆平。于是，第二次，穆远亲自带人去了月上谷。无奈的是，又过了几日，穆远竟第一次与人谈判以失败告终。雪芝说，既然如此，放任不管好了。但护法们又劝诫说，其实这样的事宫主可以去看看，毕竟林宇凰是月上谷二谷主，只是暂时回了重火宫，两个门派关系理应融洽。海棠最为大气，还分析利弊，说上官透家世显赫，月上谷实力强大，和他们结盟绝对有利无弊。雪芝默默听完，认同地点头，只说了三个字："我不去。"

两日过后，黄昏时，暮霭沉沉，雪芝准备动身回重火宫。但出发前，小二跑来说，天将黑，还是不要出城比较好，郭郭很乱，晚上空无一人。雪芝笑说洛阳晚上都会没人？无稽之谈。带着重火宫的人便出去了。而后，天色慢慢暗下来。雪芝出了城门，乘着马车，一路往登封方向赶。然后，她惊讶地发现，路上确实没人。顿感怪异，突然听见后方有嘚嘚的马蹄声。随后，马车便被狠狠撞了一下，几乎翻倒。雪芝心情原本不好，这一撞，几乎要出去揍人。但脑袋刚一伸出去，竟见两人骑着高大的黑马，攥着冰寒闪亮的飞刀，高高举过头顶，一手搋紧缰绳，向前奋力奔驰。速度之快，如闪电一瞬。

顷刻间，四把飞刀自两人手中甩出！前面的马依然在奔跑，人却跌下来。雪芝快速探出头，对外面骑马的穆远道："发生什么事了？"

"前面的人是银鞭门的执法，后面两人是月上谷的汉将和世绝。"

"月上谷？他们在追杀银鞭门的人？"

"是。"

"为何不早告诉我？"

"宫主不打算去，还是少知道为妙。这几天月上谷都在银鞭门清理门户，上面的人都打算卷钱出逃，被月上谷的人抓住，几乎一天干掉一个。所以一到晚上，这一块都没人敢出来。"

"怎么会这样？"雪芝喃喃道，"上官透不是这种人。"

"他不是这种人，他只是饲养这种人的主子。"

"……载我去月上谷吧。"

快马加鞭赶向月上谷，重雪芝和穆远聊了一会儿，才算知道上官透这两年其实比较倒霉。月上谷日益强大，和他打交道的是什么人都有，京师的大哥嫂子却成了替死鬼。一年前，上官透得罪了某个门派的小弟子，那人在洛阳也是相当有来头的人物，见灭不掉他，便到长安放了炸药，把上官透大哥的府邸炸成了废墟。上官透听说以后，半个月便查出下手的人，原来那人住在大都，老爹是大都附近的一个县令，不足挂齿，但叔叔是洛阳的太守。也是后来才知道，这人会这么恨他，是因为他吞并了这人的门派，他们门派老大一时想不通自刎了。这人又无法接近国师府，只好拿上官透的哥哥嫂子开刀，之后一遇到月上谷的男子便杀，女的便奸。

上官透派人做了两包炸药，一大一小，小的放在这些人住的门前，轻轻一炸。他们全部跑过来看时，再把大的那个引爆。接下来，只剩了满世界的红彤彤真血腥。事后上官透似乎有些失去了控制，竟然让手下光天化日之下杀入了洛阳官府，弄死了几个人，不过没有成功除掉放纵侄子的太守。从那以后，上官透不再像以前那样张扬，但真正下手做的事，却比他小时候还张扬几百倍。从那以后，再恨上官透的人，都不敢死命惹他。

吃了那次教训以后，上官透弄来一堆相当要命的人。其中有两个如今已经闻名九域。

一个叫汉将，是上官透从京城的监狱里赎出来的咸秦重犯，二十七岁，被关了十年，即便在监狱里都弄出不少人命。这人素来凶强好斗，刚从大牢出来，一辆马车驶过溅起的泥，沾到上官透的裤子上。他二话不说，拦下车把车主拖出，一拳打去，跟唱戏似的夸张，那人当场倒地休克。后来官兵来了，把他、上官透和其他人抓回衙门。几个时辰后，等那伤员醒来，官兵问他是谁动的手，他一直指着上官透，才知道他已认不出谁是谁。另一个叫世绝，十七岁，身长九尺，两百斤重，爱财如命，六亲不认。只要给他银子，他可以把一个人从南海追杀到苏州。他原在某个小门派当老大，上官透一说跟着他有银子赚，他连解散门派都懒得做，直接跟着上官透跑了。

这俩人差别很大，不过有三个共同点：一、杀人不眨眼，下手残忍；二、冷血冷面，对上官透却如藏獒般死忠；三、身材都很彪悍。他们三人站在一块儿，纤长貌美的上官透是最瘦小的一个。深谙江湖的人却说，劳心者役人，劳力者役于人。真正的老大，永远笑容可掬，下起手来，却比藏獒狠上千倍。

雪芝一直以为，自己闭关后苦苦修炼两年，出关后定可轻而易举拿下上官透。但她似乎错了。

真正的江湖，并不是武功高，便可称王称霸。

　　由于两年内人数暴增，月上谷已不像当初那样地大人稀，反倒如世家般热闹非凡。若非有人手握兵器，这紫荆满岛、清河环绕的月上谷，看上去就是个世外桃源。雪芝等人从正南方的入口进去，向人通报。一炷香过后，便得知谷主请宾客进去。紫荆繁艳，红药深开，雪芝带领所有弟子走过长长的桥梁。河中轻舟重重，舟中的人纷纷眺望桥上，见这里有一名绝世女子如花似玉，如云似烟，徐徐走过。

　　除了周围多了紫荆，楼房扩建些许，中央镇星岛没有太大改变。从这里还可以看到岁星岛，以及岛上的参差画楼、上官透的寝房。花丛中，树影下，一个石桌，三个石凳，还有草坪上的石子小径，楼阁上的"青神楼"三字，都还是和两年前一样……想要退却的感觉，越来越强烈。但站在门外，她已看到正厅中的身影，是如此熟悉，又如此令人害怕。雪芝突然发现，要坦然面对过去，原来不是想象中那样简单。上官透原本笑着和旁边的汉将说话，却也在瞥眼时，看到了她。跨入门槛，脸上带着不自然微笑的重雪芝，竟让他有些认不出来。原来，已有两年未见。这一刻，他想要说什么，打算露出怎样的笑容，全部忘得一干二净。连汉将那样良心被狼叼的男子，双眼都无法控制地长在雪芝身上。

雪芝站在深红镶花的地毯上，不敢直视上官透，一时竟有些无助。不管现在她有多厉害，江湖上的人如何称赞她拥有惊世的美貌，她被上官透占有过的事实，自己极为重视的第一次，交给眼前这人的事实……永远无法磨灭。她知道自己很紧张，也在尽量掩饰内心深处的感觉。但是，还是感到惋惜。毕竟，她曾缠着他撒娇，赖皮地叫他昭君姐姐，他只要不在便会觉得时间难熬。那些日子，真已一去不复返。若非自己当初太过冲动，或许他们的感情还是一如既往。即便只是兄妹，即便没有拥抱和亲吻，即便还要继续看着他跟别的女子在一起，然后偷偷心酸很久……她最起码，可以留在他身边。

想到此处，雪芝忽然傻眼——原来，自己对这人，仍存眷恋？

那些奉紫之流才应该有的小女儿情结，她怎么可以有？

她立刻抬头，朝上官透微微一笑道："上官谷主，前几日没有立即赶来，实在对不住。不知道现在再谈银鞭门的事，是否还来得及？"

"嗯。"上官透有些失神。

"我们想替银鞭门还债，不知谷主意下如何？"

"嗯。"

雪芝有些拿不定主意，看了看穆远，穆远点点头。她又道："既然如此，银子我也已带来，请谷主过目。"说罢击掌，让底下的人抬了两个大箱子进来。

箱子打开，里面白花花的元宝闪闪发亮，让在场很多人都禁不住眯上眼睛。而站在上官透另一边的世绝，更是眼珠子都快掉出来。上官透让人来清点了数量，朝雪芝点点头道："没错。"

"请谷主开个收条。"

上官透又迅速开了收条。

事情办得相当顺利，顺利到雪芝都有些不敢相信。但一想到上官透会这么干脆，多半是出自对她的愧疚，再一想那一夜的缠绵，雪芝更加窘迫气愤，拿了收据便走。

"请留步。"

雪芝不耐烦地回头道："请问上官谷主还有何指教？"

"我还有事想说，因为比较私密，所以请宫主屏退左右。"

"此次前来匆忙，宫内还有要事要处理，重雪芝先不奉陪，告辞。"

重火宫的人都已出去。上官透看了一边双眼发直的世绝，道："留下重雪芝，这些都是你的。"

世绝话都没说，即刻如烟般蹿到门口。

"慢着。"待他回头，上官透又道，"重火宫的实力你是知道的，今天穆远也在，硬碰硬对自己没有好处。"

"明白。"

重火宫一行人刚到月上谷门口，旁边的小丫头便长叹一声说道："美女办事，果然就是比臭男人快得多啊。"这姑娘是海棠的徒弟，叫烟荷。她的个性和海棠一点也不像，若不是身怀武艺，便是个花痴程度更甚于寻常少女的怀春少女。

雪芝一直不语。这时她知道，自己早出来是对的。在那里多待一刻，她会爆发的可能性便越大。海棠道："宫主，我知道这样要求不对……但我看上官透对你百般谦让，其实和他处好关系，不是难事，更不是坏事。"

"以后谁再提这名字，便休得再出现在我面前。"

海棠只好闭嘴。

忽然，一个无比高大强壮的人影蹿到他们身后。雪芝正待防御，穆远已经闪到她面前，长剑出鞘，指向那人的咽喉。世绝看看穆远的剑，嘴角勾起一丝毫不畏惧的微笑，道："大护法身手了得。饶命，饶命啊。"

"过奖。"尽管如此，穆远的剑还是抵着他的喉咙。

"小的奉谷主之命，来和雪宫主商量些事情。"

穆远这才放下宝剑。世绝望向雪芝，搓了搓手掌道："雪宫主重出江湖，却招来流言蜚语，也不知是福是祸。拥有狐狸精的脸是好事，但做了狐狸精做的事，尤其是对一个年轻姑娘来说，恐怕不是什么好事。"

"我时间不多，请开门见山。"

"好吧，雪宫主若希望日后落得个好名声，最好还是留下来做客数日，吾等必将竭尽忠诚伺候您。"

他话说得简洁，句句动听，但言语间全是威胁。雪芝指着他，怒道："你……你这沐猴而冠的小人！"

"雪宫主当小的啥也没说，小的这便走。"

虽说如此，雪芝不愿再惹上麻烦，便遂了上官透的愿，去了青神楼。看着那小帘钩垂的卧房，雪芝心中更加焦躁，只在门口等待。但很快，上官透的声音便从里面传来："请进。"

雪芝怒气冲冲地杀进去，大声道："上官透！"

此刻，上官透独立于窗边，正欣赏才裱好的丹青。都说春秋多佳日，垂柳金堤，桃李花飞。但在这玲珑绮钱、虚白华室外，只有丁香盈芳庭，吐娇无限。一阵春风进了房，带入幽香，同样带了上官透落华满袍。他伸手拨开袍上的花瓣，回头笑道："芭蕉不展丁香结，同向春风各自愁[1]。听闻洛阳傲天庄今年丁香开得大好，都美过了谷雨三朝艳牡丹。可惜在下不曾有如此眼福，还望雪宫主指点一二。"

"少和我冒酸气，你竟敢威胁我，恶心！"

"我几时威胁过你？"上官透不动声色地答道，却很快猜到是世绝做的歹事，便上前两步，"世绝威胁你是吗，他都说了些什么？"

雪芝微微涨红了脸道："什么都没说！你让他闭嘴便是，我走了！"

刚转身，上官透身形便似一缕风，闪到她面前道："雪宫主且留步。"

雪芝充满恨意地看他一眼，想直接出去。谁知她左走一步，上官透便往左挡一下，右走一步，他又往右挡一下。到最后，她实在走不掉，两拳打在上官透的胸前。上官透却单手握住她的双手，浅笑道："在下也曾听

---

[1] "芭蕉不展丁香结，同向春风各自愁"：出自唐·李商隐《代赠二首》。

闻，今年洛阳花下的佳人，比丁香还要沁香醉人，却直至现在才有了眼福。想这绝代佳人被诸多男子见过，真是喜恨交加。遗憾的是，她对在下却只有恨。"他时刻笑着，实是心口不一。

眼前的人还是当初那个上官透，却又完全不一样。原来岁月和经历，真的可以改变一个人。他变得这样陌生，已不会像当初那样，对她毫无保留，把她当成至宝来宠溺，来疼爱。

"我只是讨厌你。"她手腕不断挣扎，咬紧牙关道，"恨，还说不上。"

"雪宫主，此言差矣。"上官透声音忽而轻柔，"看，这可是当年我们一夜温存之地。在此间，雪宫主把自己交给了我。"

雪芝脸色发白道："你……你住嘴……"

"当初雪宫主待我恩惠过甚，解衣推食，这等好处怎能不提？纵使你今日这般绝情，那一夜的好，在下也是万万忘不掉的。"上官透转过头，下巴朝后背的方向偏了偏，"何况，那夜过后，在下背上可是被抓得伤痕累累，雪宫主居然还可以跑得那么快，难道就不疼吗？"

雪芝嘴唇无法遏制地颤抖着说道："你住嘴！住嘴！"

察觉她在激烈反抗，他轻而易举地将她搡近一些，空出的手搂住她的腰，终于放纵自己，在她手背上深深地吻了一下，说道："芝儿，你是否曾想过，当初若非我们太过感情用事，怕是早已结为夫妻。"

听见那一声温柔如水的"芝儿"，雪芝几乎当场掉下泪来，可她还是如紧绷的弦，怒道："谁要跟你做夫妻！恶心！"

"到现在，你还是觉得恶心？"上官透不可置信看了她一会儿，冷声道，"你既然觉得恶心，为何还要主动吻我？不要告诉我，你是被我骗了，更不要说对我只存兄妹之情。当时我是被你诓糊涂了，你说什么便信什么。后来我去问别人，没有哪个人说你的举止像个妹子。"

他每一句话都一针见血，直击要害。此时此刻，雪芝只觉得自己被剥得精光，眼泪大颗大颗落在上官透的手背上。他却丝毫不怜香惜玉，冷冰冰道："不是说不喜欢我吗，那现在你哭什么？"

雪芝哽咽道："喜不喜欢，对你来说，都不重要。我知道上官公子俊朗倜傥，武功盖世，天下想闻君风采，而喜欢你的女子多得不可数，放过一个重雪芝，当真这样困难？"

上官透蹙眉道："说得可真轻巧。芝儿可知道，我这两年受了多少折磨？"

"雪芝……只想忘记不愉快的过去。上官公子，看在我曾经对你那么好的分儿上，请放过我。"

上官透苦笑道："……连一次机会都不给我吗？"

"对不起。"雪芝挣脱开，屈屈膝，转身走开。

雪芝觉得难过极了，可她知道，上官透不是认真的。他素来风流惯了，两年后重逢，不过说几句痴情相思话，当是图个乐子。若是当真，便真是太过愚笨。就在转身的一刹那，她看见清风拂动他的发，青白长袍，拂出一片断涛连浪，颤动了他头上的孔雀翎。她想，真不愧是上官透，便连伤情神色，都乔装得如此动人逼真。若他不是上官透，她定会信了他这番话。然而此刻，她只能留他站在丁香小雨中，站成一幅人间难寻的水墨丹青。

一人向隅，一堂不欢。雪芝离开月上谷后，带着其余人在几十里外的客栈住下，一直无言。大家都沉着脸用膳，待雪芝入房以后，也没人敢去打扰她。躺下后，一夜十起，心烦意乱下，雪芝只好独自到客栈外面走走。少室山在不远处，山间透着稀疏的灯火。清风明月，花香寂寂，料峭春寒点缀着一点月色。

雪芝心中其实明白自己并不是个闲人，小门派之间的事永远解决不完，要争夺回兵器谱的排名，英雄大会上一定要有人出头，这些目标一达到，恐怕会招来更多的事。她捂着脸，低声道："忘记上官透，什么都不要想，专心习武，忘记上官透……什么都不要想。"

这时，客栈转角处，有女子阴恻恻地冒出一句话："'情'一字，原就是江湖人士的致命弱点。雪宫主如此痴情，恐怕难成大器。"

雪芝愕然抬头，她居然如此不小心，有人跟着都没发现。那女子慢慢走出来说道："女人啊，既想跟了叱咤风云之人，又拿不下，不安心，真是陵草抱怨秋来早，潜颖哀叹春阳迟[1]，何其矛盾？"

"说得你好像不是女人。"雪芝站起来，渐渐看清了那人的身影。

哪怕两年未见，她也绝对忘不掉这满非月的样子。满非月刚一站住脚，身后一帮妖男又跟怪物似的蹿出来，男不男女不女，在大黑夜看上去也是十分可怕。她轻轻抚摸脸颊道："我当然不是女人，小女孩罢了。不过，我却有世上最忠心的男人们。"

妖男们又围着她，为她按摩捶背擦汗，还纷纷点头，无比殷勤。其中一个正在给她捶背的俊俏少年道："圣母今天也累了，早点把这人铲除，也好休息。"

"别，让圣母认真做事。别的人头最少都是五百两一个，这个还不止这个价钱呢。"

又一个熟悉的声音道："话说得没错，这年头，人越杀越少。我们生意红火是好事，但该杀的都杀光，我们人还越来越多，剩下的事便只有收钱让别人捅自己，划不来。圣母啊，不如涨个价？"

雪芝一听到这声音，仔细看了看那人，发现果然是丰涉。他兀自绑着几根小辫子，两年过去，除了长相更讨人喜欢，说话更让人讨厌，腰间葫芦更大以外，基本没变什么。见满非月没有回话，丰涉又道："毒药毒蛊做得好不能当饭吃，脸蛋长得好看也不能当银票使啊。我们要求也不高，日图三餐，夜图一宿，你总不能把我们都卖到窑子里去。"

满非月完全无视他道："我们今天不是来杀人的。昭君说这妮子不肯去月上谷，让我们来劫她。谁要不小心把她毒死，我让你们死得难看。"

雪芝哭笑不得道："你们发什么病？我已经去见过他，才从月上谷出来。"

---

[1] 潜颖、陵草：分别指暗处的植物、高山上的草。

"我才不管你去了哪里，收了钱，我们便要照做。"满非月打了个响指，"给我上，绑了她。"

话音刚落，那一帮妖男人手一根长棍，七零八落地冲过来。雪芝纵身一跃，所有人扑了个空。他们很快恢复备战，排成一列，将雪芝包围其中。雪芝手指强劲一扣，两掌左右击去，瞬间击倒两个人。那俩人躺在地上，一脸迷茫，再站不起来。

"朱火酥麻掌？"棍子在手中转一圈，丰涉眯着眼睛，"这不是重火宫的招式吗？"

"重火宫人，自然使重火宫掌法！"雪芝说完，一掌击中丰涉胸口。

丰涉应声倒下，喊道："哇，原来你是重火宫的人！好厉害！"

这时，其他人又高吼着冲过来。雪芝夺走一个人手中的长棍，猛然跃起，在空中一个后空翻，倒挂在房梁上，啪啪几棍敲在那些人头上。

"无仙经月功！"丰涉躺在地上，斜着眼睛看雪芝，"我还是第一次看到非图文的无仙经月功！太帅了！"话音刚落，满非月一棍敲在丰涉头上。

很快，在场只剩两个人。雪芝将长棍往空中一甩，长棍凌空时，她两掌击向一人腰部，抬腿踢去，一跃接棍，击电奔星，在他头上敲了数十次，又一次将长棍扔入空中，撇了那人的双手在背后交叉，接棍，将长棍插入双臂。那人的两条胳膊便像上了锁，再解不开。丰涉眼冒金光，无比崇拜地看着雪芝道："混——月——剑——第——九——重！一睹此剑顶重，是我一生的追求！但是，最后一击应该是捅了他才对，为何不捅了他？如果用剑的话，一定是鲜血狂飙身首分家，可惜了！"

满非月怔怔地看着雪芝，已无精力去打丰涉。雪芝手中没了武器，但依然转过身，朝最后一个人做出备战状态。那人丢盔卸甲，逃到满非月身后。雪芝淡淡一笑，拱手道："承让。"

满非月咂嘴道："真想不到，你武功进步得这么快。"

"听说你这么多年从未厉害过。"

满非月面有怒色道："既然如此，还请雪宫主赐教了！"说罢，动作强硬地脱掉自己的外套。

雪芝冲过去，拖住丰涉，掐了他的脖子道："别过来，不然我杀了他！"

满非月却笑了："你武功虽高，但不会杀人，省省吧。"

"你不信我？"雪芝手下加了力。

丰涉唤道："痛啊！"

"反正全天下美男子多的是，杀了我再去找一个便是。"满非月挥挥手，"你动手吧。不过，杀了他，还是要和我交手。"

"要动她，先打败我。"一个声音从二楼传来。

雪芝还未回头，穆远便敏捷地落在她面前，然后站起来，手握长剑，以剑指地。满非月看见他，脸上有了慌乱之色，再看看抱头鼠窜的妖男们，怒道："重雪芝，若不是上官透不让用毒，你们都死了！这次你损我的，我一定会加倍还来！"

雪芝道："不必还，我送你的。"

满非月恶狠狠地看她一眼，转身消失在夜色中。

"圣母！喂喂喂，圣母！你不要我了？！"丰涉在后面提高音量喊道。他喊着喊着，渐渐无力，想回头看雪芝，但被她掐着脖子不敢动，只好憋着声音道："女人，你到底是什么人？不会是海棠吧！不对，年纪这么小……难道是重雪芝？也不对，都说重雪芝是个狐狸精，专门勾引男子，武功不好——哎哟哟，痛啊。"

"你再说一句，我真掐死你！"

丰涉也不管她是否会掐死自己，转过头看雪芝，道："天，真的是狐狸精啊……等等，我好像见过你。但是，是在哪儿呢……"

"宫主请回去休息吧，这个人我来办便好。"

雪芝嗯了一声，放开丰涉道："麻烦穆远哥。"

她不知道，这个不经意抓来的"人质"，便这样缠上自己，还成了个尽会讨野火的"拖油瓶"。次日客房中，雪芝与重火宫的人商量着去林奉紫寿宴的事，决定让朱砂带头去花钱定做一条鞭子，作为贺礼。大家正琢磨何时出发去灵剑山庄，一个阴沉的声音忽然从他们身后飘来："灵剑山庄……那庄主的女儿，可是一个妙人儿。"

所有人都被吓了一跳。回头，看到丰涉靠着门，皮肤好得可以掐出水来，笑得却不阴不阳。

雪芝道："你怎么还没走？快走。"

"这不成。"丰涉往里面走两步，眯起眼睛，"我现在已经接受现实，当了你们的人质，你们便不能赶我走。我只有到灵剑山庄才能和我们的圣母会面，从这里到山庄还是有那么一点远，你们得负责挟持我。"

所有人都无比茫然。琉璃道："宫主说，你可以走了。"

"我不走。"

"你不走我杀了你。"

"你杀便是，我就不走。"

"你不怕死？"

"混鸿灵观的，从未想过要长命百岁。美食美女，我都有过，夫复何求？"

"你这人真是——"

"罢了，让他跟着也没什么。"雪芝摆摆手，"丰涉，你可以跟我们一起走，我们却没银子养你。"

"挟持人质居然不掏腰包，抠门。"丰涉长叹一声，"我说雪宫主，看你也就二十八九岁，怎么说话跟个大娘似的？"

雪芝怒道："给我滚出去！"

丰涉笑盈盈地蹿出去。

琉璃道："这丰涉是盲肠，不割掉，早晚会发炎，搞乱重火宫的。"

雪芝道："没事，他也不是什么十恶不赦的坏蛋。"

一帮人决定先让人通知重火宫，然后往苏州赶，再和其他人在那里会合。刚派人出去，雪芝等人还在收拾东西，便听到楼下传来一群人惶恐的尖叫声。她跑出去看，只见一群人围在一起，不知道在做什么。跳到一楼，她好不容易挤进人群，却又一次看到恶心东西：一个人躺在地上，口吐白沫，七窍流血，脸上冒着五颜六色的泡。

雪芝捂住嘴，冲出客栈，转身一阵干呕。却有人伸手拍拍她的肩，无比温柔地道："芝芝很难受吗？不要难受了哟。"

她抬头，对准丰涉那张白净的脸便是一巴掌，道："你简直没有一点人性！"

丰涉被这带着浑厚内力的耳光打得头昏眼花，脸上很快便肿起来，道："为何要打我？"

"你杀人了！"

"那人连歌伎的豆腐都要吃，死了有什么关系？"

"你——若是这样，给他点教训不就得了？为何要杀人，还用这么残忍的方法？！"

"芝芝切勿如此激动。"丰涉捂住肿起来的脸，两只眼睛都笑成了一条缝，"若我会盖世奇功，我也会用很帅的方法。"

"你究竟有没有听我说话？"

丰涉点点头，凑近了一些，眼睛又眯起来，惊讶道："原来你这么漂亮！妈的，我真想把圣母宰了！要不是我六岁时被她用毒熏得半瞎，也不会在偷到春宫图时看不清，更不会到现在才看清楚芝芝美丽的面容！"

雪芝本想接着训他，却忍不住道："满非月为何要熏你眼睛？"

"我不小心把她新养的毒蛊玩死了。"

"然后？"

"然后她便熏了我啊。"

"你六岁时便在满非月身边了？"

"好像自出生起便跟着她混了。"

这时，一个健壮的男子冲出来，气得脸红脖子粗地喊道："是你杀了我小弟？"

丰涉道："我没想杀他，只是看他喝的汤太油腻，给他加一点清淡的蔬菜，没料到他火气太重，救不活。"

"你下了什么？"

"当然是钩吻啦。"

那男子虎目圆瞪，咬牙切齿扔出三个字："你娘的。"

"我娘早死了，到下面去找她吧。"丰涉笑道，"喝点钩吻汤？"

"鸿灵观的人都不得好死！"

见那男子并不敢挑事，愤然而去，雪芝道："你怎么会从小跟着满非月？"

"听圣母说，我老爹在江湖上惹了事，人家找到了我老娘，把她杀了以后觉得不解恨，把我的手筋脚筋都挑断了。我爹看我已经成了废人，便把我扔掉。后来圣母见我好看，把我带走，所以我在鸿灵观长大。"

"你被挑过手筋脚筋？现在看上去挺健康的。"

"哦，我听别人说的，她在我的骨里种了蛊，那些蛊头尾都有小钩，连在一起可以替代手筋脚筋。它们也靠吸食骨髓维持生命——哎，你别露出那种表情，吸不了多少，我还年轻，骨髓再生速度快，够它们吸很多年。"

"那到老了以后呢？"

"我怎么知道？"

雪芝的脸都扭起来了，说道："怎么会有这么残忍又恶心的事？"

"芝芝，我都没觉得恶心，你怎么可以这样说话？"

"你父亲究竟在想什么？为何把你扔掉？"

"我当时已经是废人了啊，他为何不把我扔掉？"丰涉一脸莫名其妙和不解，"不知道你怎么做宫主的，还没你下面那些护法聪明。"

雪芝总算明白，比她倒霉的人多了去。这丰涉也就十来岁的年纪，说着这些惨绝人寰的事，还面不改色。

不多时，重火宫的人也都出来。雪芝一脸正色地告诉丰涉，他不能再跟着他们。丰涉一句话就让雪芝又一次妥协："我没钱，唯一的赚钱方法，便是卖钩吻汤。"

但等去了苏州她便发现，他说要在苏州和满非月会面只是借口，他压根儿就是赖上了她，而且怎么也甩不掉。

转眼间春季过去，六月到来。苏州朱户万家，满城风絮，欸乃行舟三百六桥下。这段时间，大大小小门派都来了人，参加奉紫的寿宴。关于奉紫的好话，别的地方加起来，估计都没有江南一带多。雪芝在这座城中并没有住过太久，连通往酒楼的路是哪条都不知道。但看着圻岸灯笼高挂，水榭楼台，她想起那一年的泰伯庙会，庙会中彩灯重重，面具五花八门，街上小吃甜香美味……拥挤的人潮中，曾有那人小心护着自己的臂膀，曾有那人时不时担心地唤着"芝儿"。这一切，如何努力忘却，都再难抹去。

那时，她总有一种错觉，好像她永远会穿着红色的棉袄，拿着小风车，挽着昭君姐姐的手，一直顺着人潮往前走，一直走一直走……永远都长不大，永远是个小丫头。

重回故地，雪芝心情很是复杂，不仅仅是因为关于上官透的种种回忆，还因为几日过后，便是林奉紫的寿宴。雪燕教的玉天仙，重火宫的狐狸精。这两个名字她都无比讨厌，但拿她们来比的人是越来越多，如此一来，若是见面，多少会有些敏感。她曾经和灵剑山庄结下的梁子，很多人都看在眼里，记在心里。虽然她是被邀请来的，但还是得万般小心。一个不小心，搞不好灵剑山庄的狗便秘也会赖到她头上。

所以，她决定打扮得低调些。她挑了才买的绒毛白丝衣，散着发，在发侧歪别雪绒，两只珍珠耳环莹白藏匿黑发间。然后含了口胭脂膏子，淡妆轻抹，体面而不花哨地出门。雇了马车，雪芝、穆远、烟荷还有琉璃坐一辆。烟荷掀开帘子四处打量，喋喋不休："人家都说苏州美女多，我怎么一个都没看到？"

穆远道："看多了宫主，当然再找不到美女。"

雪芝惊讶道："穆远哥，很少听你赞扬我。"

"这并非赞扬，不过事实。"

"大护法，你说话好肉麻。"烟荷皱皱脸，又一脸神往地看着他，"不过，听了真的舒服……"

琉璃弹了弹她的脑袋道："又不是夸你，你激动什么？"

很快，马车到了灵剑山庄下。从下往上看，人山人海，均在上下阶梯，或者往来互贺。车夫掀开帘子，雪芝垂头走下马车。接下来，出现了奇异的景象。所有人的眼，不论男女，都是铁块，雪芝则是巨大的磁铁，一路往上走，吸了一路人的眼。到灵剑山庄正厅外，雪芝便看到了里面最打眼的林奉紫。奉紫这一日看上去格外华贵，一身淡金长裙缀着细绣白花，乌发盘在脑后，斜刘海上是玛瑙金冠，两条金缎从冠旁落下，衬着大红宝石金坠子，外加画龙点睛的一颗美人痣，不要说是庄主女儿，便说是公主，都无人会怀疑。看到她此时的模样，雪芝几乎都要忘记了她小时哭啼的撒娇相，竟觉得有一些寂寞。

其实在阶梯上被人看着还好，反正不过瞬间的事。进入正厅后，连雪芝本人都有种抵不住的压力。刚一迈进去，林轩凤便第一个看到她。然后，他说到一半的话似乎也忘却，直直看着雪芝。客人自然随着主人目光走，于是，仅是眨眼的瞬间，整个正厅的人都投来视线，包括林轩凤身边的林奉紫。灵剑山庄中茉莉灼灼绽放，纯白胜雪，除了及腰的长发漆黑如夜，雪芝也一身雪白。也正因为打扮素雅，脸和身段恰恰成了最抢眼的地方。天山雪狐化人下凡，怕也不似这般。

朱砂低声道："宫主想要低调一点，好像适得其反了……"

听到朱砂说的话，雪芝还以为自己又做错了什么，嘴角带着不自然的笑，踩着大红毯子，走到林轩凤面前，笑道："林叔叔，许久不见，您老人家可安好？"

"雪芝，"林轩凤惊喜道，"果真是女大十八变啊。"

林奉紫眨眨眼，将她从上到下打量了一次，道："姐姐，没想到你居然真的会来。人家都说我们是武林中最漂亮的姐妹花，果然是真的。"

雪芝再看看林轩凤，脸不受控制地抽了一下。林轩凤又把江湖上那些乱七八糟的传闻，美化成了什么样？

一阵寒暄过后，有人通报新客人到。林轩凤道："雪芝，你和奉紫也很久没见，你们先去那边聊聊，我去接人，一会儿再来。"

雪芝心不甘情不愿地被奉紫拖到桌旁。奉紫笑道："姐姐，你最近在江湖上的事，我全部都听说了。"

雪芝看看她，干笑着点头。都不是什么好事，难怪她笑得这么开心。

"人家都说你是狐狸精。"奉紫握紧雪芝的手，异常兴奋道，"你知道吗，狐狸精是一个女子的最高境界。还有人说，像你这样的狐狸精，要一千年才能修出一个！姐姐，我真以你为荣！"

很少有人看到温柔的奉紫笑得如此灿烂，大家纷纷投来惊讶的目光，雪芝非常不自在。这些话就算是从语不惊人死不休的朱砂口中说出，都非常别扭。最讨厌的人这样说自己，她没法不乱想。她只道："林奉紫，我想问你一件事。"

"姐姐请说。"

"你话怎么这么多？"

林奉紫一脸委屈道："今天我生日，又看到姐姐，话多一点不好吗？我是对着姐姐话才多的。"

这时，门口一阵喧哗，林轩凤和一帮雪燕教的女子进来。

雪芝一看到带头的那个，禁不住皱了皱眉，也不看奉紫，说道："我有事，先走了。"但是人还没站起来，原双双便已经看到她们，立刻踩着小碎步跑过来道："我的奉紫，想死我了。"

林奉紫站起来笑道："教主。"

原双双一把握住奉紫的双手，像娘看到女儿一样，热泪盈眶。雪芝根本不看原双双一眼，转身便走。原双双唤道："等等，雪芝。"

"原教主，今天是你们奉紫的生日，我们还是不要多说的好。"

没料到原双双竟然捉住雪芝的手说道："作为长辈，我以前还为难小辈，是我的不对。看在奉紫的分儿上，希望你大人有大量，不要再计较。让我瞧瞧，现在真的是越来越标致，难怪见过你的人都夸你美呢……"

"够了，你和她聊吧，我没时间。"雪芝看看她的手，"请放手。"

"你不原谅我吗？"

"请放手。"

"不要这样，雪芝。"原双双泪珠子竟然快要掉下来，"我这两年的日子也不好过。我的义父义母染上了怪疾，现在都卧病在床，别人说都是我以前那毒嘴咒的。我也很后悔……呜呜……"

雪芝最见不得别人掉眼泪，而且，原双双不再用以前高亢的声音说话，态度温和点，也不是那么讨厌。只不过，她变化如此大，也不知是否别有居心。雪芝道："算了，当什么事都没发生过，你先和奉紫聊吧。"

"谢谢你，你真是一个善解人意的好姑娘。"

雪芝带着浑身鸡皮疙瘩，回到重火宫的人堆里。这时，林轩凤又带了两批人进来：一批统一穿着华山的衣服，带头的是丰城，后面跟着丰公子和其他弟子；一批额头戴着黑缎带，大部分穿着深棕褂子米色衣，少数几个穿蓝衣，三个人穿深红衣服。恰好，这三个人雪芝都认识：仲涛、汉将、世绝。

带头的一个穿白衣，手持折扇，长发如云，发簪上有三根孔雀翎。雪芝看到他，转过头装没看见。无奈烟荷那不懂事的孩子居然惊呼："哇，宫主，你和月上谷谷主穿夫妻装！"

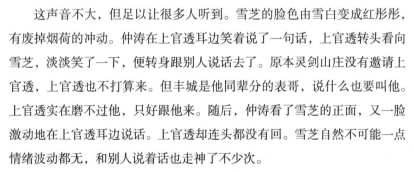

第十二章

月影迷情

　　这声音不大，但足以让很多人听到。雪芝的脸色由雪白变成红彤彤，有废掉烟荷的冲动。仲涛在上官透耳边笑着说了一句话，上官透转头看向雪芝，淡淡笑了一下，便转身跟别人说话去了。原本灵剑山庄没有邀请上官透，上官透也不打算来。但丰城是他同辈分的表哥，说什么也要叫他。上官透实在磨不过他，只好跟他来。随后，仲涛看了雪芝的正面，又一脸激动地在上官透耳边说话。上官透却连头都没有回。雪芝自然不可能一点情绪波动都无，和别人说着话也走神了不少次。

　　上官透来访，不少人都围过去，以至来祝贺的灵剑山庄弟子们都被忽略。那一帮弟子中，长得最像样的还是夏轻眉。他没变多少，还是几年前眉清目秀的样子，一身衣裳飘逸如风，微扬着的嘴角旁，有一个小小的酒窝。雪芝瞬间倍感亲切，但碍于江湖上的闲言闲语，便只好站住不动。很快夏轻眉看见她，冲她笑了笑。雪芝也笑着点点头，却见他身边跟了一个少女，正挽住他的手，有些防备地看着自己，但也朱唇含笑。那少女也就十七八岁的年纪，点漆大眼，水嫩如凝脂，笑靥如芳华。她头上别了两支兰花发簪，一身粉红衣裳，挽着夏轻眉的手，指甲也是微亮的粉红，又因眉眼略下垂，因而看上去温和多情。很多人都向林轩风询问她的身份，林轩风回答得有些不自然，说这姑娘是夏轻眉的未婚妻，叫柳画，是去年才入灵剑山庄的女弟子。

柳画看上去很温柔，实际性格固执，死活不肯入雪燕教，说要学剑便在灵剑山庄拜师。为此原双双还对她有些不满。柳画并不是重雪芝那样的人物，地位崇高，身手盖世，且美艳得太具攻击性，灼伤人眼；她也不像林奉紫，温婉高贵，琴棋书画样样精通，让人觉得此等绝色只应天上有。她沉默少语，厨艺精绝，会做一百三十二种菜，八十九种汤，时常垂首害羞，越看越耐看，是三从四德的贤妻典范。喜欢上她的男子，没有哪一个不是陷入癫狂，半死不活。灵剑山庄内，原没几个女子。柳画在灵剑山庄仅待了两个月，不少表面爱慕林奉紫之人，都会偷偷跑来勾搭她。林轩风知道林奉紫瞧不上那些浮躁小厮，还满心觉得她最终会应了夏轻眉，便睁一只眼闭一只眼。但两个月前，一个令人诧异的消息传了出来：俘获柳美人的幸运儿，竟然是他挑中的乘龙快婿。

夏轻眉自入门没多久，一直到柳画入了灵剑山庄后几个月，都一直没有停止对林奉紫的示爱，甚至中间插入一个国色的重雪芝，他也不曾动摇。但这才一转眼的工夫，二人的婚期已定在岁杪。这一会儿，人们都不由自主地瞥眼看雪芝和奉紫。雪芝其实是最冤枉的一个，她不知道这里怎么会有自己的事。倒是奉紫，嘴脸一直不大好看，还溜到雪芝身边，小声道："姐姐，柳画不是什么好人，你最好少理她。"

"你怎么知道人家好不好？"

"她是那种表面对你很好，底下咬你一口的人。不就是个夏轻眉吗，以前也不是我的下饭菜。不开玩笑地说，我现在只要钩钩手，姓夏的保证连滚带爬地回来。也就这柳画，还真当他是个宝。"

雪芝蹙眉道："我看你是心理不平衡。"

"姐姐，你不可以冤枉我的。而且，你以前不也喜欢他吗，他也喜欢你，我都没说什么。"

"我不喜欢他，他也不喜欢我。江湖人士以讹传讹，仅此而已。"

"唉，反正你要小心柳画，她恨不得拿根铁索套住夏轻眉的脖子，缠他在自己身边。"

"人家的事，人家知道怎么处理。"

"哼。"奉紫噘嘴，"反正你从未把我当回事，我不要理你。"

"不理便不理，你少在我面前晃，晃得我心烦。"雪芝站远一些，突然看到进来的人，"司徒叔叔到了，我不和你说了。"

雪芝快步走到门口，谁知刚截下司徒雪天，上官透也已过来。雪芝和上官透互望一眼，便各自和司徒雪天问好。司徒雪天倒是意气风发，拍拍雪芝和上官透，一个劲说俩孩子都好懂事，并问雪芝二爹爹的近况。过了一阵，司徒雪天大概看出雪芝与上官透的矛盾，便找借口溜掉。上官透本有些恋恋不舍，但她看也没看他一眼，便自行离开，和其他门派的人相互结识，其中便有平湖春园的两个园主。她们是一对姐妹花，姐姐叫何霜平，是个四十岁的严肃女子；妹妹叫何春落，是个年方二八的花娇俏娘。一见雪芝，何春落便笑着说："我知道，你是那个很风光的宫主，久仰大名。"雪芝却笑得有些僵硬。平湖春园大名鼎鼎，何春落的名字她更是早已听过，便是因着何春落和上官透的桃色传闻。雪芝忍不住看了一眼上官透，没料到他也在看自己，不过，嘴角带上了一丝嘲讽的笑意，真是天怒人怨。雪芝心里愤懑，想着眼前这俏娘子和上官透或许也有过肌肤之亲，便恨不得拔剑刺穿那混账透。但她忍着没发作，笑逐颜开地跟何春落聊起来。而这时，月上谷的新弟子也跑过去，小声对上官透道："谷主，您可有看到重火宫的宫主？"

上官透隔了一会儿才道："看到了。"

那弟子凑近一些，小声道："她好美，简直是太美了。她刚才看了我一眼，我根本不敢看她的眼睛。她比跟您好过的那些姑娘都美，谷主您为何不去跟她好？弟子一直觉得谷主英明神武，天下无双，这是头一次觉得有个姑娘配得上您……"

上官透并未看他，却不动声色轻笑道："你这徒弟倒是当得越来越称职。"

"错了，错了，弟子知错。"

仲涛笑道："光头是酸葡萄心理，莫要再刺激他。光头啊，我看你'七日花丛游'这名号也别挂着了。雪芝妹子你喜欢快三年了吧，我看你连人家小指头都没有碰过。"

"我不喜欢她。"

"可是她好像喜欢谷主啊。"那弟子插嘴道，"谷主，她已看您很多次。"

"是吗？"上官透立即到处去找雪芝的踪影。

再回头时，仲涛只是苦笑着摆摆手，一脸休要解释我都懂的表情。

随后，林轩风带领众人到宴席厅用晚膳。也不知是否触了霉头，月上谷和重火宫的桌竟靠在一起。雪芝甚至用眼角余光都可以看到上官透。那极为俊秀的侧脸，一度迷恋不已的琥珀色瞳仁……此时看去，怎么看都有些不顺眼。汉将、世绝二人站在他身后，坚挺僵硬成了两具翁仲。最不顺眼的是，上官透安心坐着，仲涛便代替月上谷去向林轩风敬酒。而一个女子很快端着酒到上官透面前，有些不自然地向他敬酒。雪芝一瞧那女子，气血上涌——那是采莲峰帮主杜若香，又一个。他到底招惹了多少姑娘！

一顿膳食下来，周围的人说了什么，雪芝几乎都没听进去。她的眼睛长在了一个又一个上前敬酒的女子，还有看上去无辜的上官透身上。不知这一日跟他敬酒的女子中，有几个和他还保持清白关系的。

晚膳过后，便是酒宴。不喝酒，或者想要休息的人，都在厅外切磋武艺。终于有机会摆脱看见上官透的阴影，雪芝二话不说出去看比武。但一转身，她又撞上了上官透。大厅旁，红廊下，两人都是白衣黑发，寒月影里，真是美丽至极。雪芝看着地面，从他身边走过。因着月光，她垂眼时，睫毛在眼下落了黑影，嘴唇上的胭脂掉了些，淡淡的粉色却更加诱人。上官透刚想跟上去，何春落便走过来，笑眼弯弯地和他搭话。这一夜月白风清，晚风拂过画桥林塘。原本非常美好的一夜，也被扰得心情烦躁。

庭院中参与比武的人越来越多。花大侠潇洒地击落酿月山庄庄主的剑，拱手说让年轻的一辈露露身手。说罢，把自己的宝剑交给雪芝。雪芝大大方方地接剑，以从小便培养出的宫主架势，挥了一下剑，向四周抱剑请赐教。

男子们怜香惜玉，女子们诚惶诚恐。第一个上来的人，是一个不知名的峨眉女弟子，长得有几分姿色。虽然知道这只是切磋，但长时间的拼搏，以及自己的身份，时刻都提醒着雪芝：要赢。刚出两招，让了两招，雪芝便摸清对方的武功底细。峨眉派的人不喜欢自己，雪芝知道。不过在确定自己赢定了之时，她下手还是比较温和。谁知她温和，对方却咄咄逼人。剑锋连续几次都擦着雪芝的脸划过。对方似乎根本不顾忌峨眉派的形象，招招狠辣，几近癫狂。若不是在奉紫的寿宴上，雪芝甚至会觉得，这人想取自己性命。最后，雪芝挑掉了她的剑。

女弟子重重跌在地上，眼眶很快湿润。然后她站起来，擦着眼泪，退到人群中。所有人都被这个场面弄得莫名其妙。雪芝准备去问她个究竟，一个人却落在她面前。上官透以扇柄轻轻敲着手掌，笑道："在下和雪宫主比画比画，如何？"

雪芝火气无处发，将剑高高举过头顶，道："求之不得！"

司徒雪天摇摇雪扇，轻松自如道："这场比武有看头，你猜谁赢？"

花大侠道："难猜，二人应该实力相当。"

"错。你且看——"

话未说完，雪芝已经挥舞着宝剑，簌簌刺向上官透。上官透左躲右闪，毫无悬念，躲过她所有攻击。花大侠迟疑道："这……她这剑法算是哪个门派的？"

"我猜，这叫'仇恨芝剑'。"

"仇恨之剑？"

"芝麻的芝。"

起初，上官透的折扇完全起装饰作用，等同于徒手应战。雪芝双眼发红，剑锋凌乱地在月下颤抖，是拔了牙的毒蛇，全然失了伤害性。不出几招，雪芝冷静下来，摇摇头，打算正经还击。但上官透已经占了优势，倏地撑开折扇，反手转腕交错舞动几次，绕得雪芝头晕。花大侠道："这又算什么？"

"'一品晕芝扇'。"司徒雪天笑道，"还是芝麻的芝。"

此时，扇子忽然脱手而出，在空中合起，上官透伸手一接，只见扇柄在空中迅速转了几圈，击中雪芝的手臂，不重，雪芝手中的剑却猛地震下，铿的一声落在地上。雪芝刚上前一步，一把扇柄便压在了雪芝的脖子上。她看着上官透，咬牙道："多谢赐教。"

上官透拾起剑，双手举着，放回雪芝的手中，说道："那是雪宫主承让。"

雪芝夺回剑便走，上官透也未久留，一比画完，立刻退下。雪芝把剑还给花大侠，花大侠原想问她刚才比武的事，但看到她臭着一张脸，便没再多话。雪芝刚走几步，刚才交手的峨眉女弟子拦下她，笑了笑，声音轻飘飘地说道："雪宫主，你可知道上官透方才为何要与你交手吗？"

"不知。"

"谁都知道，上官透和人比武的原因，只会是为了女人。就像很多年前的兵器谱大会，他为了林奉紫挑战穆远。"女弟子嘴角微微扬起，凑近雪芝的耳边道，"就像刚才，你伤了我。"

雪芝很想说这与我无关，但好奇心实在难挨："为了林奉紫？"

"重雪芝，当初你那个不男不女的断袖老爹杀了我舅舅，我早该为他报仇，如今我武功却高不过你——"

话音未落，雪芝已经给了她一记耳光！雪芝冷冷道："你再说我爹一句不是，会死。"

"我武功高不过你，却可以抢了你的男人。"女弟子捂着脸，淡淡笑道，"不管以后你是否和他在一起，他都曾经属于我，你会不会觉得很难过啊？"

雪芝憋着火气，耐心道："我和他一点关系都没有，是故你的私事不必告知于我。”

那女弟子又道：“你不在意我，总该在意林奉紫？”

这世界无聊的人有很多，所以，都喜欢做更无聊的事，来证明自己不无聊。雪芝不和她纠缠，快步走入大厅，回到宴席上。

宴席上，只要是坐着的人，几乎都已东倒西歪。一堆女子围在窗边，端着茶聊天，也顺便等丈夫或同门师兄弟。雪芝一向不懂如何与这些姑娘打交道，只好随处找了个角落坐下。但不多时，那一堆女子中，便有人朝着雪芝挥挥手道：“雪宫主，你快来。”

她极少被不是同门的女子搭理，有些雀跃，轻功一施，翩若惊鸿地落在她们面前。除了柳画和几个年轻女弟子外，多数是掌门夫人、帮主妻妾。雪芝笑道：“什么事？”

“没什么要紧事，不过拉着美人聊聊天，可是怠慢了雪宫主？”

“不会不会。”

最先开口的人是白曼曼——丰城的小妾：“话说，雪宫主还真的是灵剑山庄的稀客啊，又是个命带魁罡的主儿，无论人家话说成什么样，都能坚持来这里，我们都十分佩服。”

雪芝有些蒙了，道：“我不懂。”

“呵呵，果然是年轻的丫头。我们都是过来人，倒能理解身为女子，也有女子的难处。”

雪芝一头雾水。又一夫人道：“其实啊，我家那位在外面找了几个，我真的是睁只眼闭只眼。白夫人这一点做得也很好，什么都忍得住。”

雪芝还是一头雾水。白曼曼叹道：“唉，毕竟脸皮薄，做不来小女孩做的事。她们有这种冲劲，我可没有，到底是老了。”

雪芝依然是一头雾水。

“别瞎说，你还年轻漂亮着呢。”

说罢，另一位夫人推了推白曼曼的手，白曼曼手中的热茶洒了出来，险些溅在雪芝身上。但雪芝身法极快，一下便闪了过去。但是热茶泼在地上，还是弄脏了雪芝的裙角。白曼曼只站在那里，什么都没做，却面带愧色道："啊，真对不起，我不是故意的。"

"没事没事。"雪芝连连摆手，忙用手擦衣服，"擦擦便好。"

这时，柳画掏出手绢，替雪芝擦拭。"雪宫主一定累了，先下去休息一会儿吧。"

那位夫人扶着白曼曼的手，轻声道："我猜丰掌门也只是暂时贪恋美色，毕竟这世界上，狐狸精倒下一个，还有千万个站起来。白夫人只需要守好自己的本分，某些不自重的丫头，想来也会知难而退。"

雪芝隐约明白了一些，擦绫绮的动作停下来，说道："白夫人，我和丰掌门见面的次数，不超过五次。"

那夫人道："只是睡了六次，对吗？"

"怎么可能！"

"怎么不可能？重火宫日益没落，不找个靠山，怎么混下去？不过你若有点同情心，便不要再这样欺负白夫人。"

"我说了，我没有！"雪芝站直了身子，"丰掌门是我的前辈，我永远都不会做这种事！"

"前辈？呵，床上的前辈吗？"

"真恶心！"雪芝攥着拳头，凶道，"再说我打你！"

"你打啊，你打。"那夫人挑衅道，"让所有人知道，你不仅是个不要脸的狐狸精，还是个没教养的泼妇！"

雪芝怒气冲冲，一时口不择言："也就你们稀罕，我才不稀罕！我若真要跟什么人，也要选身手好长相英俊的年轻公子，我对那种老头一点兴趣都没有！"

那夫人娇笑道："我们当然相信你，你当初不就试着跟夏公子吗？不过，人家不要你，人家要的是比你漂亮一百倍的柳姑娘。"

柳画低声道："不要再说，我不想卷入你们的矛盾。"

"哎，雪宫主，我懂你心里有苦，我像你这么大时，都成亲了。你呢，也就只能好好为前辈们侍寝。"

雪芝气得浑身发抖，道："我没有！"

白曼曼道："好，你没有。那你有本事便说'我重雪芝以父亲的名誉对天起誓，我是清白之身，我不曾和男子睡过'。你说，我们便信你。"

雪芝张开口，却一个字也说不出来。她原就不是会撒谎的人，这下赌上了亲爹，自然无法接话。白曼曼冷笑道："说不出来了吧，装什么清高？"

这时，一个声音自她们后方传来："她不是装清高，是害羞。"

一群人转过头去。是时月影冷骨，雾如笼纱，上官透略施轻功，飞来若月华，落在雪芝身边，满眼柔情地望着她，说道："芝儿，为何不告诉各位夫人我们的事？"

"我们什么事？"

"当然是成亲的事。"上官透摸了摸雪芝的头发，"傻丫头，反应永远这般迟钝。"

周围的长舌妇通通闭上了嘴，错愕得眼珠子都快脱眶而出。若此处无人，雪芝一定会赏给他一个惊天现炒热"锅贴"，但她无路可退。丰城也不是什么好东西，人家造出她和他的谣言，他从不弭谤。现下是当上官公子的未婚妻，还是丰大叔的情妇，若非选不可，就光凭着脸，她也肯定选择前者。她只能默默无声地看着上官透，看他虚情假意地装白莲花："不知各位夫人在聊什么，如此津津有味？"

白曼曼的脸都白了，干笑道："没什么，不过妇人的闲话家常，上官公子不会感兴趣。"

"原来如此，那请继续聊。"上官透看了一眼雪芝，"芝儿一到晚上犯了困便喜欢乱说话，怕她给各位夫人添麻烦，在下先带走。"

一帮人连连点头。上官透轻轻扶了一下雪芝的肩，亲昵而不失礼节，带她出去。雪芝当下把他叫到无人的凉亭中，蹙眉道："你用什么解释不好，非要说那种话。若以后穿帮，必是百口莫辩。"

上官透却只是静静地看着她，不解释，不承认，也不否认，让她分外着急。她没耐心等他开口，只道："罢了，到时就说我们有门派利益问题，不能在一起。就这样，我走了。"

"等等。"上官透绕到她前面，"芝儿，我……"

"你还想说什么？"雪芝的心情原本便很糟糕，此时拼命压抑，才没发作，"今天是林奉紫的生日，你不拿点时间陪陪她，那得显得多失礼？"

"……你都听说了什么？"上官透忙道，"你不要相信别人的话，那些都是假的。"

"你急什么？林奉紫不过是其中一个，你还要花时间照顾那么多个。"

"你不肯跟我在一起，我跟谁好你又那么关心做什么？"

"我不是关心，刚才我与峨眉派的弟子比武，不论否臧，都只是切磋。我没有伤她，你为何要替她出手？"

"我不是替她出手。"

"那你是为了什么？"

上官透欲言又止，只道："我不知道。"

"真没想到，你连峨眉的女弟子都要碰。"

"那是燕子花自己到处说我和她在一起，我根本不认识她，多的话我不想说。而且，慈忍师太是我大姨，我怎么可能去动她的弟子？"

雪芝嘲道："她到处说和你有关系？这天下有女子愿意和你的名字挂在一起吗？"

"芝儿，我没有你想的那么差。"

"在我心中你就是糟糕透顶。"

"我糟糕，你还败给我？"

"好啊，你不说还好！我还没跟你算刚才的账呢，你乘人之危侥幸而已，还真觉得自己胜了？再来比过！"

"你冷静一点。"

"你怕了？"

"你打不过我的，不要闹。"

"我说了，方才我是没有准备好，我们再比过！"雪芝提高音量，"我若再输，任你处置！"

"任我处置？"上官透突然认真起来，"这是你说的，不许反悔。"

"是！你去拿兵器来！"

上官透迅速撤离，短短的时间又赶回到后院。黑夜，四下无人，环境岑寂得有些可怕。上官透扔了一些兵器在地上，说道："你选一把。"

雪芝蹲下来，选了一把最好的青锋剑。上官透挑了一把绿萝弯刀。雪芝踢开那些兵器，纵身跃入后院。上官透也跃过去。他还没站好，雪芝已经举剑，毫无预警地刺来。上官透横手以刀锋挡住攻击，退了数步。接下来，只听见乒乒乓乓几十声响，雪芝全力以赴的突击，让人有些措手不及。上官透没有她那么大的杀气，下手毕竟要软一些，只是维持最基本的防御。

天如水，月如钩。雪芝又一次使出了混月剑最后一式，毫不留情地朝着上官透劈去。一声惊响，强烈碰撞，二人都后退数米。上官透挥刀，以刀锋指地。刀身在快速而强力的碰撞下，已被砍出了无数个小缺口。雪芝又一个纵身，自上往下，刺向上官透。上官透跃起，跳到了房顶上。又交手数次，上官透收了几次手，轻盈地在屋顶上跃过。

"就知道逃，算什么好汉！"雪芝一路跑去，泄愤般踩碎踢飞瓦片。

你追我赶跑了数十个楼顶，上官透看看前方，知道终于无处可逃，才有些犹疑地回头，迎接雪芝的攻击。确实，他开始只想着胜她，但发现真正想下手时相当困难。一时间，房檐下，亭旁的小池中，波光粼粼，薨栋月影，只剩两条舞动的雪白倒影。又过了须臾，"当！"随着这一声响，半截刀旋转着飞了出去。雪芝竟将绿萝弯刀斩成两段！上官透依然下不了手，每次半截刀快要接近雪芝时，又怕伤了她，忙收了手。雪芝看出他的退意，却只觉得他是在羞辱自己，恨不得立刻斫了眼前这个混账东西。

不多时，又是一声巨响！又有半截刀飞出去。上官透手中拿的便不再是刀，只是匕首。他看看手中的刀柄，忽然在手心一转，击飞了雪芝手中的剑。雪芝原想跳出去捡，却被上官透横手挡住，但肉搏她也不怕。她双手一握拳，又强硬地张开，一招金风化日手，直击上官透胸口。上官透握住她的拳，反手将她的手朝后拧去。雪芝再难翻身，一个后踢，击中他的膝盖。上官透吃痛，后退数步。雪芝乘胜追击，拳脚相加。上官透终于决定不再退让，开始回击。刚开始两人的掌法还不相上下，但很快，雪芝体力不足，力不从心。但她完全没表现出来，直到被上官透一掌击落屋脊，直坠入水池。

"芝儿！"上官透惊道，连忙跳下去救人。

刚落入水中，发现水还不是很凉，也不深，安心了些，开始在水中摸索着，寻找雪芝。但才一转身，雪芝猛地从后面扑过来。上官透听到了声音，反应及时，又挡了她数个回合。他应接不暇，无奈道："不要打了，算我输了还不行吗！"

"不行！"雪芝怒道，"你连奉紫都不放过！简直不是人！"

"我没有动过林奉紫。"

"你说的话，谁会相信！"

水花四溅，两个人浑身湿透，连发丝也都摇摆在水纹中。两人拳臂相击了许久，上官透的耐心终于到达了极限。他猛地抓住雪芝的手腕，把她拉向自己，道："你这醋吃得真是越来越没道理了！"

"你胡说！"雪芝被他说得分外难堪，竟随口扔出自己都觉得很糟的理由，"我难过，是因为看到夏公子有了未婚妻，和你一点关系都没有！"

这一回，上官透彻底没了声音。池水碧青，波光荡漾，反射在他们身上。上官透的脸上，是寂月印下的银华，他问道："你竟然……还喜欢他？"

雪芝十分后悔，试图解释："我，其实我……"

"够了。"上官透松开她，有些疲惫地喘气，转身离开。

"你等等，其实不是……"

雪芝吃力地在水中前行两步，抓住上官透的衣角，上官透站住没有动。可能人一到晚上，情绪都会有些激动。她想都没想，便从背后抱住上官透。但眼泪居然快过动作，她刚一碰到他的身体，大颗大颗的泪珠便落了下来。刹那间，上官透浑身僵直。雪芝紧紧搂住他，哭出声来。终于，她不想再硬撑下去，也不想每天不断对自己说，我和此人已形同陌路。除了她无人知道，这近三年的时间里，他日日夜夜都出现在她的生活中。闭关时，在漆黑的山洞里，她躺在冰冷的石床上，又如何不曾梦到他温暖的怀抱？可是醒过来，哪怕是只有一个人的地方，也得欺骗自己，她对他并未心存爱慕。这等相思，若只有她一个人承受，实在是太不公平。此刻，所有的行为都只是下意识的反应，她根本不知道如何开口。上官透转过身，更加用力地抱住她，低声道："为何要哭？可是因为夏轻眉……"

她用力摇头，搂住他的脖子，哭得撕心裂肺。听见她的哭声，他全然心慌意乱，又怕太过亲密冒犯了她，只得一遍又一遍抚摸她的头发，焦急道："芝儿乖，别哭，别哭。你若真是如此喜欢他，我这便去揍他，让他毁婚约娶你。"

她更难过，又无法说出心中所想，只能把头埋进他的颈项，带着哭腔唤道："透哥哥……"

他愣了愣，一时没能反应过来。直到她又呜咽着叫了一声"透哥哥"，他才明白了些什么。他松开了她一些，便试探着吻了吻她的嘴唇。她轻颤了一下，往后缩了一些，眼都哭得红肿，却未表现出反感之情。接着，他狠狠地、深深地吻着她。她胆怯地回应，却还是有些抗拒。终于他彻底明白，弯腰将她横抱起来。雪芝低呼一声，水珠顺着衣裳落下。他快步游走到水池边缘，将雪芝放在岸边。湿透的白衣呈现出半透明状，勾勒出柔和而饱满的线条。雪芝摇摇头，还没坐起来，身体便被上岸的上官透压住。刚吃痛闷哼一声，尾音却消失在他又一次强势的吻中。

不知道是怎么发生的，上官透一手动作迅速地剥掉她的衣物，一手伸入她的兜子，雪芝稍微迟疑了一下，却不似第一次那般排斥。甚至……身体中有更多的火种，急切地呼唤着、渴求着，等待一把光焰将之点燃。粗喘声在小小的无人庭院中，变得格外明显，无法忽视。

红窗轻摇，寒光动水池。她双手紧紧抓着他的手臂，在一声低吟中，又一次完完全全容纳了他的侵占。池中縠皱越发平静，月影亦越发清晰。他的拥抱撑起了一片天。她缠着他，身体随着他的动作而剧烈地摆动，被饱满的欲望不断填充。在他熟练而霸道的启发下，沉积多年的情欲在一夜间燃烧。他不断灌注着疼痛和欢乐，所以她的泪水也不曾停过。而冰轮万里，茉莉花瓣展轻绡，茉莉花香随风飘，便是连发梢也会战栗。她的精神与肉体所有的防备，在一次又一次的冲击下，溃不成军。接近疯狂的缠绵，再无界限的亲密，只有朦胧的感官告诉她，她四周飘舞着茉莉花瓣，而拥抱着她的人，是那只会出现在梦中的人……

沉寂温暖的夜后，同一个山庄，不同的庭院。午时过后，疯狂的笑声回荡在大院中："哈哈哈，谁告诉我说'女人都是一个样，上床之前高傲得上了天，上了床便都是服服帖帖'！光头，你被女子从房里踹出来不说，对方还是你暗恋这么久的小姑娘！丢死人，丢死人啊！"

上官透衣冠整齐，却精神欠佳，只坐在院子里安静地喝茶。笑够了，仲涛飞速坐在他身边，眯着眼睛道："昨晚到底发生了什么事？"

上官透琢磨了很久，才丢下总结性发言："不是昨晚的事，是今早的事。"

前夜缠绵过后，上官透抱雪芝回客房。雪芝当时还是小鸟依人，缩成一团抱住上官透，唤着透哥哥，甜甜地沉睡。上官透原本也打算睡觉，但一想到怀中抱的人是雪芝，身体又电流击过般，迅速苏醒。这一夜对雪芝来说是短暂的，对上官透来说，却有一生那么漫长。

翌日，花露犹泫，轻寒料峭，山中猿鸣却知曙至。雪芝醒过来，却见上官透正在和手中的碗奋战。见她坐起来，他便端着粥过来，温言道："昨晚累了吗，我给你熬了粥，快趁热喝。"

房门半敞，轻风撞珠帘。他舀了一勺粥，靠在嘴边试了试温度，微俯下身，小心却笨拙地送到她嘴边。雪芝很快想到前一夜他拉开兜子系带，那动作非一般灵巧，脸上烧了起来。她知道，上官透很懂怎么哄女孩子开心，在床上也是如鱼得水，但这会儿他正在做的事，显然是他最不擅长的。默默喝下粥，憋住没有拧眉，雪芝没好意思问他是否是第一次下厨，看他弯腰喂粥，一脸当爹似的担心，不仅粥做得粗糙，连动作都那么不细致，她实在忍不住，垂头捂着嘴笑。上官透还当是烫着了她，连忙舀了一勺，自己喝了一口，又吹了几口才给她喝。

凉风入室，雪芝打了个冷战。上官透去把门关上，再回来继续喂她。从未见过上官透这样小心翼翼的样子，雪芝在十二分的感动与幸福中，过完一个早上。但起来以后，发生了不幸的事。他们一出门，便听到有人向她道喜。原来，前一夜上官透那句成亲之语，已经传遍整个山庄，估计不多日也会流入江湖。

重雪芝和上官透的婚礼，这恐怕将会是武林第一盛大之喜事！

最令雪芝汗颜的是，上官透不卑不亢，不紧不慢，还对别人道谢，让别人参加他们的婚礼。随后，护法们也跑来恭喜他们。除了穆远，几乎所有人都对宫主这个未来夫君感到十分满意。一切都是如此理所当然，如此天经地义。但在雪芝看来，简直不可理喻。她哭丧着脸，把他往门外推去：“给我出去！”接着砰的一声，重重关上门。

接下来，仲涛听到了消息，很快找到上官透，看他一个人坐在门外喝闷茶，事情发展也猜到了八九成。跟上官透聊了一阵子，仲涛终于再难压抑雪耻报仇之欲，把压抑多年的怨恨化作了可怖的笑声，道：“上官透，你也有今天！被赶出来，还被拒婚，哈，哈哈，哈哈哈，哈哈哈哈……”

林奉紫的寿宴结束，人们已陆续踏上归第之路。雪芝因心情烦躁，还未开始准备，便收到了重火宫的密函。密函是林宇凰写的：“有急事，请速到苏州仙山英州。”雪芝总算清醒了些，开始飞速收拾包裹，也不通知上官透，便带着重火宫的弟子们，还有丰涉那个拖油瓶赶向苏州。

一日后，仙山英州。街道上人来人往，但仙山英州暂时关门，站在门口的小贩数排，其中有一个男子包着头，瞎了一只眼，正在贩卖秘籍，还有传说是真货的寒魄杖。“小姑娘，买本《一品神月杖法》吧。”

"凰儿，不要闹，出了什么事？"

林宇凰挑挑眉，把东西收好，朝雪芝钩钩手指，纵身跃上仙山英州的楼顶，雪芝也跟着上去。

天澄气清，苏州绵延了十里胭脂楼。林宇凰的干笑却很是不应景，说道："芝丫头，有件事我们大概都已忽略很久。不知你是否还记得几年前，《莲神九式》被人偷走一事？"

雪芝的一颗心像被重物压住，有些吃力地道："撇去副作用不看，《莲神九式》是武籍圣典，不是寻常人能修炼的。"

"确实如此。"林宇凰清澈的眸子中，有异样的光芒在闪烁，"但是……宫内有人死去。"

"是怎么死的？"

"我，还有几个长老都去看过，死者身上所受之伤没有一招与《莲神九式》的招式有雷同之处，一招也没有。"

"那是？"

"凶手使用的是峨眉涅槃功，但招式走向和莲神九式却是完全一样的。"

"那么，这个人一定不是峨眉派的。"

"也不一定。"林宇凰迟疑了一下，"但是，此人很可能手中有'莲翼'的另一本秘籍。"

"《芙蓉心经》？"

"芝丫头，知道这说明了什么吗？"

雪芝不语。

"莲翼"的两本秘籍，头一次同时出现在武林。《芙蓉心经》原本是刻在一个玉杯上，原应被处理掉，但照现在的状况看，它应该是和《莲神九式》一样，被人窃走了内容。偷这两本秘籍的人，还不清楚是否为同一个人。但是，有人开始修炼《芙蓉心经》，已是事实。

父女俩回到仙山英州。但刚到门口，便看到里面站满了人，都是华山派和雪燕教的人。林宇凰溜到前面去看了看。丰城和原双双被人围在里面，看神情，似乎正在讨论极其重要之事。正准备听个仔细，丰城和原双双两人便站起来，带着弟子们朝外面走去。雪芝躲在门后，没被人发现。待一群人走得远了些，雪芝道："神神秘秘的，也不知道是在做什么，我跟过去看看。"

"慢着，你想被他们发现是不？"

雪芝想了想问道："那怎么办？"

林宇凰歪着嘴笑笑，踢起地面上的一块小石头，待之腾空，踹出去。小石头消失在树丛中，伴随着一声闷哼。很快，一个人影直直倒下来，扑在地上。雪芝相当有默契地配合林宇凰，踩住那人的后颈。那人立刻摇摇手，急道："是我，是我！"

雪芝愕然道："丰涉？"然后收了腿。

丰涉撑着地面，身形一弹，跳起来站好，拍拍身上，转身便走。但他没走出两步，又被快步跨过来的林宇凰拽住，道："小子，我们要去跟那一群人，快把五道转轮王金丹交出来。"

"那是圣母用的东西，我没有。"

"你有的，交出来。"

"有我也不交，你杀了我便是。"

"我不杀你，但我有一百种以上的方法对付你。"

"我只有一颗。"

"死到临头还嘴硬，你有三颗。"

"好吧，我有三颗，但你若三颗都要，我立刻吞了它们然后咬舌自尽。"

"林二爷对你的破丹也没那么多兴趣，给芝丫头一颗便是。"

于是丰涉拿起腰间的葫芦，把塞儿拔出来，轻轻一掰，两颗极小的金丹便从塞儿里掉出来。他给了雪芝一颗，把剩下的装回去。雪芝拿着金丹，道："这不是两颗吗？"

林宇凰道："还有一颗在葫芦旁边的玉佩里。"

雪芝看了一眼林宇凰，惊道："凰儿，你是不是搜了别人身啊？"

丰涉倒是不吃惊，皮笑肉不笑地看着别处。

"我才没那么多时间。"林宇凰说罢拍拍雪芝，"你赶快去，不然追不到。"

"等一下，这丹药是用来做什么的我都不知道，我怎么追？"

"闺女啊，你连这么邪门的药都没有听过，怎么混的江湖？反正你吃了它便是，不会被那两个人发现的。"

雪芝点点头，吃下金丹，又一次纵身跃上房顶，顿时发现像是被抽空了所有的内力和体重，动作比以往轻盈数十成。很快，她追上了那一帮人。眼见他们进入了一个大宅院，雪芝跳到宅院屋顶，轻手轻脚走过去，倒挂在后院房檐上，贴在窗子上。房间里果然只剩了丰城和原双双。

"我的心肝，快快过来，真是想死你丰哥哥了。"若不是丰城的声音极具特色，雪芝一定会以为里面另有其人。丰城叹道："双双，你为何要躲着我？是在气我天天和曼曼在一起吗？要不是怕人家闲言闲语侮了你的名声，我才不会选她……你别再生气。"

"你们这些个死男人，嘴巴上都说得好听。啧，这天下哪儿有不透风的墙？姓白的贱人跟你都这么多年了，知道了点事，明着在外面说那重雪芝的不是，暗着把我批得一钱不值。当年你若等老婆死了便娶我，还会有这么多麻烦事吗？"

"就娶就娶，都在一起这么多年了，你还怕等这几天不成？"

"说实话，你是不是连重雪芝的主意也在打？"

"怎么可能？她不过是个小丫头。"

"小丫头值得你这样去帮？"

"江湖后辈，我们老一辈的多少都会照顾照顾，双双你不会连她都要计较吧？"

"她确实不值一提，不过我怕她恫疑虚喝声势大，对我们的计划有影响。"

"我们要打败的是武当、峨眉，和重火宫又有什么关系了？"

"提到这事我便气！"原双双提高音量，又拍了一下桌子，"都是你那个死表弟！他害我们奉紫泪干肠断！要不是因他驷马高车，仗势欺人，我早弄死他了！"

"看你在外面可是偏心他得很，我还道你真忘了。"

"奉紫对我来说，便是亲生女儿一般。你的女儿要在十来岁便被人……呜，你会不会想将那人千刀万剐？"

丰城的声音温软了不少，道："好了好了，旧事莫提。我只是想知道，'莲翼'之事是否真已走漏？"

"这种事我如何会知道？"

这时，雪芝的长发自衣襟中落出，垂下来。她甚至连伸手去捉回头发的时间都没有，便蓦然睁大眼，更往窗口旁靠了些。但接下来，里面原双双发出的声音，却吓掉了她一身鸡皮疙瘩。"你们这些死男人，就知道'莲翼''莲翼'，有没有替我们女人家想过？还说就爱我一个人，为了我天下都可以不要！"

"傻双双，我这不是来疼你了吗？"

接下来一阵推搡声、亲嘴声。雪芝面红耳赤地往后缩了缩，却撞上一个物体。回头一看，丰涉竟也倒挂在她的身边，并快速伸手捂住了她的嘴，摇了摇手指，笑得阴森森的。待雪芝神情正常些，丰涉松开手，钩钩手指，让她跟着自己走。过了一会儿，两人偷偷摸摸爬到屋顶。

"竟喜欢偷看这样的事，真是好下流的姑娘。"刚一站稳，丰涉无奈地耸耸肩，又飞快补充道，"不过不要在这里发脾气，底下听得到。"

雪芝憋着一口气，双眼几乎要爆发出火焰，道："底下两个人是原双双和丰城，你什么都没听到？"

"没有，我对这些人一点兴趣都没……什么？"丰涉愕然，"你说，是原双双和……丰城？"

雪芝观察他片刻，疑惑道："你和丰城都姓丰，莫非你们有什么关系？"

"一个姓氏便有关系了？那你岂不是舜帝[1]后人？"

雪芝懒得理他，又看到两个雪燕教女弟子从后院并肩走过。她们说话声音不大，但都实在耳熟到让雪芝无法忽视。听了半晌没有想起是什么人，雪芝便飞速顺着房檐走，跟到了一口井旁。其中一人握住绳子，背对着她往上面提水桶，另一人歪歪地靠在水井旁，唉声叹气道："我开始以为教主这样折腾奉紫，是因为她人不好，结果我猜错了。你说，教主怎么就对那丫头这么好呢？她武功又不高，也不机灵，所有人都讨厌死她了。"

她甩甩手，雪芝这才看清她的面容。非常眼熟，几乎就要想起来。提水的女子没有回话，先前的人又继续说道："你说当初教主为何要叫我们把重雪芝给扔到光明藏河中？"

"话少一点，你不会死。"

那女子拍拍手道："你怎么这样说话，当初你还不是插了一手？你当

---

[1] 传闻舜帝有重瞳，又名重华。

时说得比我还起劲，怎么现在装哑巴了？有本事做坏事，便别怕鬼敲门。"

"……我有问题想问你。"

"你说。"

"你和上官透，到底有没有在一起过？"

"有！"

"你骗得过重雪芝，便认为骗得了我吗？"

"你……何故问我此事？"

雪芝这才想起那站着的女子是什么人——燕子花，前几日才和她在奉紫寿宴上对决，又和上官透扯不清关系的峨眉女弟子。这人说话方式和外貌完全没变，只是让人迷惑不解的是，她现在竟然变成了雪燕教的人。此时，那提水的女子道："我只是好奇而已，你对上官透的所作所为，似乎不在计划当中，莫非是对他动了真情？"

燕子花涨红了脸，道："我不过是想挑拨重雪芝和他的关系，以免他帮忙，给教主带来大患。"

"教主最担心的，便是重雪芝和林奉紫关系好转，和上官透一点关系都没有。若你真想挑拨，也该是挑拨重雪芝和林奉紫的关系，也该把当年灵剑山庄的旧事翻出来说。你倒是颇有奉献精神，自个儿上阵。"

"你少尖酸刻薄，不要总是以小人之心，度君子之……哎，你等等，不要走……"

提水的女子带着水桶，走远了。可惜一直背对雪芝，什么也看不到。很快燕子花也跟着离开，雪芝一时间理不清思绪：她和奉紫关系好转，对原双双又会有什么影响？那燕子花只算苍蝇不算豺狼。而寡言的女子，知道的事似乎更多。但没有时间多想，她又快速回到屋脊旁，丰涉也挂在那里。屋内的人已入道结束，开始讨论其余的事。原双双娇嗔道："丰郎，我自知不如《莲神九式》，但若此秘籍走漏之事为真，你又恰巧得之，修炼之前，还是要慎重的好。"

丰城大笑道："哈哈哈，那武功男的练了像女的，女的练了像男的，我怎么可能练？我呢，虽然只有一个儿子，但好歹也是个当爹的。当爹的，怎能做如此不尽责任的事？"

"瞧瞧，你都心疼自己的儿子，我也会心疼女儿般的奉紫啊。"

"你确实是很疼奉紫。只是有件事，我一直没想明白。"听见原双双宛若少女的娇嗔，他呵呵笑了一声，"你这般同情她，那你自己呢？双双，我记得你初次跟了我时，是十七岁吧。那时你已不是处女身，为何又这样在意奉紫的清白？"

屋内沉默的尴尬，连雪芝都能感受到。但过了片刻，原双双又娇笑出声，道："人家这不是怕给丰掌门添麻烦嘛……"

接下来，二人又聊了一些有的没的话题，雪芝越听越困，回头才发现丰涉已没了踪影。是时正逢景昃鸣禽归，火云半遮斜阳，流红洒落万家。雪芝偷偷离开屋脊，见丰涉正僵直地站在屋顶上，身影被斜晖的金边勾勒出来，浓密的发间，密密麻麻的几根小辫子和腰间的葫芦一般，在风中没有规律地乱舞。他的身后是万丈浓焰下的苏州城，迥泽小桥，渔家归路，都被绵绵红光紧紧包围环绕。隔了很久，雪芝才轻声问道："这般安静可不像你，怎么了？"

"你说的没错，那人是生我的人。"丰涉答得相当干脆。

"你是说……丰城？"

"嗯，他知道我存在过，以为我已死。"

"那你为何不和他相认？"

"他是华山派的掌门人，江湖人眼中的英雄豪杰。"丰涉笑得一脸灿烂，却一直看着地面，完全没有抬头的勇气，"我是他扔的，也是满非月养大的，为何要认他？"

"这些你都是听谁说的？"

"当然是圣母。"

"你有没有想过，她或许会骗你？"

"想过，所以我一直都在留意丰城的行踪。但是他对我母亲和我的事绝口不提，也一直对人说，他只有一个儿子。"

胡风猎猎，落晖茫茫。小舟悠悠从河道中划过，远方的青山中，寺钟忽然敲响，余晖从云缝中漏出，燃烧了视野中的重重红楼。丰涉回头，因为背着光，身影极暗，站在暮景中，像是离了群的形单影只的鸾鸟。他的声音放得很低很轻，嘴角的笑越来越落寞："听说我母亲是一位美丽稳重的女子，和我见到的女子都不一样。虽然别人总说她早死了，说这些也没用，但我还是觉得……唉，不说了，烦死了，人活着真是一点意思都没有。"

雪芝像是不会武功一样，踩着高低不平的瓦片走向他，朝他伸出手，道："你的心情我完全了解，经常会感到孤独……是吧？"

丰涉一掌打掉雪芝的手，道："说话真肉麻！"

雪芝依然坚定地伸出手，道："待会儿我们回去便拜把子，我当你姐姐，以后谁都不敢欺负你。"

丰涉看着雪芝，一如在看着奇怪的生物。见他迟迟不和自己击掌，雪芝走过去，对着比自己高出不少的人，重重拍了拍肩，道："小涉，大姐会照顾你的！"

"那……大姐送不送亲亲？"

丰涉揉着满是淤青的胳膊，和雪芝一起回了仙山英州。远远便看见一如既往生意红火的大厅，两人刚一跨进大门，一个女子便拈着手帕快步走来，捉住雪芝的双手，道："妹子，你这是去了哪里，可把我们找死了！"

此时，雪芝就算不看眼前人，只看丰涉的反应，也知道捉着自己的是什么人：丰涉的眼睛已经长在了她的脖子以下、小腹以上。雪芝一边狠狠踩了丰涉一脚，一边笑道："好久没见红袖姐姐。"

"亏你还记得我！"两人数年未见，裴红袖竟难得一见如故，叽叽喳喳说起来，"看看我们当年的小丫头，这会儿可出落成了大美人，难怪那么多男子为你争得你死我活、头破血流……话说回来，当初我还跟一品透说，让他小心着，不要让你喜欢上他，免得他这花心大萝卜辜负了你……

没料到啊，第一个栽的竟是他！"

雪芝连忙做了个"嘘"的动作，道："你饶了我吧，别说这么大声。"

"那好，我们上楼说。"裘红袖说罢拽着雪芝往楼上走，后面的丰涉完全变成了陪衬。

仙山英州依水而设，每上一层楼，经过一个拐角，都能看到窗棂花纹外的水流，横穿苏州的小船，被风吹着摇曳的大红灯笼。走到二楼，后院**景象一览无余**：房门贴满"福"字，种满蒲桃槐树。二楼栏杆上挂了几顶圆草帽、一些稻穗和干辣椒，红黄相映，光亮光亮的，令华美客栈朴实世俗了不少。裘红袖指了指院中几株花叶，道："看到凤仙花和胭脂花了吗？凤仙花是一品透送的，胭脂花是狼牙送的，说是给我送来染指甲和抹胭脂。不过我当时一看便知道，狼牙会送这玩意，定是一品透教的。他那大老粗的心肝，能想到这些小事？当时我还夸一品透懂姑娘心思来着，没想到这才多久，便跟傻子一般。"

雪芝一脸怨气道："狡猾如狐，凶狠如狼，哪里傻了？"

"听到没有，芝儿都说我不傻。"

"她是你老婆，当然帮着你。"

雪芝木然站直，只听见身后的房门打开，有人从里面走出来。上官透靠近以后，只是站在她身旁，还保持了一段距离，道："别这么说，芝儿还未应了我。"

裘红袖看看雪芝，眼角露出一丝笑意，道："倾坛饮酒，难知其味啊。"

丰涉也笑得颇不正经，还用手肘碰碰雪芝的胳膊。一时气氛诡谲，雪芝实在是沉不住气，道："你们看来看去笑什么？我和昭君姐姐是姐妹情谊！"

房里有人扑哧一声笑出来。大家回头，只见仲涛嘴里嚼着鸡腿，十根手指在衣摆上蹭了蹭，快步走过来，重重地拍拍上官透的肩，道："吃瘪了吧？让你过去自鸣得意，忘乎其形。"

上官透如万箭穿心，却还是稳住形态，道："肌肉公子除了幸灾乐祸，也就会扒了衣服，在院子里烤成条熟鲦。"

"还不是因为红袖那死女人说，男子要黑才英俊。"

"肌肉公子？"雪芝忍不住看一眼仲涛的手臂，又扫了一下他的胸口。

仲涛连忙挡住胸口，道："妹子，你的眼睛让我想起了前几天被红袖喂死的金鱼。"

雪芝没说话，红袖眼睛眯了起来，道："你说什么？"

"我说红袖美人发如青云。"仲涛干笑，"都别站在门口了，进去吧。"

林宇凰带着重火宫弟子回去拿《三昧炎凰刀》，说过几日再回来，只留下烟荷，说是好照顾雪芝。因此，一行人刚进房间不多时，烟荷也跟着下来。原本是裘红袖和丰涉一人一边坐在雪芝身边，但裘红袖硬要拉上官透过来。雪芝连忙把烟荷拽到自己身边，迅速坐下。上官透稍微顿了顿，也坐下。裘红袖还是媚气横生，高峰矗立，尤其让太平瘦烟荷这么一衬，配上无比妖艳的水红纱衣，一颦一笑，都让人浮想联翩。而仲涛确实黑了不少，肌肉倒是一如既往地健美，和才疯长完个子的丰涉形成鲜明对比。这样看去，裘红袖和仲涛倒是蛮配。雪芝看看他俩，再看看烟荷旁边的上官透，他正托着翡翠茶壶，为裘红袖倒茶，身材修长俊秀，饰物极少——雪芝也才发现，其实昭君姐姐不偏爱华丽的绫绮，风雅贵气却渗入了骨子里，摄人心魂，让人顿感何为真正的倜傥。他扶着翠绿茶壶把，低垂的眉目，也是分外俊秀……忽然，那双眼抬起来，正对上她的视线。她没出息地躲开，为丰涉夹了一块鸡肉。丰涉乖巧道："谢谢雪宫主，雪宫主真的是好温柔。"

雪芝若无其事道："大家都这么说。"

此言一出，除了上官透，所有人包括烟荷都放下筷子，盯了雪芝半晌，又继续吃饭。最后丰涉咂咂嘴，叹道："看你做人不怎么样，脸皮倒是一等一的厚。"

"多嘴！"

丰涉眼睛笑成了一条缝，道："一个女子如果一点也不温柔，就算长成雪宫主这样，也会吓跑不少男子吧。所以，便像刚才那样，温柔一点没有关系的。"

"确实，太凶的姑娘会没人要。不过，芝儿如此甚善。"上官透按住茶壶盖子，把茶壶放好，"没人要最好，她便只有我一个。"

"谁说我没人要?!"

上官透敲敲茶壶盖，道："红袖，上次来都不见你买了这个，不仔细看不像茶壶，倒像石津相滋，蝉翼文成的石乳。"

"你也觉得不错?"裴红袖单手撑着下巴，"我还买了几只酒杯，也都是翡翠做的，打算送你和肌肉公子。"

"那便有劳你，我和肌肉都感激不尽。"

仲涛道："休得叫那名头!"

裴红袖道："以前一直认为翡翠杯子没有琼杯好看，不过这一套做得真是不假雕琢。"

上官透道："说到琼杯，我倒想起了《芙蓉心经》。这秘籍原本是雕刻在一只白玉琼杯内壁，需要以火灼烧才会现出字迹。以前持有杯子的一名教主，便是因为无法突破心法第五重，走火入魔，自戕而死。"

烟荷听得有些入神，禁不住问："那一重有什么问题?"

上官透还未答话，雪芝便道："要突破那一重，必须手刃至爱。"

说到此处，雪芝不由得想，这都是些什么邪门功夫，一个要手刃至爱，一个要亲弑至亲。当年爹爹会修成《莲神九式》，便是因为她爷爷是个武痴，为了让儿子大功告成，设局让爹爹杀了他。爹爹之后一直生不如死，即便成了天下第一，也终日在痛苦中度过。这两本秘籍原该毁掉，但谁都不会想到十多年以后，竟又一次在江湖中掀起腥风血雨。

仲涛叹道："真是要命的武功。不过，这教主也没脑子。做人最重要的是什么? 自然是保命。命都丢了，怎么做人?"

"人家那叫痴情，为爱不顾一切。"裴红袖抱着胳膊，若无其事道，"要命和你爱人之间选一个，你会选哪个?"

"当然是选命，命都没了，还怎么爱？"

裘红袖僵了僵，撇撇嘴，站起来走人。仲涛还没弄明白是怎么一回事，向上官透发出求助的眼光。上官透做了个手势，让他追去，他才莫名其妙地跟出去。丰涉哈哈一笑道："这肌肉公子还真不会说话。"

雪芝道："红袖姐姐果然是女人中的女人，居然让狼牙哥哥在自己和他的命中选一个。"

上官透道："这样的事很平常，芝儿不会想这样的事吗？"

"天下之大，江湖之险，危急存亡之秋，四处暗藏杀机，都是池鱼幕燕，哪儿还有时间去想这些？我和狼牙哥哥看法一样，还是想想怎么保命比较重要。"

上官透不语。

丰涉轻轻吐了一口气，道："雪宫主，你这样，会给上官公子很大压力的……"

"作为重火宫的宫主，我不觉得自己哪里说错了。"雪芝放下筷子，站起身，"我吃饱了，先回房休息。"

中宵晚风清，红灯笼点亮了客栈后院。雪芝回到三楼，刚关上门，便有人敲门。她把门拉开一个缝，见是上官透，便冷声道："什么事？"

上官透看看四周，小二方从对角的楼道间端着茶盘走过，便低声道："并无要事，不过想问你为何不辞而别。芝儿，这些日子，我真是夜夜千念万感，辗转难眠。"

房门半掩着，雪芝固执地用双手压住两边门板，在极力克制着什么，问道："然后呢？"

遥空下，客栈外沿数百里，是灯火辉煌的苏州夜景。风吹动红灯笼，影落庭院，摇飏葳蕤。凤仙花为风碎裂，花香伴着轻风，迎面袭来。雕栏上，红灯笼无声摆动。上官透也不要求进入，只站在外面，有一丝不易察觉的忐忑，问道："我想知道你对我们……有何打算？"

"没有打算。"雪芝的态度很冷很硬。

曾经听朱砂说过，少宫主是一个很会保护自己的人，将来她跟的男儿，想来得是踏实稳重的。上官透这人，于情于理，雪芝都无法接受和他在一起。只是，彼此之间发生了那么多事，那天又一个不留心跟他……如今看着他，能做到不表现出爱意，都已极难。若说忘记，恐怕还是需要时间的。上官透伸手，轻轻覆住她放在门上的手背。琥珀一般的瞳孔颜色淡淡的，几近透明，道："我知道这样不对，但是，这是我第一次想要拥有一个人。"

"幼稚。"雪芝甩掉他的手。

"芝儿，你不想拥有我？"

"肉麻！恶心！"

雪芝砰地把门关上。但上官透的扇子柄往前一伸，卡在门缝中间，再一推，人便横行霸道地闯进来。他身形极快，屋内的红烛甚至没有晃一下，门已经关上。雪芝急道："你出去。"

一进门，上官透便再也画不了那君子的皮，横手搂住雪芝的腰，说道："若不是怕惹你不高兴，我一定会告知天下，你早就成了我的人。"

"你敢！"雪芝想拨开他的手，但完全无用，"放手！放手！"

知道这样吵闹不是解决问题的办法，但若坐下来认真和他谈话，她一定很快便会投降。甚至说，只要她一抬头看他的眼睛，便很可能会没出息地扑到他的怀中。但她还没机会挣脱，上官透已抬起她的下巴，强迫她面对自己，问道："你到底在闹什么别扭？在灵剑山庄，是你主动来抱我的。那一晚你如此热情，为何转眼便不认人了？"

雪芝的脸很快红到了脖子根。木门红若火焰，窗纸薄如蝉翼，都映着花瓣零散舞动的影子。她深呼吸，谨慎而缓慢地转移视线，凝视他的双眸，问道："你离开灵剑山庄的原因是什么？"

上官透目中震惊，抱着她的手都有些僵硬。他欲言又止，反反复复数次，都不曾开口。蜡烛光暗，照在两人脸上，却温暖得连冰雪都能融化。雪芝一动不动地看着他，眼神却十分冷冽，道："我要听真正的原因。"

"因为……林庄主认为我引诱林奉紫。"上官透看着别处，不由自主地蹙眉。

"问题是，你引诱她了吗？"

"没有，绝对没有。"上官透郑重道，"芝儿，这件事你得相信我，我是被陷害的。"

雪芝原想问他是否喜欢过奉紫，但忍住了。"这件事以后再说吧，今天累了。"

"……既然如此，早点休息。"上官透轻轻拥抱了她一下，又看了她许久，才自个儿回房歇息。

之后一日，雪芝不再开口询问此事，却相当介怀。终于，第三天早上，她亲自去了灵剑山庄，打算直接询问林奉紫。可刚一到山庄门口，滂沱大雨便自云中注下，好似川后天吴[1]都怒了般，噼噼啪啪，拍打着芳菲园林。忽然惊雷响起，她在门口打了个哆嗦，重重叩了几下山庄大门的铁环。很久，才有人过来开门。见到奉紫，几乎是半个时辰以后的事。屋外雷雨交加，天冷了些。奉紫披了一件金丝小褂，也拿了一件外套递给雪芝。

奉紫看了一眼外面的滂沱大雨，眉开眼笑道："行下春风望夏雨，奉紫还盼着日后有姐姐照应呢。倒是不知姐姐今日来此，是有何事？"

雪芝一直学不来这姑娘的花花肠子，皱了皱眉，干脆开门见山道："我就是来问问，上官透对你做过什么事吗？"

奉紫原在低头整理她身上的外套，手上的动作停了停。然后，她慢慢说了一句话。与此同时，半敞着的门外，又一声轰雷响起。苍天被劈裂，大地亦为之燃烧。雪芝听见了她的话，但她希望自己听错了，只和奉紫静静对望。仿佛等了百年，雷声终于停止，雨声又淅淅沥沥，覆盖了九州大

---

[1]　川后、天吴，指古代的河神和水神。《文选·曹植〈洛神赋〉》："于是屏翳收风，川后静波。"吕向注："川后，河伯也。"《山海经》载："朝阳之谷，神曰天吴，是为水伯……其为兽也，八首人面，八足八尾，皆青黄。"

地。雪芝这才再度问道："你刚才说什么？"

"他玷污了我。"

乌云凝聚成团团沉铅，又被闪电撕碎，巨雷的余声滚过云层。夏日骤雨，灰暗苍穹，伴着雷声阵阵，每一下，似乎都在直击心脏最柔软处。两张白净年轻的脸，露出了相似的神情。雪芝无心擦拭脸上的雨水，唇色苍白，道："他真的……做过那样的事？"

"嗯。"

奉紫倒是若无其事，替雪芝理好了衣裳，又径自走到茶座旁，替她沏茶。雪芝的目光随着她移动，却像被人点了穴，身体动弹不得。门外，池沼水横流，荷花红妆凌乱，如同奉紫额间一点殷红。茶雾缭绕，她抬起了玉华清秀的脸，道："姐姐，若今日问我话的是别人，我必然三缄其口。只是，对你，我是万万瞒不得的。"说罢，她往窗外眺望，屋外极远处，有一个多角小楼。飞檐楼角在大雨中，朦胧精巧，却又孑然孤独。她以前便住在那里。后来搬走，便是因为那件事。当时，灵剑山庄女弟子还很多。那一次事后，林轩风才找了借口，说女弟子比较适合学雪燕教的武功，把大多数女弟子转到雪燕教。

奉紫笑道："那件事后，我爹还有教主对我的要求都变得很低，也不大教我武功，天天便盼着我嫁出去。我只能靠自己，不过跟姐姐比起来，实在差太多。"

从整件事发生到结束，对方都是蒙着脸的，但她抓下了那人的黑色头布，看到了他的脸，确实是上官透。直到林轩风发现，气得浑身颤抖，当着所有人的面，狠狠扇了他一个耳光，然后令人把他拖下去用重刑，到最后赶他出灵剑山庄，他都不曾解释。奉紫说的其实都是心里话。那时她才十岁出头，都不曾来过月信。虽然有反抗，但实际上从头到尾都是蒙的。除了疼痛，似乎也没有太大感觉。她能做的，只有像父亲交代的那样，当作什么都没有发生。可随着年龄增长，她渐渐发现，这件事变成了她终生的污点。尤其是这两年，当她有了心上人，却因为这样不堪的往事而退却。她双手相握，指甲掐得手心火辣辣地疼，说道："我只是说出这个事实，是对是错，相信姐姐会比我更有判断能力。"

雪芝走到她身边，低声道："对不起。"

"这有什么好道歉的？"奉紫还是笑着，笑着笑着，眼眶竟湿了，"其实小时候的事我都记得，只是这件事过后，便不想令姐姐蒙羞。"

这么多年，奉紫的模样第一次和小时候重合起来，仿佛那个穿着碎花小裙子的小姑娘，又一次回到她的身边，会时时扯着她的衣角，哭得涕泪横流。雪芝的反应也没变多少，只硬邦邦地拍拍奉紫的肩，说道："这么大了还哭？不要哭。"

奉紫擦擦眼角，破涕为笑。

两人又闲聊几句，雪芝离开灵剑山庄，往仙山英州赶，却是越来越慢。奉紫说当时上官透表现异常，所作所为，像是一个不熟之人做的。所以，很可能是被下了药，或者被蛊操纵。但意识他是有的，有多少无奈，多少纵欲，也只有他自己知道。若说失望或者难过，不能说是没有的。但也是因为奉紫简单的一句话，她大大松了一口气——对于上官透，她终于解脱。

山水清辉，都染了雨水。雪芝双手抱着脑袋，加紧脚步赶回酒楼。倾盆大雨砸得船篷砰砰响，城中河面上，雨点落下的小碗儿荡漾开来。仙山英州二楼房檐上，题字的四个连接着的菱形招牌跟着灯笼，在风雨中翻动飘摇。她还没走近，便有一个人撑着竹伞，从客栈里快步走出。近了，才发现那是仲涛。一看到雪芝，他立刻沿着河跑了一段，高声把上官透唤来。上官透的身影生自雨雾，还没走到她面前，伞已伸来。他衣襟略微湿润，面容清俊，一脸担忧，道："芝儿，你又去了何处？你二爹爹才回来便发现你人不在，现在急得到处找你。"

伞下的世界很小，伞盖分明是平的，却是一片网，一个缧绁，将他们牢锁其中。雨声清冽，他身上的淡香离她这样近，便是她最为熟悉的味道。这是她第一次知道，爱恨原同根。她想要拥抱他，又想给他一耳光，但到最后，却只能沉默地望着他。她的眼眸在阴影中兀自水光潋滟，载着她一生中最美的明艳华年。看见这双眼睛，他不由得心中一动，又有不好的预感，轻声道："芝儿，可是发生了什么事？"

"没事。"她连多与他对望一眼也无法做到，只是转过身去，又一次冲入雨中，跨进酒楼大门。

第十四章

上官透知道雪芝有心事，她不交代，他也不多问，只命人为她换衣熬药，折腾来去，直至她二爹爹落汤鸡般回来。林宇凰擦了把额上的雨水，便把雪芝和上官透拽进房，甩了《三昧炎凰刀》在桌上，说道："告诉你们一个好消息和一个坏消息，你们要先听哪个？"

上官透道："照旧，好的。"

雪芝道："坏的吧。"

林宇凰看看上官透，又看看雪芝，决定听女儿的，说道："坏消息是，《沧海雪莲剑》丢了。"

"这我知道。好的呢？"

"我想，我已猜出修炼这刀法的方法。"

雪芝和上官透异口同声道："真的吗？那是什么？"

"你爹爹好像说过，要反着来。"林宇凰翻了翻秘籍，"即是用修炼《沧海雪莲剑》的方法，来修炼《三昧炎凰刀》。"

欣喜的表情瞬间从两人脸上消失。

"凰儿，你觉得你说这些有什么意义？"

"唯一的意义……"林宇凰倏然甩出两个梅花镖，"就是门口的两个人轻功太差！"

梅花镖分成两路，一个击穿窗纸，一个击穿纸灯笼，冲了出去，在薄薄的纸面上留下十字形缺口。雪芝过去开门，只见一个人挂在房檐上，一个人站在廊柱旁，两个人的衣领都被梅花镖钉成了标本。房檐上的是丰涉，廊柱上的是仲涛。仲涛以腹部为圆点，肉肠一样挂在房檐上，腿撇得很开，一双眼睛圆溜溜的，倒挂着从胯下露出来。他是还没来得及翻身，便被击中。上官透看了他一眼，想无视，但还是忍不住道："我说了多少次，轻功不好可以练，但要挑对时间。可否不要在大庭广众之下行此番壮举？"

仲涛道："老生常谈，毫无新意。"

丰涉要稍微好些，一看到桌子上那本秘籍，立刻便扯破衣裳冲进来，道："有武功可以练？为何不给我看看？"但还没出手，便被林宇凰一脚端开。

林宇凰转头看着雪芝，一脸正气道："重雪芝，现在天下需要你。"

"是您老人家需要我。"

"没这回事，二爹爹一向劳而不怨。还是谈谈这《三昧炎凰刀》的问题。"

"《三昧炎凰刀》？"丰涉早已站起来，眯着眼睛瞄那本秘籍，"是这秘籍吗？跟我以前看到的一本很像。"

雪芝和林宇凰整齐地看他一眼，又继续自顾自地说话。上官透道："哪一本？"

"《沧海雪莲剑》。"

这一句话震惊了父女俩。雪芝飞奔过去，捉住他的肩膀，问道："小涉，你在哪里看到的？快告诉姐姐！"

丰涉挑挑眉毛，淫笑道："求我呀。"

"求你。"

"我才不要你这么求。"丰涉拍拍白嫩嫩的瘦削脸蛋，一副讨打相，"亲我一下，我便告诉你。"

雪芝有些迟疑。上官透差一点便要动手收拾人，但在这之前，林宇凰已深不可测地道："哼哼。"

丰涉看一眼春风拂面的林宇凰，有些不甘地道："在……鸿灵观。"

林宇凰站起来，道："鸿灵观？那些毒真的是青面靖人下的？可恶！我竟会输给她！喂，臭小子，带我们潜入鸿灵观！"

"可以是可以，不过你们用什么来换？"

"你想要什么？"

"我不知道。"

"……"

雪芝道："那这样，我们先欠着你的人情，等你想好以后告诉我们。只要是我们能做的，不是要我们性命的，不是大逆不道的，都尽量做到，好不好？"

"好吧。"

"真的？那你什么时候带我们去？"

"明天吧。"

"太好了！"雪芝高兴得眼睛都笑成了一条缝，随即在丰涉脸上亲了一下，"谢谢你，小涉！"

丰涉木了，忙用手盖住脸颊，但掩不住面上飞速扩散的红晕，说道："重雪芝！你一个女孩子家，怎么可以随便乱亲人！"

"是你叫我亲的啊。"

"我叫你亲你便亲？我要你当我老婆你要不要啊？"

"好了好了，不要别扭，快去收拾东西。"

赶走了熟番茄丰涉，雪芝又开心地走回来。上官透看着她，脸上全无表情。林宇凰立马给了她一个栗暴。被啰唆了半天，雪芝捂着脑袋，却丝毫不减喜悦道："真没想到小涉居然这么好说话。"

裘红袖这才跨进门，道："妹子，这便是你思考不臻。他看上去是个屁孩子猴儿精，却是个世故的猴儿。他能叛主，便不会对你留情。不过，鸿灵观的人都这样，你给好处，让他们杀掉自己亲娘，他们都不会眨眼。"

"芝丫头，看到没？这姑娘轻功多好，多会想事，哪儿像你，单纯傻丫头。"

"乱说话！我才不单纯！"

上官透笑道："林叔叔请放心，红袖和狼牙都是信得过的人。"

林宇凰道："也好。我还得回重火宫，明天你得陪着芝丫头。"

"我会的。"

"不必。"雪芝忙摆手，"现在我武功还不错，而且小涉对鸿灵观必然很熟悉，多带一个人反倒碍事。况且，上官公子也很忙，不会有时间。"

上官透侧头瞥了雪芝一眼，没有说话。林宇凰靠在椅背上，嘿嘿一笑道："乖女儿不但懂礼貌，还学会体贴人了？放心，小透巴不得跟你去，他武功这么高，怎么可能拖你们后腿？"

"不用，真不用。"

上官透依然是淡淡的模样。他瞳仁原本便澄澈美丽，这会儿更是接近空漠。"林叔叔，我突然想起这个月和平湖春园还有一笔交易要谈，两位园主过几天会去月上谷。这回去不了鸿灵观，下次再陪芝儿吧。"

平湖春园，何春落。这是雪芝下意识联想到的。虽表现得温柔无害，但同为女子，她清楚得很，何春落对上官透虎视眈眈已久。雪芝拼命压抑自己的不快，说声困了，便匆匆离开房间。上官透也没再同以往一样追出来。

翌日，雪芝便跟着丰涉一起赶去玄天鸿灵观。原来，玄天鸿灵观离苏州并不远，往西郊走一天的脚程，便已在外围。到一个森林外沿，天色已晚，雪芝原打算在外面留宿一夜，再穿过森林，却被丰涉强带去换了灰衣，拖入森林。不多时，他们已站在一棵参天古树下面。周围黑雾弥漫，古树干云蔽日，远远看去，如一座荒废已久的古城。雪芝禁不住道："这是什么地方？"

"玄天鸿灵观。"

"这……便是鸿灵观？"

"下面。"丰涉指了指树根，又递给雪芝一块灰布，"把这个绑在头上，头发要全部罩进去，一缕都不能剩，然后盖住大半边脸。另外，一会儿进去，无论看到再稀奇古怪的东西，都不要摸；无论别人问你什么问题，你都只需回答'玉钗吹气如兰艳压群芳'。"

"这是什么意思？"

"你不用管是什么意思，照着念便没错。"丰涉钩钩手指，快而轻盈地朝前面走去。

雪芝跟上前两步，才看清原来古树下的草坪中，有一个很宽的方形深穴。一条阶梯直往下蔓延，深不见底。丰涉又一次叮念道："记住，什么都不要摸，走路时要万般仔细。"

"嗯。"

"……算了，手给我。"

"嗯？"

丰涉一把握住雪芝的手，拖着她小心翼翼地往下走。没走几步，道路上便隐隐透了些火光。越往下面走，火光越是明亮。路过的墙壁上，开始出现火把。最后，二人在一个铁门前停下。刚看到守门的两个人，雪芝对满非月的佩服便油然而生。她还是头一回知道，阍者都可以打扮得如此非同寻常：耳环、项链、刺青，缺一不可。

"来者何人呀？"无比妖媚的声音，令人不敢相信会是个男子。

"是我，丰涉。"丰涉的声音也跟着妖媚了些，雪芝听得一身鸡皮疙瘩。

"原来是师哥，那后面的丑女是谁呀？"

雪芝心里气愤，但还是接道："玉钗吹气如兰艳压群芳。"

"进去吧。"

开了门进去，雪芝才发现，这门派外面看上去平庸至极，内在却富丽堂皇。占土数圻，堪比十三陵，装潢之神秘，颜色之搭调，都似一座黄垆宫殿。只是，在那些大理石堆砌的墙壁上，总会有怪异的黑色或深紫色乳石，或是偶尔飞速穿梭而过的毒虫。雪芝吞了口唾沫，跟紧了丰涉。最后，两人进入正厅。正厅有一个三人高的雕像，周围站了很多人。都是男子，但没有一个不是娘娘腔。很多人都问过雪芝奇怪问题，雪芝一一回答"玉钗吹气如兰艳压群芳"。在她的耐心快到达极限时，忽然抬头，看见了那个雕像。雕像是羊脂玉雕的，体如凝脂，精光内敛，脸是满非月，身材却丰腴高挑，下面刻了三个字：满玉钗。

"玉钗是圣母的字，这雕像也是她自己。"丰涉想了想，又道，"她理想中的自己。"

雪芝的任务倒是简单，只要重复一句话，便可瞒天过海。丰涉便比较辛苦，非但要与人讲话，处处逢迎，还得露出很多平时看不到的表情，均是鸿灵观"特色"，骚气十足，媚气横生。确定满非月外出以后，他便带着雪芝，从一侧的小门出去。每走一段，便能看见洞穴顶上出现小孔。此时正是黄夜，星光从小孔中洒落，整齐罗列在地，穿梭在来往之人身上。出去以后七拐八拐，丰涉突然停下，雪芝撞在他的背上。她揉揉脸蛋，又往前看一眼，几乎晕死在地上——他们停在一个看不见底的万丈深渊前。而这悬崖上，挂着一条钢绳，钢绳中央吊着个大铁笼，铁笼上还挂了一把锁。丰涉一击掌，道："糟了，我忘了她喜欢锁笼子。"

"玉钗吹气如兰艳压群芳。"

"好了，现在周围没人，你可以说话。"

"我们不会钻到这个笼子里然后下去吧？"

"是的。"

雪芝又一次眼冒金星，头晕目眩。

"我去找钥匙，你在这里站着，哪里都不要去。"丰涉走了两步，又回头道，"有人来，还是说那句话，不要到处乱走啊。"

雪芝点点头。从此间到满非月的寝室，需要穿过正厅，到鸿灵观的另一头去。丰涉心里着急，又不敢跑太快，还得一路跟人打招呼。在抵达大厅门口时，他长吐一口气——另外一边人不会太多，可以加快脚步。但是，大厅里却鸦雀无声。他心中一凛，不敢贸然前进。这时，冷寂大厅中，回荡着满非月成熟饱满的声音："小涉，你在门口站着做什么？原本已迟了。"

丰涉吞了口唾沫，硬着头皮走进去，停在她右侧，支支吾吾道："圣母不是不在吗，这么快便回来了？"

"哟，怎么着，还不想我回来呢？"

满非月坐在高高的座椅上，两条腿还没椅子腿长，悬在空中晃悠。在这阴冷的地下宫殿中，她的皮肤更加幽蓝，说不出地滑稽与可怖。丰涉赔笑道："我哪里敢？只是您不说一下，我们连个准备都没有。"

满非月叹道："这一回，还不是因为又和那边闹僵了。"

"圣母从来不说是哪一边，我们这些孩子看着您也不好发表意见，您自己看着办吧。"丰涉耸耸肩，一副怨妇相，心中只挂念着雪芝那一边。

"小涉，我就是喜欢你那能说会道的小嘴。"满非月朝他招手，"过来，有事要你去办。"

丰涉心不在焉地过去听。

"那一边是华山。"

丰涉看她一眼道："圣母这是什么意思？"

满非月悄声道："一直和我们观有往来的，是华山派。他们委托我们做了很多事，经常言而无信。这一回他们赖大了，这不是自寻肝胆楚越吗？你听好，下一次，抽空去灵剑山庄，把林奉紫的……"

"为何？"

"不要问为何。你爹他们有把柄在我手里，他们上面还有人没，我不清楚。但是他们下面的人，呵呵……以后，不管是否想得到他的承认，你都能让他知道你的身份。"

"圣母说了算。"丰涉笑着点头，站直了，又忽然垂头问道，"对了圣母，通往底层密室的笼子，您忘锁了吧？"

"啊，对啊。"

"没锁？里面东西要丢了，那……"

"你赶快去锁。"她把银钥匙给了丰涉。

总算找到借口离开大厅，走了以后，丰涉又不忘回头，多看看满非月。确定她一直坐在那里，便消失在她的视线中，加快脚步，打开了小门又关上，赶到了深渊铁笼旁边。雪芝横眉怒目道："玉钗吹气如兰艳压群芳。"

"嘘……"丰涉忙走过去，把铁笼上的锁打开，"这下情况不好，圣母回来了。"

"什么?!"

"你快先下去，这个上来不需要钥匙。秘籍就在左数第二个箱子里，俄而我拉你上来。"

雪芝点点头，手忙脚乱地钻进去，尽量不发出声音。丰涉急急忙忙把她放下去，等笼子完全消失在深渊中，他擦了一把头上的汗，飞速转身，开小门，往回走。但刚一跨进门，还没来得及关门，满非月已站在他的面前。丰涉一颗心都提到了嗓子眼，道："圣母，已经锁了。"

他也没有刻意去挡背后的深渊，满非月面无笑意，伸手道："钥匙给我。"

丰涉擦擦钥匙上的汗，把钥匙还给她。

那铁笼下坠很久，雪芝才落地。掉进伸手不见五指的深渊，实是令人感到惧怕。但一想到自己离《沧海雪莲剑》越来越近，她便不由得大胆几分。此地伸手不见五指，她只能摸索着往前走。幸运的是，她很快摸到了火折子，迅速点亮，映出微弱的光芒。墙是石壁，地是干草，走起路来欷欷地响。这里不像密室，倒像牢房。她按捺住不安之情，在石阶上看到一排箱子。持着火把走过去，突然眼前光芒增亮了不少。再一抬头，却见一女子，火把光芒从她下巴往上照。雪芝倒抽一口气，差点叫出声来，方意识到那是面铜镜，忙喘了口气，弯腰打开左数第二个箱子。看到箱内的瞬间，她后退两步，一屁股坐在地上。

与此同时，丰涉已经被满非月不分青红皂白地安排出了鸿灵观。丰涉和同门师兄骑在马上，心中慌乱但表现得无比慵懒，说道："圣母总是有那么多的事要我们做，困死了……"

他的师兄不语。

"嘿嘿，你们不会是怕了我，才不说话吧？"

还是没人接话。

"你们不说话，我可要回去了啊。"见无人答话，丰涉果然掉转方向往回赶。

"师弟请留步。"

丰涉一脸天真无邪道："什么事？"

"圣母说，你带来的姑娘没她好看，让她很不开心。"

刚听完这句话，丰涉二话不说，扬鞭策马而去，无奈马术不精，没跑出几里远，身后师兄们的马蹄声已越来越近。"哈哈哈……早看你那葫芦不顺眼了！圣母已经下了令，抓到你，你便任我们处置！"

"那要看你们是否抓得到了！"

丰涉大吼着，瞄准山坡，倏地从马背上跳下去。身后传来其他弟子的吼声与剧烈的马蹄声。丰涉掉下山坡，抓住一棵小树，但树干太细，挂不住人，手还被划破了。于是，整个人就顺着滚下去。最后连续翻了几十次，摔得满脸是血，晕倒在山坡下。因为天太黑，他的师兄们寻了一会儿不见踪影，也不再强求，在笑骂声中往回走。

此时，底层密室，雪芝一手握着火把，看着空空如也的箱子，忍不住用另一只手捂住脸，气闷得想掉泪。不过既然人已来到此地，她也不能就此放弃，于是盖住空箱子，开始搜寻别的箱子。第一个箱子里，装的是一只死了的昆虫。看周围那柔软的红色布料，若不是了解鸿灵观的特性，她准会以为是药材。第二个箱子是空的。第三个箱子里有一个破旧手卷。

这时，突然听到身后有一丝声响，她浑身神经都处于紧绷状态，但慢慢转过头去，什么人都没有。她有些累了，换只手拿火把。结果这一换，便又一次不经意看了看镜子。不看还好，一看她便成了惊弓之鸟，失声尖叫——镜中，她肩膀后上方，竟然多出一张脸！

雪芝吓得扔了火把，在原地跳了两下，便敏捷地冲上去攻击那人。那人却精准地接住她的手腕，挥掌灭火，捂住她的口，低声道："你想被人发现吗？"

听见这个声音，她如获大赦，放松下来。待那人放了手，她明知故问道："透……不，上官公子？"

"是我。"

"你几时来的这里？你……不是回月上谷了吗？"

"你说不让我跟你一起，我再跟来，恐怕你会闹得更大。跟一个还不熟的人到这种地方，你想想，即便我放心，你二爹爹也不可能放心。"

"我和你也不熟。"

"不熟？"在黑暗中，上官透鼻息间的嗤声甚是明显，他又好气又好笑道，"你说说，还要怎样才叫熟？"

雪芝原本想发怒骂人，但一想到和奉紫的对话，还有自己做出的艰难选择，便只冷淡道："过去的事，不要再提，就当什么都没发生过吧。"

上官透没有回话。一片漆黑，也不知道他是如何想的。雪芝又点燃火把，重新翻开第三个箱子，拿出里面的手卷。展开读了前面的内容，才发现那个手卷只剩了一半。但最令她意外的是，叙述人竟是以前重火宫的弟子——宇文长老英年早逝的儿子，宇文玉罄。对这个人雪芝略有了解，于是偷偷把画卷藏在怀中，关上箱子。

"上官公子是如何进来的？"

"雪宫主。"

"……怎么？"

"此地只有你我二人，若再继续唤那上官公子，可休怪在下冒犯了雪宫主。"

"不……不叫便是。你以为你能吓唬谁啊？"

上官透浅浅一笑，继续道："我如何进来的？自然是跟着芝儿，顺藤摸瓜而来。"

"那你还比我们先到？"

"两个人总是没一个人来得快。"

"但是，你是怎么下来的？"

"轻功。"

"轻功？这么高你用轻功？"雪芝禁不住笑道，"厉害。这算螳螂捕蝉，黄雀在后吗？"

"依在下愚见，谁是螳螂，谁是黄雀，尚未可知。"

"为何？"

上官透接过雪芝手中的火把，往身旁一晃，再往下移了一些。

满非月站在离他们约莫五米的地方。

"原来是满圣母。"若单独遇上敌人，雪芝肯定会有几分惧意。但不知为何，只要上官透在，哪怕是阎罗王亲自来索命，她都感到很是安心。她笑笑，低声在上官透耳边道："不是说有上官透在，满非月不足为惧吗？"

上官透朝雪芝使了个眼色，用嘴形道："既然她敢与我们正面冲突，必然有恃无恐。"又对满非月道，"满观主，我们来此，正是为了寻找重火宫的失物《沧海雪莲剑》，若在足下手中，还望能归还。"

"这本秘籍不在我手上，我听都没听过。"满非月摸摸脸，媚笑道，"你们找错人了吧？"

上官透对满非月道："既然如此，那我们告辞。"

满非月翘了个兰花指，笑声轻轻回荡在深渊。"玄天鸿灵观岂是你等小辈说来便来、说走便走的地方？"

"芝儿退后！"上官透往前走一步，挡住雪芝。

果然，下一刻，一团黑乎乎的东西便直击而来。上官透抽出寒魄杖，在空中画了个弧，挡住那物事。满非月仗着自己的身高优势，猛地扑在地上，弹出十字镖，击向火把。雪芝手腕一转，火把随着旋转。火光时隐时现，满非月和上官透的身影也时而模糊，时而清晰。在与上官透交手时，满非月总是会向雪芝扔十字镖。雪芝身法很快，三两下便躲开，但也因为速度以及那两人的掌风过快，火把很快熄灭。黑暗深渊中，只剩下衣摆摩擦、拳脚相撞声。火折子在铁门外面，上官透和满非月挡在那里，雪芝出不去，只能攀着墙上的凹凸处，翻到外沿。历经千辛万苦，她终于摸到火折子，又返回去，铁门内却变得静悄悄的。一时间，连呼吸声都清晰可闻，有靴底摩擦干草的簌簌声。雪芝不敢有所行动，甚至不敢开口询问。半晌，只听见满非月千娇百媚的声音自黑暗中响起："点火。"

雪芝不动。

"点火吧，芝儿。"

火把这才从无尽漆黑中燃起。光亮渐渐扩散，照亮了眼前的两个人：上官透左手紧握成拳，右手持杖，杖头指着满非月的喉咙。满非月虽然被点中要害，却是一脸悠闲自在。

"解药交出来。"上官透压紧了她的咽喉。

"没有解药，你只有死。"

"如果我死，你也活不了。"

满非月指着雪芝道："如果你杀了我，看看她怎么死。"

"杀了你，我还可以带她出去。"

"你现在被铜钱花咬一口都会中毒，还能带她走出这万毒窟？"

上官透咬紧牙关，额上溢出薄汗。雪芝愕然看着他们，问道："发生……什么事了？"

"上官透啊上官透，你真以为自己百毒不侵？你的弱点在手指尖，我早已发现。平时让着你，还真以为我怕了你不成？这'十日噬魂'够你受的，等死吧。"

雪芝呵斥道："青面靖人，杀了他对你有什么好处？你的仇人是我！"

　　被唤了最不乐意听的名字，满非月额上青筋凸起，险些发作。但她上下打量着雪芝，忽然笑道："哟，情郎受伤，我们雪宫主是心疼了？要我救他也成，把你那双修长的腿锯了给我，我便考虑让他多活三天。"

　　"你去死！"雪芝先是勃然大怒，而后颤声道，"你……你……你锯便是……但一定要救他！"

　　"芝儿……"上官透错愕地看了她一眼，又迅速朝她摇摇手，回头对满非月道，"满观主想要什么，大可直言不讳。"

　　满非月看看他手中的杖，说道："你很快便会知道。但上官公子现在最好客气点，不然赔命的，可不止你一人。"

　　上官透气得手发抖，但还是忍住，把杖放下。然后，满非月走过去，拽住雪芝的手，把她往外面拖。她开始还抵抗一下，但是看到上官透的眼色，只好不甘愿地跟着满非月出去。上官透在后面低声道："对不起。"

　　雪芝半侧过头，苦笑道："别这样说，本来便不是你的错。"

　　满非月锁了铁门离开。上官透摸摸指尖，有黏稠的液体，再凑到火光下一看，流出的血已是黑色。他重重往墙上一靠，坐在地上。过了两个时辰，这地方依然不见天光。毒发时间未到，却只能在此坐以待毙，当真比死了还难受。忽然，雪芝的声音自远处传来："让我回去！可恶！"

　　上官透倏地抬头，却见铁门打开。微弱的火光中，一个人被推进来，落到他怀中。那温热的触感令他微微一怔，他低头一看，怀里的人，居然是只穿了抹胸的雪芝。

　　满非月被黑暗吞没，一道身影映在地上，随光摇晃。"十日噬魂之所以叫这个名字，是因为它是真正的剧毒，却不会带给你任何痛觉。若无人提醒，你只会看到自己外貌的改变。那是什么样的感觉，你很快便会得知。"她轻轻笑了笑，在漆黑中拨了拨自己的头发，"反正你也活不了多久，让姓重的丫头陪你。她被我下了一点东西，所以或许会有一点……呵。"

　　满非月的影子消失在拐角。有人端来了烛台，放在隔板上。那些人还未出去，怀中的人已经开始不安地扭动。上官透垂眼看了看雪芝的身子，发现确实是只穿了抹胸。她收住双腿，又在他的身体两侧张开，勾住他的腰，一用力，便不留空隙地缠住他。上官透晃晃脑袋，试图推开她，手上的力道却非常没有魄力。烛光摇红，照得干草金子堆般。只要一个不小心，火星子落上去，便是干柴烈火，一发不可收拾。

"透哥哥，透哥哥……"雪芝声音软脆，一边说着，还一边用胸前柔软蹭他的胸口，"芝儿想你，芝儿要你。"

上官透只觉得浑身发热。他知道芝儿是被下了药，但她太久不曾如此温顺听话，他实在有些忍不住。雪芝上半身的扭动旋即过渡到下半身，呢喃亦变成娇喘。很快她的脸变得通红，因为，他的手已经慢慢探入她的抹胸。

"呜呜！嗯嗯！呜呜呜！！"铁门外有人发出凄厉的闷哼。可惜里面的人聋了般，完全听不到。

"可以吗？"上官透咬住她的耳垂，朝她耳内吐气，粗喘道，"就在此地？"

"嗯，嗯。"

"好芝儿……"

"呜呜呜呜呜！"哼到一半，铁门外的人猛地用脑袋撞上铁栏，痛得眼泪直往外面冲，"呜呜！"

然而，不仅是里面的人无视她，身边的满非月也无视她。这已是第二次，她不想再看到上官透和任何女子亲密。若他坚持，那她会选择不看。可是此刻，里面那白痴中了这怪毒，把燕子花当成了她！

上官透傻掉，燕子花却没有，她只是有点发疯。而满非月看得完全入神，好似从未看过这样的事，却又不懂得何为害羞。燕子花断断续续地呻吟，声音便似从嗓间发出般。从外面往里面看，一清二楚：那抹胸的形状……上官透竟已开始轻揉。看到此处，雪芝干脆闭上眼睛，眼不见为净。却听见燕子花嗲声道："透哥哥，怎么了？"

"等我们出去以后再说吧。这里很冷，你先把这个披上。"上官透的声音低低的，方才的激情顿时烟消云散。他只脱下自己的外衣，搭在她肩上。

满非月无比讶异，雪芝也一脸莫名其妙。不多时，燕子花和雪芝都被带走。到第二天，燕子花的抹胸变得薄了些；第三天，抹胸小了些；第四天，抹胸上裂开了个缝；第五天，连上官透都被下了药。第五天是最痛苦最难忍的一天，上官透靠在墙角的样子，时刻都会烧起来般。满非月气愤又失望，命人带走燕子花，进去和上官透谈了半个时辰。出来时，她原本便很蓝的脸都快绿了。接下来，她才动了真格，把真的雪芝推进去，恶狠狠道："上官透，你自己看着办！"

满非月观察上官透数日，早已筋疲力尽，回上面睡觉了。雪芝刚一倒下来，便抓住上官透的手，展开手指一看：果然，十个指尖到骨节处，都泛青色，如被千斤的巨石砸过。她握住上官透的手，说道："不行，我们得赶快想办法。她提出的要求，若不是很过分，不牵扯到人命，都可以答应不是吗？为何如此固执？"

烛光映在雪芝挺秀的鼻尖、浓密的睫毛上，勾勒出数圈泱潆的光晕。上官透抬眼看着她，道："芝儿？"

"我知道，你看谁都像是我。"雪芝握紧他的手，看着他无焦点的瞳孔，像在看一双失明的眼，莫名感到难过，于是打趣道，"昭君姐姐真是越发君子，居然没有再乱来。"

"虽然看着是你，但我知道那不是。"上官透虚弱无力地笑道，"若是我的芝儿，我可当不了君子。"

雪芝想表现得很生气，但忍不住嘴角的笑意，只好窘迫地别过头，问道："你怎么知道不是的？"

"我摸到了她的胸。"

"然后？"

"不像。"

见他中毒，雪芝不敢下重手，只好在墙上狠狠捶了几下。上官透道：

"满非月最开始的计划，应是让你看到她安排的好戏，让你气我，然后我在不得不辩解的情况下，答应她的要求。"

"她说了什么？"

"让我多拉拢你和林叔叔，把《三昧炎凰刀》替她偷来。"

别的事都好说，唯独这一件，事关重大，不仅涉及父辈的利益，还涉及整个江湖的安危，雪芝实在无法作答。同时，上官透似乎也神游天外。两个大沉默了数个时辰，雪芝又道："依你看，《沧海雪莲剑》是否还在这里？"

"不在。"

"为何？"

"满非月只喜欢银子、美男子，还有能令她增高变大的任何东西。她对武功秘籍、江湖地位，从来都冷眼相待。"

"有了江湖地位便有了银子，有了武功秘籍便有了江湖地位，不是吗？"

"她喜欢银子，是因为银子可以换来美男子。若你直接给她美男子，她还会喜欢银子吗？"

"你的意思是？"

"我在进来时，看到鸿灵观的人押着一批少年进来，有三四十个，每一个都长得非常合她的胃口。"

雪芝愕然道："她把《沧海雪莲剑》拿去换了这些人？"

"应该是的。"

"她就这点追求？"

"每个人的追求都不一样。美男子对她来说，大概便像重火宫之于你。"

雪芝不语。

上官道："尽管如此，她对待丰涉，却与别人完全不同。"

"有何不同？"

"对其他人，她要么非常宠溺，要么直接打入冷宫。不曾有谁可以长期在她身边，却一直被她这样欺负。听说她已经把丰涉逐出鸿灵观十余次，每次回来后，他却总能站到比以前更高的位置上。这两年情况尤其严重。"

"是啊，我刚认识小涉时，他还经常被同门师兄欺负，却已开始和满非月单独行动。"

"丰涉在鸿灵观长大，确实视人命如草芥，但出落成那种性格，也不容易。"

"是说他很毒舌吗？"

"不。你没发现鸿灵观弟子普遍都是娘娘腔吗，做事没担当。丰涉在鸿灵观的表现与他们如出一辙，出来后却很正常。他是个心思通透的人。"

雪芝拍了一下上官透的手，道："我也这样认为。小涉嘴巴虽然坏，却很有担当，很有男子气概！"

上官透微笑点头，又反握住雪芝的手："你和他关系好可以，但不可背叛我，知道吗？"

雪芝不自然地甩开他的手，道："背叛你什么，你我不过，不过……"想了半天，她也不知道如何描述彼此的关系，反而勾起阵阵二人亲密无间的回忆，不由得垂下头，羞红了脸。

上官透看穿了她这点小心思，拨开她身边的干草，坐近了一些，又一次握住她的手，道："既然欣仰有担当之人，自己也应当有担当才是。芝儿，可愿负责，还此情债？"

烛光交映，明明灭灭。上官透轻笑着，那深情凝望而来的目光如炬，坦荡地写满了一片痴心，令她更加不敢直视他，只往旁边缩了缩，道："你真是死到临头还犯病，都这种时候，还说什么情债。若你与人亲……亲密一次便要人负责，那全天下的女子岂不都欠了你？"

"既是情债，自然无关风月之事。这等闲愁，恐怕芝儿尚且年幼，也难以理解。"

"没什么我不能理解的，你且说来我听听。"

上官透嘴唇苍白，笑眼却极其澄澈，似有水光荡漾，道："曾经沧海难为水，除却巫山不是云。"

　　此话令雪芝身体微微一震，一时陷入上官透的注视中，难以自拔。上官透，他可能对自己用情至深吗？她垂下头，眼眶湿润，心中酸涩，道："我……我……"

　　见她泪水在眼中打转，上官透心里也慌了，立即改为抚摸她的长发，嘴角带着若有若无的笑意，道："除却巫山不是云是真话，不过，若能与芝儿再度共赴巫山，即便死去，也是虽死无憾。"

　　雪芝呆了一下，全身的血都冲上了脸，狠狠推了他一把，道："下流！"

　　结果这一推，上官透便撞到墙上，虚弱地喘气。雪芝这才想起他身中剧毒，连忙爬过去捉住他的手看——他的右手竟已青了一半。雪芝连忙站起来，冲到铁门前往外看，急得直跺脚，喊道："你还有时间和我开玩笑，毒已经在扩散了！完了，满非月不在。怎么办，怎么办啊！"

　　"无妨，船到桥头自然直。"

　　虽说如此，接下来一日，雪芝在铁门前转了不下一百次，满非月也未再来。上官透的话倒是越来越少，只是坐在墙下静心将息。到第七天，青色已扩展到他手肘，且颜色越来越深。雪芝着急得数日未眠，和上官透商量好对策，铁门前却依然空空如也。到第八天早上，青色已经变成黑色，扩展到了肩部，终于，满非月来了。这时，铁门里的雪芝说话已带哭腔："再这样下去，会出人命的。若满非月想要那本秘籍，我便叫二爹爹给她，反正我们也练不成。"

　　"不行，那是莲宫主留下的东西，怎能说给便给？"

　　"那总得想点办法啊，你若死去，她肯定也不会放过我。我们不如早点跟她完成交易。"雪芝背对着满非月，擦擦眼泪，"她不是想长高吗，大不了，把宫里的'瑞香王母丸'给她……"

　　上官透往铁门外一看，慌乱地捂住雪芝的嘴。

　　"哈哈，我已经听到了！"满非月的眼睛忽然睁得极大，像三日未曾进食的饿虎般，扑上去抓住铁栏，"重雪芝，把那药丸给我，我立刻把你们放了！"

第十五章

清商倾诉

"好！"雪芝哭哭啼啼地站起来，擦了擦眼泪，"你让我出去，我好……"

"满观主，你不要听她胡说，根本没有什么瑞香王母丸，她是为了骗你放我们出去，才这么说的。"

满非月却听不进去，双手捉着铁栏，瑟瑟发抖，道："重雪芝，你可有撒谎？"

"我没有！"雪芝忙站起来道，"若你不相信我，可以在我身上先种毒，等我回来以后，拿了瑞香王母丸给你看，你再给我们解毒。"

"不要说了！"说罢，上官透站起来，一把抓住雪芝的手腕，捂住她的嘴。

"上官透，你放开她！"

上官透把雪芝往里面拽去，让她背对着铁栏，回头又提防地看了满非月一眼，不再说话。满非月更急了，用力拍了拍铁栏，喊道："你再不放开她，我现在便杀了你！"

上官透冷冷道："你杀便是。"

雪芝在他手下呜呜叫。满非月看看他，又看看雪芝，终于拿出钥匙，把铁门打开。上官透拖着雪芝，离她远一些，道："你最好不要过来。"

"你已是将死之人，我会怕你？"

满非月直扑过去，抓住雪芝的一只手。上官透一掌击中满非月的胳膊，她反手还击。上官透一只手捉着雪芝，一只手和满非月较劲。交手一阵子，雪芝被拉拉扯扯了半天。上官透用脚尖钩起一根木棍，将之抛入空中旋转几周，直击满非月面门。满非月一个后空翻，躲过。这眨眼的瞬间，上官透已经把雪芝给推到门外，再蹿过去，一脚踢上铁门，喊道："走！"

雪芝一个踉跄，几乎摔倒，只一脸茫然看着他。上官透连回头的空隙都没有，已经在里面和满非月打起来，喊道："走啊！"

"你们——"满非月盛怒，下手更加狠。

"不对，为何是我？"雪芝冲回铁栏边，一时间张皇失措，"不是说好一起出来吗，你——"

"那个铁笼只能装一个人。记住，拉一下铁笼旁边的绳子便能上去，出去还可以搬救兵！快走！"

雪芝在原地迟疑了许久，才掉头逃走。但是刚一转身，上官透便被满非月击中，重重砸在墙上。她听到，但是不敢回头，闭眼咬牙一口气冲进铁笼。她浑身都被汗水浸透。看着铁笼不疾不徐上升，光亮一丝丝洒下来，她焦躁得几乎跳穿铁笼。仿佛过了百年之久，她终于停在悬崖边。此时，刚好有一个鸿灵观弟子走过，一见她，大声道："什么人？！"

雪芝二话不说，蹿过去，一拳打在那人的脑袋上，下手相当狠，手指关节都快断掉。那人晕过去，她三下五除二脱下他的衣服，换上，再往石壁上重重抹一把，往脸上猛擦泥土灰尘。最后，她再把缺了口的毒葫芦挂在腰间，匆匆忙忙往外摸索。但是经过这么多天的黑暗无光，外加她天生方向感不佳，已记不住路。偷偷问了几个人，说自己是新来的，总算找到入口，树根下的铁门处。铁门是上了锁的，门口有一群人正围着桌子喝酒，身后有人来来往往。雪芝慢慢走过去，压低声音道："各位师兄，小的是新来的，请开个门。"

"出去做什么？"一人心不在焉道。

"找丰师兄。"

"丰涉？圣母不是说让他自生自灭了吗？"其中一人放下酒坛子，"脸这么脏，你不会是细作吧？"

"哈哈，师兄不要开我玩笑，你们又不是不知道圣母跟丰涉的关系，时好时坏的，我们也没法子呀。"

"谅你也不敢。"那人站起来，掏出钥匙，打开了门。

"慢着！"雪芝脚还没迈出去，又有人站起来，"这葫芦分明是老十六的，为何会在你这儿——"

话音未落，雪芝已经一脚踢翻桌子。那几人纷纷站起来，雪芝直接踢穿桌子，直击一人腹部，对方倒地。她又瞄准另一人，一拳打过去。那人居然拽了开门的师弟，以抵挡攻击。雪芝又一脚踢出去，开门人拖着师兄倒地，雪芝踢中酒坛子，坛子碎裂，一群人立刻被酒水淹没。雪芝擦擦嘴，破门而出。

已入秋。逃出参天古树，森林中落叶翻飞，暮云漫天，满目萧条。身后有不少人追，雪芝身法极快，不多时便甩掉后面的人。等平定一些后，她便放慢脚步，开始想着找谁来救人。第一个想到的人是林宇凰。但是，她不清楚林宇凰目前的行踪。第二个想到的人是穆远。找穆远，一定没有问题。但是很快，她的心情便彻底跌入谷底——她突然想起，上官透已中毒八日。从这里到重火宫，再带人赶回来，起码要四天。去月上谷，单程都要四天。而还有不到一天半的时间，他便会毒发身亡。若去苏州，只能找到狼牙和裘红袖。他们的实力雪芝不清楚，但是鸿灵观之残忍，她却再清楚不过。唯一能赶到的地方，便是灵剑山庄。可是，以林轩凤和上官透的关系来看，他大概恨不得上官透赶快死，又怎可能派人来救他？

但是，如果……如果用二爹爹做筹码，说不定……

没时间再多想，雪芝立刻动身，至午夜时，赶到灵剑山庄门口。整个苏州陷入沉睡，灵剑山庄门口一片冷清。雪芝冲到累榭顶上，双腿已经累得失去知觉，连呼吸都有些困难。即便如此，她还是用尽最大力气去砸大门上的铜环。

"开门！

"开门！救人啊！开门！！

"林叔叔，奉紫，你们快来开门！！"

雪芝的声音久久回荡在大门上空，里面的人却听不到丝毫。不知喊了多久，才有人疑似听到呼声，慢悠悠地打开门，皱眉道："这位姑娘，有事请明儿一早再来，没听说过来找人挑这个时——"

"我要见林庄主，我有急事。你告诉他，重火宫重雪芝找他。"

"原来是雪宫主。"那人拱手，"但是我们庄主已睡下，有什么事明天说不行吗？"

雪芝塞了撞门红给他，他才为难地让她进去。雪芝在大厅中又等了约莫一炷香的时间，才盼来了林轩凤。林轩凤散着发，随意披了一件外套，问道："雪芝，发生什么事了？"

雪芝把情况大致交代清楚，但还没讲完，林轩凤已干脆答道："我不会救这人。"

"求您！"

"林叔叔可以答应你任何事，但是唯独这件，绝对没的商量，你回去吧。"

"雪芝不会再求林叔叔任何事，您要重火宫做什么事，说一声，雪芝粉身碎骨，在所不辞。"雪芝依然弯着腰，"看在我两个爹爹的分儿上，请林叔叔一定要给这个人情。"

"正因如此，我更不能答应！"

雪芝紧紧抓住衣角，手指发抖，道："我知道他做了什么事，他欠了奉紫。可是雪芝也欠了他，他要这样没了，我会后悔一辈子！"雪芝咚地跪到地上，重重磕了一个头，"林叔叔，求您！上官透不能死！"

"雪芝，若说你从未和奉紫见过也罢，可你是和她一起长大的，你……怎能对一个玷污你妹妹的人动心？"

"我不要跟他在一起，我只要他活着。林叔叔若不答应，我便一辈子都跪在灵剑山庄门口。"

"那你便跪着吧。"林轩风拂袖而去。

"林叔叔！"

唤了几声，林轩风早已经离开大堂。雪芝忍住眼泪，冲出灵剑山庄。她再无路可走，唯一让上官透不死的办法，便是回到玄天鸿灵观，让满非月暂时缓一缓上官透的毒，然后，再回去找二爹爹要秘籍来换。可是一旦这么做，她会有多对不起死去的爹爹？她不知道自己在做什么，只是一路奔跑，往鸿灵观所在的森林赶去。但是刚进入森林后不多时，她便因为过度失力跌倒。

清商伤骨[1]，十里残叶萧萧，化作撕裂破碎的绸缎，无边乱舞。同样是森林，同样是在一个人将要离去的时刻。她想起了爹爹离世的那一日。背叛爹爹，或是悲剧重演，她只能选一个。她抱着受伤的腿，勉强站起来，又一次跌倒。这一回扭伤了脚踝，撕心裂肺的疼痛蔓延至全身。但她知道，不可以再流泪。哭泣并不能让一个死去的人复活。她抓着一棵小树站起来，忍着剧痛，跌跌撞撞地在森林中奔跑。但是没走多久，便有一双手搀住了她的胳膊。

雪芝诧异地回头。此刻，天已微亮，云朵团绕崟崎之山峰，高远之苍穹。空气潮湿阴郁，碎叶摩挲，唱出灰雀之哀鸣。上官透嘴边挂着无害的笑意道："你又想做傻事，对吗？"

清晨第一抹阳光浸入大地。他的身后，疏林秋叶，苍黄与枫红，灰烟茫茫，连成一片。她只能看见，他的脖子右侧，以及右脸颊，已经变成了青色。心中疼痛难当，她却极力佯装无事道："你……怎么出来了？"

---

[1] 古时人们用宫、商、角、徵、羽五音中的"商"代表秋天。"清商"指秋风。

"你忘记了，满非月想我死，她自己却很怕死。若我豁出去，她绝对拿我没法。"

"可是解药呢？你没有找她要解药吗？"

"不要问这么多。"上官透微微低头，吃力地走近两步，扶住她的手臂，"你摔伤了？走得动吗？"

他刚一搭上她的手臂，她便敏感地躲开。他略微惊讶，又摸了摸自己的脸，很快笑道："已经到脸上了吗？"

雪芝急道："你不要管我，赶快想办法，先把毒解了，别的事再说。"

"如果我想找行川仙人，起码要三日。可这毒却遥遥领先，只需六个时辰便可扩散全身。"

"你还在说笑！"雪芝使劲摇头，拽着上官透便往回赶，"走，我们去找满非月，就算是和她硬拼，也要把解药找回来！"

"不要去，她决定要杀的人，绝不会留活口。"

"可是你怎么办？你便这么不把自己的命当回事？"

上官透站住脚，不再前进，雪芝也跟着停下来，回头看着他。风冷萧瑟，残叶纷纷。他的白衣在深渊中染上了一些尘土，右脸也因为剧毒变得有些狰狞可怕。但是不曾有哪个时候，雪芝会像此时这样，迫切地想要拥抱他。他脸上笑意淡了许多，说道："我一直以为芝儿很固执，你有自己想做的事，且知道自己在做什么。但是，今天什么都忘了，是吗？"

雪芝一时哑然，她知道他在暗指什么。上官透道："无论做什么事，都会付出代价。你要懂得衡量利弊，选择利大于弊的一条路去走。你想好，今天你要是去了鸿灵观，死在里面，或者交出了《三昧炎凰刀》，都会造成什么结果。"

"但是你若死了呢？"

"对你来说，我不重要。"

"重要。"

"好吧，重要。但是跟你要做的事比，不重要。"

"不，很重要！"

上官透愣了愣，微笑道："你会如此想，我也已满足。"

"这淤青会扩散得越来越多，是吗？"

"满非月说，濒死时，青色会全部退散，让别人看不出来是何死因。"

"现在什么都不要说，我们快去找行川仙人。"

"既然芝儿如此坚持，那便听芝儿的。"

于是，二人一起往森林外赶。天亮得很快，晨曦将大地染成金色。不出半个时辰，金阳洒满人间，红楼在水雾中隐隐约约。小河穿过城邑，纵横出一条金制的曲径。顺着小河往北走，又穿过一个树林，上官透说身体不舒服，想休息片刻。于是，二人便在小河旁的大石上坐下。雪芝替他理了理衣领，见他脸色很差，又想把自己的衣服脱下来给他。上官透拒绝，说这像什么样子。雪芝只好握住他的双手，一个劲问他感觉如何。上官透靠近她一些，声音已经非常虚弱，道："芝儿，我觉得我们不用去。"

雪芝心中一凉，立刻站起来，拽住他的手往上拖，道："休息好了便赶快走。"

"我的身体我最了解。"上官透摆摆手，"还有没有救，我也最清楚。"

"起来，不要偷懒。"

上官透慢慢往下滑，最后坐在地上，浑身力气都没了，瘫在了大石上，道："我想这毒，也只剩下一两个时辰，不要再浪费时间，我有问题想问你。"

"你说。"

"我们认识也有三年多了，你喜欢过我吗？"

他说这句话时，青色已退至颈间。雪芝的心情越来越沉重，只吃力地吐出几个字："喜欢过。"

"若这一生我没有那么多女人，不曾做过对不起奉紫的事，你不是一门之主，会不会愿意和我在一起？"

雪芝毫不犹豫道："会。"

"若我还有命能活下去，你会和我在一起吗？"

"不会。"

"为什么？"

"因为奉紫。"

"果然。"上官透笑得很无奈，"都这种时刻了，你还不愿意撒谎骗骗我吗？"

"我不愿意骗人。"雪芝在他身边坐下。看着他越发苍白的面容，还有失去颜色的嘴唇，她再也忍不住，轻轻靠在他怀中，搂住他的腰，"不能和你在一起……但是，也不可能再爱上任何人。"

上官透几乎不敢相信自己的耳朵，他坐直了身子，讶然地看着她："芝儿……"

雪芝不说话，只是将他抱得更紧了一些。在南方云雾中，丛林缄默无声，唯有孤单的大雁叫得分外凄婉。这个时节，万物苍生都在悄悄流泪。依靠在他的怀里，她依然清晰地记得，十六岁时第一次看见他，也是在这个季节，在十月的英雄大会上。那时他穿着白色斗篷，如仙而降，把整个冬季的雪都披在了肩上。他那样神采飞扬，连看也没看她，便风度翩翩地说道，我是为这姑娘来的。或许，或许从那一刻起，她便已经对他暗许芳心，只是连她自己也不知道。直到这几日，两个人单独相处了这么久，她终于知道，自己对他付出的感情，已再收不回来。只是，秋季过后，冬天便要到来。她把头埋入他的颈窝，感受他的体温，深深呼吸他的气息，怕下一刻这躯壳便是冰冷无味的。"你说的没错，若没有那么多事要做，我会希望自己不过是个普通姑娘，不用没日没夜地练武，守着父母长大，嫁给一个值得托付终身的男子。若我能选择，希望那个人是你。"

上官透有些无措地看着她，片刻后，便抬起她的下巴，垂头吻住她。此刻，太阳高挂天空，早霜已经融化。林木逐渐光秃，老树伶仃站立，秋风早已刮下它们的衣裳。于是，只剩下一块块青褐色的苔藓，盖住它满身的皱纹。秋季萧索，临别的剖白焚烧了一切。他们不知拥吻了多久，才恋恋不舍地分开。上官透抚摸着她的长发，极度疲倦般，眼睛半合，靠在岩石上，道："不知道何故，身上一点也不难受，只觉得很困。"

雪芝猛然抬头，道："不行！"

"我只小憩片刻。"上官透握住雪芝的手，慢慢闭上眼睛，"……真的很困。"

"不行，不行，不能睡！"雪芝用力摇晃他的肩，急道，"不要丢下我。"

"若有来世，愿我与芝儿，永结同心，终生相随。"上官透闭着眼睛，声音越来越虚弱，嘴角却挂着一丝笑意，"芝儿，我也爱你……"

到最后，她已完全听不到他的声音。林间，河水缓缓流动。除此之外，只剩孤雁哀鸣，偶尔划破寂静。也是同一时间，雪芝心中突然有一种感觉，令自己都感到害怕——上官透合眼的一刻，所有的一切都失去了意义。孤雁在空中久久徘徊，又扑扑翅膀，飞离高空。她伏在他身上，哭得撕心裂肺，哭声回荡在丛林间，苍凉且悲戚。

爹爹说，难过了可以哭，只是哭过了还要上路。哭过了……还是要上路。

林子很大，枯叶很小。天下很大，她很小。可是不知道将来的日子里，她还可以用什么事来激励自己，在这片无边的天下活下去，坚强走下去。雪芝哭得五脏六腑俱已尽裂，抽搐着道："君情甚重，妾心已死。透哥哥，怕是再等不到来生，芝儿便也再活不下去……"

"既然如此，莫待来生。芝儿，嫁了我吧。"

雪芝浑身僵硬，慢慢抬起头。

"我不相信轮回。"上官透坐起来，将另一只手也搭在雪芝的手背上，"即便有轮回，来世的记忆，也必然不复今日之芳华。芝儿，你对我竟如此深情，日后我定不负你。"

雪芝目瞪口呆地看着他，道："你……没死？"

"只说要小憩片刻，几时说要死了？"

"可是，方才你脉搏都停了。"

"可能是解药的原因，我真失去了知觉。一恢复意识，便只听到你在哭。"

"你不是说没有找满非月要解药吗？"

"我说了吗？"

"你不是说只要六个时辰，毒性便会扩散到全身吗？"

"是的。"

"你都这么说了！"

"所以？"

"……"

两天后，仙山英州中，裴红袖一边令人上菜，一边笑道："这么说来，一品透以美男威胁满非月，还颇有成效？"

"是啊，既然都从里面逃出来了，解药肯定是到手了，没把握的事光头从来不做。妹子是单纯，轻易上了钩。"仲涛探头出去，看到站在河边的两个人，"只是不知道光头骗了她什么，何故到现在还在闹别扭？"

"你管人家那么多。倒是昨天有个怪人来找妹子，但太晚，我推了，他说今天还会来。"

红灯笼，绿扁舟，小桥流水人家。上官透把玩着折扇，吟道："梅始发，柳始青。泛舟舻，齐棹惊。奏《采菱》，歌《鹿鸣》……入莲池，折桂枝……两相思，两不知。[1]"

雪芝拉长了脸，背对他道："谁和你相思又不知？走开啊！"

上官透绕到雪芝的面前，眼眸明丽，一脸无辜道："妹子，兄可是做错了事，要令你这般冷漠对待？"

"走开！"

然而，她这激烈的反抗，反倒令他更觉可爱。他嘴角微微勾起，用扇

---

[1] 节选自南朝宋·鲍照《代春日行》。

柄挑起她的下巴，道："芝儿，你越生气，便表示你越在乎我。别生气，快回到我怀里来。"

这一句话，终于让他铲走了林奉紫，升上重雪芝最讨厌的人排行榜榜首。

很快，那说要来找雪芝的人，又一次来到了仙山英州，雪芝房前。若不是因为看见他腰间的葫芦，雪芝一定认不出来此人是谁：他穿了一身黑衣，戴了个大斗笠，黑纱后的脸若隐若现，可脸上还用白色布条缠住，大白天看上去都很恐怖。难怪裘红袖会说有个怪人要找她。雪芝走过去问道："你这是在做什么？"

丰涉的声音弱弱的："我摔在树林里昏倒了，还好有农夫把我送去大夫那儿，我才能走到这儿。不过脸上包的东西太显眼，我才弄成这样的。"

"你怎么会摔了？"

"因为我师兄追杀我。"丰涉的嘴巴在笑，但是完全看不到眼睛，"不过，他们那点小伎俩，是奈何不了我的。"

"等下，那个农夫呢？"

"死了呀。"

雪芝惊道："死了？怎么会？"

"他知道我的所在，要不死，也会被我师兄们威胁至死的。"丰涉嘿嘿一笑，"所以，不如让我来报答他，让他死得毫无痛苦。"

"你……"

丰涉长叹一声："江湖上的事就是这样的，说不清楚，也讲不明白。"

雪芝憋着气，又道："你不要告诉我，你杀了那大夫。"

"对呀，还有那个药铺的所有人。你不知道，轩皇冥丹有多值钱，目前市价可是超过六十两银子的，也就只有大门派头目自杀才吃得起这个。我给他们所有人吃的都是这个哟。"

雪芝气得握紧拳头，一拳打飞他的斗笠，喊道："丰涉，你毫无人性！"

这一下，他的脸可惊住了雪芝：他的脖子、脑门、眼睛以下嘴巴以上的部位全部被绷带缠住，突出的鼻梁部分还有未干的大片血渍。

"喂喂，你把我帽子打出去了。"丰涉捂着脸跑出去捡。

雪芝拦住他，蹙眉道："怎么会伤成这样？"

"没有啦，就是鼻子上稍微严重点。"丰涉指指鼻子却被雪芝拦住，他只好摊手道，"因为是面部撞上大石，大夫说我鼻梁比较高，又很窄，才会伤成这样，不然顶多就是破皮流血而已。"

"那现在怎么了？"

"好像是骨头坏了，拆下来会有个缺口。"

"缺口会有多大？"

丰涉想了想，用手指比了比长度，大概有指甲盖那么大。

"你先在这里坐着，我很快回来。"雪芝跑了出去。

十月江寒，落叶打窗。清霄湛蓝，万里无云，冰般澄澈。秋阳金光潮湿，笼罩了苏州，渲染了道路。路过的行人，总是会回头看桥上的三个人。三人的个子都高，但是由于其中两个高壮过了头，另一人就显得矮了不少。虽然站在两个"巨人"之间，还是最年轻的一个，旁人却一眼便知，他是另两人的主子。他依旧是白衣胜雪，别无他物，却也无须他物，便这样站在长流鱼梁上，已是俊雅至极。无论什么女子路过，都会忍不住多看他两眼。

世绝道："谷主，您若再不回去，恐怕谷内的事得插蜡烛。"

上官透若有所思地点头，又回头望了望对岸的仙山英州，道："你们先回去，我很快回来。"

"这一回我们便是来接谷主回去的。"

上官透笑道："你们想来硬的？"

"只是我们都知道谷主在外并无要事，所以……"

"世绝，你话太多。"

"属下不敢。"

"我知道你们的意思。"上官透沉吟片刻道，"在这里等我两日。"

话音刚落，便有人拍了拍他的肩，上官透回头，雪芝站在他的身后，淡紫色的薄衣在风中微颤。上官透捏了捏她的衣角，严肃道："居然穿这么少，赶快回去。"

她瞳孔黑亮，有些不自在地看着他道："行川仙人，在月上谷吗？"

"在，怎么？"

"小涉他鼻梁骨坏了……"

雪芝正琢磨着怎么遣词造句，上官透便接道："要请他来苏州，还是让丰涉跟我们一起回月上谷？"

她原本准备说让殷赐来苏州，但是想到他最不喜欢热闹的地方，而且眼前的汉将和世绝……似乎是来请上官透回去的，上官透一定有事要做，于是道："你等等，我去叫他。"

但等她回去才知道，试图说服丰涉离开此地有多难。丰涉双手吊住床头，死皮赖脸不肯走，说是毁容都无所谓，她这一回无论如何，都摆脱不了他。雪芝哄过骗过发现无用，又厚着脸皮回到桥头。上官透和汉将、世绝依然站在那里。她原想告诉上官透，自己会让二爹爹找大夫，却从他们那里得知，二爹爹又回了月上谷。上官透又自行揽了这担子，命汉将去备马。他看了一眼雪芝，回头瞅见世绝还站在那里，只好站住不动。很快，汉将回来，世绝也转身朝马走过去，上官透举起袖子，挡住俩人的脸，飞速在雪芝唇上亲了一下，迅速摆出无比端庄的模样，道："芝儿，我会尽快回来。"

雪芝都快烧成熟螃蟹了，又不好发作，只能眼睁睁看上官透跨上马背，与汉将、世绝策马，离开苏州。她一边腹诽这人，一颗心又忍不住小鹿乱撞，回去的路上已偷偷回味了这吻数次，只觉得千般厌弃，又万般不舍。只是，她一进仙山英州，便迎来了一张飞出的桌子。她跳起来躲过，又捉住那桌子一角，把它在地上放平。酒楼里面传来软鞭挥舞的声音，还有奉紫一反常态的呵斥声："我早说过，若再见到你，一定要你好看。"

"林小姐这算是十年生聚吗？"一个男子冷漠道，"恕穆远不奉陪。"

一楼放置着一面紫檀架子的香屏，屏风上是梅枝苏绣。穆远正手握紫鸾剑，站在那屏风前。雪芝还没来得及上前跟他说话，便听见簌簌两声，一把长鞭刺破屏风，直击穆远，迅如残星流电。穆远连躲两次，迅速撤离屏风前。一名女子冲出屏风，虽面有愠色，但桃花眼杏红腮，眉心一点朱红，便是由香粉红春胭脂和着仙水调弄而出。在场有不少男子喝酒的停杯，吃饭的停筷，抬头整齐向她行注目礼。林奉紫却无视旁人，又跳到穆远面前，两人交手数招，穆远通通躲过，却不还手。雪芝上前一步准备阻拦，却被一把玉箫捷足先登。软鞭在玉箫上缠了数圈。箫碧如茵，秋阳杲杲，照澄江空。仲涛一手抓着鸡腿，一手举着玉箫，从容不迫地啃干净了最后一块肉，扔掉鸡骨头。裘红袖的声音自二楼传下来："哪里来的野丫头，敢在我裘红袖的地儿撒野？"

整个酒楼的人都停下来，看着这场好戏。奉紫有些底气不足，又用鞭子指着穆远道："我们出去比。"

裘红袖道："想出去比？先去请人来把我这里修好了。"

"我不认识人。"

"不认识人？那便在这里做苦工一年。"

奉紫看了一眼裘红袖，直接往门外走去。裘红袖在后面又唤了一声："姑娘慢走。"然后仲涛非常有默契地跃到门口挡住。

奉紫气急，又舞鞭攻击仲涛。仲涛没有穆远的耐心，三下五除二便握住她的双腕，道："姑娘还是留下来，把事情解决了再说。"

穆远人已走到门外。泊舟入流，朱墨楼高挂小灯笼。水月光中，云间影里，正对着他的女子一身淡紫裙裳，唇不点而红，眉不勾而长，凤眼角往上那么一挑，儿时的凶煞通通已化作惊世美艳。眼前的景象，似乎与多年前的一幕重合：

长安飞虹桥端两亭，六角攒尖琉璃瓦顶，角上挂着大红灯笼。红雨幽草，飞英若雪，亭台中的男子一身紫袍，秀发如新沐，惊世风华几乎灼烧了人眼。他回头看了小穆远一眼，又拍拍身旁的独眼帅小伙，道："那孩子是个武学奇才。"

独眼煞有介事般道:"他是孤儿,被武馆老大收养当小厮,你要觉得不错,可以买走。"

紫袍男子走过来,蹲在脸蛋脏脏的小穆远面前,盈盈一笑道:"想不想进入天下最厉害的门派?"

小穆远手中还拖着几把寻常孩子承受不住的钢刀,累得气喘吁吁。但和紫袍男子对望许久,他着魔般,用力点头。紫袍男子还未来得及说话,一双小手已经从后面将他狠狠搂住。然后,一张紫袍男子缩小版的脸蛋凑近,露出非常蛮横的表情,道:"爹爹,你不准重男轻女!我才是你的亲生孩子!臭小鬼,你走开!"

小女孩冲过来,站在小穆远面前,高出他大半个头,道:"告诉你,重火宫不是人人都能进的,想进重火宫,先过少宫主这一关!"说罢便出手打他。

小穆远再看看紫袍男子,不敢还手,只是一味防御。很快他便被打倒在地上,小女孩叉着腰仰天大笑,最后被独眼拎着领口提走……

"穆远哥!"

这声音打断了他的回忆。雪芝快步走来,还带着个林奉紫,停在穆远面前,抬头笑盈盈地看着他,问道:"你为何会在这里?"不等他回答,她把奉紫推出来道,"奉紫,你方才对穆远哥不客气,快跟他道歉。"

"我才不要。"

奉紫抱着胳膊,扭过头去,难得发一次大小姐脾气。雪芝也难得当了一次和事佬,半晌才令气氛缓和些。她安抚好了奉紫,打发其回了灵剑山庄,又回来与穆远对话。才知道,原来穆远这次前来,是因为有一名月上谷弟子猝死,还未引起重视。但他命人暗中调查,确认这人是死于莲神九式第三式。雪芝听后吓得脸都白了:"什么?那人已经练成了《莲神九式》?"

"听说你出来找《沧海雪莲剑》,有消息了吗?"

雪芝轻叹一声，交代了去鸿灵观寻找秘籍一事，略去了上官透的部分。穆远若有所思地点点头，又道："对了，我还听说，你最近……"

"嗯？"

"没什么。"穆远指了指对面的客栈，"宫里其他人都住在对面，你有事过来找我们便好。"

"穆远哥便住在仙山英州吧。"雪芝看看周围，小声道，"不过不可以告诉别人哦。"

图书在版编目（CIP）数据

月上重火：新版：全二册 / 君子以泽著 . —长沙：湖南文艺出版社，2020.7

ISBN 978-7-5404-9555-8

Ⅰ.①月… Ⅱ.①君… Ⅲ.①长篇小说—中国—当代 Ⅳ.① I247.5

中国版本图书馆 CIP 数据核字（2020）第 013957 号

上架建议：畅销·古代言情

YUESHANG CHONGHUO：XINBAN：QUAN ER CE

月上重火：新版：全二册

作　　者：君子以泽
出 版 人：曾赛丰
责任编辑：刘诗哲
监　　制：毛闽峰　李　娜
策划编辑：张园园
特约编辑：王　静
营销编辑：刘　珣　焦亚楠
装帧设计：梁秋晨
封面插图：符　殊
出　　版：湖南文艺出版社
　　　　　（长沙市雨花区东二环一段 508 号　邮编：410014）
网　　址：www.hnwy.net
印　　刷：三河市中晟雅豪印务有限公司
经　　销：新华书店
开　　本：787mm × 1092mm　1/16
字　　数：456 千字
印　　张：33
版　　次：2020 年 7 月第 1 版
印　　次：2020 年 7 月第 1 次印刷
书　　号：ISBN 978-7-5404-9555-8
定　　价：69.80 元（全二册）

若有质量问题，请致电质量监督电话：010-59096394
团购电话：010-59320018